LOS RADLEY

LOS RADLEY

Matt Haig

TRADUCCIÓN DE ROBERTO FALCÓ MIRAMONTES

RESERVOIR BOOKS

MONDADORI

Título original: *The Radleys*
Publicado por acuerdo con Canongate Books Ltd., 14 High Street, Edimburgo EH1 1TE.

Primera edición: noviembre de 2010

© 2010, Matt Haig
© 2010, de la presente edición en castellano para todo el mundo:
  Random House Mondadori, S. A.
  Travessera de Gràcia, 47-49. 08021 Barcelona
© 2010, Roberto Falcó Miramontes, por la traducción

Printed in Spain – Impreso en España

ISBN: 978-84-397-2330-1
Depósito legal: B-38.570-2010

Fotocomposición: Fotocomp/4, S. A.
Impreso y encuadernado en Liberdúplex
Crta. BV2241, Km. 7,4
08791 Sant Llorenç d'Hortons

GM 2 3 3 0 1

Para Andrea, como siempre.
Y para Lucas y Pearl. No derraméis ni una gota.

ÍNDICE

VIERNES

SÁBADO

DOMINGO

LUNES

VARIAS NOCHES MÁS TARDE

VIERNES

Tus instintos se equivocan. Los animales dependen de sus instintos para sobrevivir en el día a día, pero nosotros no somos animales. No somos leones, ni tiburones, ni buitres. Somos civilizados, y la civilización solo funciona si se suprimen los instintos. Así que aporta tu grano de arena a la sociedad y no hagas caso de esos deseos oscuros que hay en tu interior.

El manual del abstemio (2.ª ed.), p. 54

17 ORCHARD LANE

Es un lugar tranquilo, sobre todo por la noche.

Demasiado tranquilo, podría pensar uno, como para que en sus bonitas calles, a la sombra de los árboles, viviera algún tipo de monstruo.

De hecho, a las tres de la madrugada en el pueblo de Bishopthorpe, resulta fácil creer la mentira a la que han sucumbido sus residentes: que es un lugar en el que vive gente buena y tranquila, que lleva una vida buena y tranquila.

A esta hora, los únicos sonidos que se oyen son los propios de la naturaleza. El ululato de un búho, el ladrido lejano de un perro o, en una noche con brisa como esta, el confuso susurro del viento al pasar entre los arces blancos. Aunque te encontraras en la calle principal, justo enfrente de la tienda de disfraces o del pub o de la tienda gourmet Hungry Gannet, no oirías ruido de tráfico, ni verías el grosero graffiti que decora la antigua oficina de correos (aunque, si forzaras la vista, tal vez alcanzaras a leer las palabras «bicho raro»).

Si salieras a caminar por la noche lejos de la calle principal, en algún lugar como Orchard Lane, y pasaras por delante de las casas de época habitadas por notarios y médicos y ejecutivos, encontrarías todas las luces apagadas y las cortinas corridas; eso les mantiene aislados de la noche. O así sería hasta que llegaras al número 17, donde verías el resplandor de una ventana del piso superior filtrándose entre las cortinas.

Y si te detuvieras y aspirases el fresco y reconfortante aire nocturno, verías en primer lugar que el número 17 es una casa a tono con las de su alrededor. Quizá no tan espléndida como su vecina más próxima, la del número 19, con su amplio camino de entrada y sus elegantes rasgos arquitectónicos estilo Regencia, pero lo suficiente.

Es una casa que parece y transmite exactamente la sensación que cabe esperar de una casa familiar de pueblo: no es muy grande, pero sí lo suficiente, sin nada fuera de lugar o que desentone. Una casa de ensueño en muchos sentidos, como dirían los agentes inmobiliarios, y sin duda perfecta para criar a los hijos.

Pero al cabo de un instante te darías cuenta de que hay algo raro en ella. No, quizá «darse cuenta» es demasiado. Tal vez no te percatarías de forma consciente de que incluso la naturaleza parece más sosegada alrededor de esta casa, de que no se oyen pájaros ni ninguna otra cosa, de que reina el silencio. Sin embargo, puede que el instinto te llevara a preguntarte por esa luz encendida y te hiciera sentir un escalofrío no provocado por la brisa nocturna.

Si esa sensación fuera en aumento, podría convertirse en un miedo que haría que te entraran ganas de irte de allí, de echar a correr, pero a buen seguro no lo harías. Observarías la bonita casa y el monovolumen aparcado delante y pensarías que es propiedad de unos seres humanos perfectamente normales y que no representan ninguna amenaza para el mundo exterior.

Si te permitieras pensar esto, te equivocarías. Ya que el 17 de Orchard Lane es el hogar de los Radley y, a pesar de todo lo que se esfuerzan por evitarlo, son cualquier cosa menos normales.

LA HABITACIÓN VACÍA

«Tienes que dormir», se dice a sí mismo, pero no le sirve de nada.

La luz encendida a las tres de la madrugada de este viernes procede de la habitación de él, Rowan, el mayor de los dos hijos Radley. Está totalmente despierto, a pesar de que se ha tomado una dosis de Night Nurse seis veces superior a la recomendada.

Siempre está despierto a estas horas. Si tiene suerte, en una buena noche, se queda dormido alrededor de las cuatro para despertarse de nuevo a las seis o poco más tarde. Dos horas de sueño atormentado e inquieto, en las que lo acecharán violentas pesadillas que no puede entender. Pero la de hoy no es una buena noche, con el sarpullido que le da guerra y esa brisa que azota la ventana, y sabe que seguramente tendrá que ir al instituto sin haber descansado.

Deja el libro: la *Poesía completa* de Byron. Oye a alguien caminando por el descansillo, pero no para ir al baño, sino a la habitación vacía.

Se abre la puerta del armario de la caldera, donde orean la ropa de cama. Se oye un ruido como de hurgar entre las sábanas, unos momentos de silencio hasta que oye cómo ella sale de la habitación. De nuevo, no es algo del todo raro. A menudo ha oído levantarse a su madre en plena noche para dirigirse a la habitación vacía con un objetivo secreto por el que nunca ha preguntado.

Entonces oye que regresa a la cama, y luego el confuso murmullo de las voces de sus padres a través de la pared.

SUEÑOS

Helen regresa a la cama, tensa a causa de los secretos. Su marido lanza un suspiro extraño, ansioso, y se arrima a ella.

—¿Qué demonios haces?

—Intento besarte —dice él.

—Por favor, Peter —dice ella. El dolor de cabeza le oprime la parte posterior de las órbitas—. Es de madrugada.

—A diferencia de aquellos otros momentos, en los que te gustaría que te besara tu marido.

—Creía que dormías.

—Y así era. Estaba soñando. Era bastante emocionante. Nostálgico, de hecho.

—Peter, despertaremos a los niños —dice ella, aunque sabe que Rowan aún tiene la luz encendida.

—Venga, solo quiero besarte. He tenido un sueño muy bueno.

—No. No quieres eso. Quieres más. Quieres…

—¿Y qué te preocupa? ¿Las sábanas?

—Solo quiero dormir.

—¿Qué hacías?

—Tenía que ir al baño.

Está tan acostumbrada a mentir que ni siquiera piensa en ello.

—Esa vejiga… Cada vez aguanta menos.

—Buenas noches.

—¿Recuerdas a la bibliotecaria que llevamos a casa?

Helen percibe un cierto deje malévolo en su pregunta.

—Cielos, Peter. Eso sucedió en Londres. Ya sabes que no hablamos de Londres.

—Pero cuando piensas en noches como esa, ¿no sientes ganas de...?

—No. Aquello sucedió hace una eternidad. Ya no pienso en ello.

UNA SÚBITA PUNZADA DE DOLOR

Por la mañana, poco después de despertarse, Helen se incorpora y toma un sorbo de agua. Desenrosca la tapa del bote de pastillas de ibuprofeno y se lleva una a la lengua, delicadamente, como si fuera una hostia.

Se la traga, y en el momento en que la pastilla baja por su garganta, su marido, que se encuentra a tan solo unos pasos, en el baño, siente una súbita punzada de dolor.

Se ha cortado afeitándose.

Observa cómo la sangre reluce en su piel húmeda, oleosa.

Es preciosa. De un rojo intenso. La toca, observa la mancha que le ha dejado en el dedo y se le acelera el corazón. El dedo se acerca más y más a su boca, pero antes de alcanzar su objetivo oye algo. Unos pasos rápidos que se precipitan hacia el baño, y acto seguido un intento de abrir la puerta.

—Papá, por favor, ¿me dejas entrar…? Por favor —dice su hija Clara golpeando con fuerza la gruesa puerta de madera.

Hace lo que le pide su hija; Clara entra a toda prisa y se inclina sobre el inodoro.

—Clara —dice Peter mientras ella vomita—. Clara, ¿qué pasa?

Clara se incorpora. Con el rostro lívido, y vestida con el uniforme del instituto, lanza una mirada desesperada a su padre a través de las gafas.

—¡Oh, Dios! —exclama ella, y se vuelve de nuevo hacia el inodoro.

Vuelve a vomitar. Peter lo huele y atisba algo. Se estremece, no por el vómito, sino por lo que sabe que significa.

Al cabo de unos segundos, todos están allí. Helen se ha arrodillado junto a su hija, le acaricia la espalda y le dice que no pasa nada. Y su hijo Rowan está en la puerta, con la crema de protección solar de factor 60 a medio extender.

–¿Qué le pasa? –pregunta.

–Estoy bien –dice Clara, que no quiere público–. De verdad, ya me encuentro mejor. Estoy bien.

Y las palabras permanecen en el baño, suspendidas en el aire, y lo vician con su falsedad cargada de olor a vómito.

EL NÚMERO

Clara tiene que esforzarse por hacer el número toda la mañana, prepararse para el instituto como si todo fuera normal, a pesar de la horrible sensación que tiene en el estómago.

Resulta que el sábado pasado Clara subió un poco más el listón y pasó de ser vegetariana a vegana entregada y a tiempo completo, en un intento de lograr caer un poco mejor a los animales.

Como, por ejemplo, a los patos que no querían su pan, a los gatos que no querían que los acariciase y a los caballos que pastaban sueltos junto a Thirsk Road y que se volvían locos cada vez que ella pasaba a su lado. No podía quitarse de la cabeza aquella excursión con el instituto a Flamingo Land, cuando los flamencos aterrorizados huyeron antes de que ella llegara al lago. O sus pececitos de colores, Rhett y Escarlata, que duraron tan poco: los únicos animales domésticos que le habían permitido tener. La profunda sensación de horror que se apoderó de ella aquella mañana que los encontró flotando panza arriba en la superficie del agua, con las escamas descoloridas.

En este momento siente que su madre no le quita ojo de encima mientras saca la leche de soja de la nevera.

—Si tomaras leche normal te sentirías mucho mejor. Aunque sea desnatada.

Clara se pregunta cómo el proceso de desnatado de la leche podría convertirla en un alimento más vegano, pero hace acopio de fuerzas para sonreír.

—Estoy bien. No te preocupes, de verdad.

Ahora están todos juntos ahí, en la cocina: su padre bebiendo café recién hecho, y su hermano devorando un surtido de embutidos selectos.

—Peter, díselo. Va a enfermar.

Peter se toma un momento. Las palabras de su mujer deben abrirse paso por el ancho río rojo de sus pensamientos y salir, empapadas y exhaustas, a la estrecha orilla del deber paterno.

—Tu madre tiene razón —dice él—. Vas a enfermar.

Clara vierte la ofensiva leche sobre su muesli de nueces y semillas, y las náuseas aumentan por momentos. Quiere pedir que bajen el volumen de la radio, pero sabe que si lo hace parecerá que se encuentra peor.

Al menos Rowan se pone de su parte, con su estilo desganado.

—Es soja, mamá —dice con la boca llena—. No heroína.

—Pero tiene que comer carne.

—Estoy bien.

—Mira —dice Helen—, creo que sería mejor que te quedaras en casa. Si quieres, ya llamo yo al instituto.

Clara niega con la cabeza. Le había prometido a Eve que esa noche iría a la fiesta de Jamie Southern, así que tendrá que ir a clase para tener la oportunidad de que la dejen salir. Además, un día entero oyendo propaganda en favor del consumo de carne no la ayudará a sentirse mejor.

—Me siento mucho mejor, de verdad. No volveré a vomitar.

Su madre y su padre llevan a cabo el típico ritual, indescifrable para Clara, de intercambiar mensajes con la mirada.

Peter se encoge de hombros.

(«Lo que le pasa a papá —había dicho Rowan en una ocasión— es que todo le importa una mierda.»)

Helen se siente tan derrotada como cuando puso la leche de soja en el carro unas noches antes, bajo la amenaza de Clara de convertirse en anoréxica.

—De acuerdo, puedes ir al instituto —dice su madre por fin—. Pero ten cuidado, por favor.

CUARENTA Y SEIS

Llegas a una cierta edad —a veces a los quince, a veces a los cuarenta y seis— en que te das cuenta de que el cliché que has adoptado no funciona. Eso es lo que le está sucediendo a Peter Radley en estos momentos, mientras mastica una tostada de multicereales con mantequilla y observa el plástico transparente y arrugado que contiene el resto del pan.

Es un adulto racional y respetuoso con la ley, con su mujer y su coche y sus hijos y con sus donativos domiciliados a WaterAid.

Anoche solo quería sexo. Sexo humano e inofensivo. ¿Y qué sucedió? Nada. Tan solo un abrazo en movimiento. Una mínima muestra de fricción corporal sin sangre. Vale, le habría gustado llegar más lejos, pero podría haberse contenido. Se ha contenido durante diecisiete años.

«Pues a la mierda», piensa.

Decir palabrotas hace que se sienta bien, incluso limitarse a pensarlas. Había leído en el *British Medical Journal* que había nuevas pruebas que indicaban que soltar tacos aliviaba el dolor.

—A la mierda —murmura en voz tan baja que Helen no lo oye—. A la mierda.

REALISMO

—Me preocupa Clara —dice Helen alargándole la fiambrera a Peter—. Hace solo una semana que es vegana y ya está enferma. ¿Y si eso desencadena algo más?

A duras penas oye a su mujer. Tiene la mirada fija en el oscuro caos de su maletín.

—Tengo un montón de porquería aquí dentro.

—Peter, me preocupa Clara.

Peter tira dos bolígrafos a la papelera.

—A mí también me preocupa. Me preocupa mucho. Pero tampoco se me permite ofrecer una solución, ¿verdad?

Helen niega con la cabeza.

—No me vengas con esas, Peter. Ahora no. Esto es serio. Me gustaría que nos enfrentáramos a este problema como adultos. Quiero saber tu opinión sobre qué deberíamos hacer.

Peter suspira.

—Creo que deberíamos decirle la verdad.

—¿Qué?

Respira hondo e inhala el sofocante aire de la cocina.

—Creo que es el momento adecuado para contárselo a los chicos.

—Peter, tenemos que protegerlos. Tenemos que proteger nuestra vida. Quiero que seas realista.

Cierra el maletín.

—Ah, realismo. No va mucho con nosotros, ¿no crees?

Entonces se fija en el calendario. La bailarina de Degas y las cuadrículas abarrotadas con la letra de Helen. Los recordatorios de las reuniones del grupo de lectura, el teatro, el bádminton, las clases de arte. La inacabable provisión de «cosas que hacer». Incluida la de hoy: «Cena con los Felt aquí – 19.30 – Lorna traerá los entrantes». Peter se imagina a su guapa vecina sentada ante él.

–Mira, lo siento –dice–. Estoy un poco irritable. Bajo de hierro. Es que a veces me harto de todas estas mentiras, ¿sabes?

Helen asiente. Lo sabe.

Peter se da cuenta de la hora que es y se dirige a la puerta.

–Es el día de la recogida de basura –dice su mujer–. Y hay que sacar todo lo reciclable.

«Reciclaje.» Peter suspira y coge la caja llena de botes y botellas. «Recipientes vacíos que esperan su resurrección.»

–Solo me preocupa que cuanto más tiempo pase sin comer lo que debería comer aumenten más las probabilidades de que la ansíe…

–Lo sé, lo sé. Ya se nos ocurrirá algo. Pero ahora tengo que irme, de verdad. Llego tarde.

Peter abre la puerta y ambos ven el ominoso cielo azul refulgiendo como una advertencia deslumbrante.

–Casi no nos queda ibuprofeno, ¿verdad?

–No, casi no queda.

–Pararé en la farmacia cuando vuelva por la tarde. Tengo un dolor de cabeza espantoso.

–Sí, yo también.

Peter besa a su mujer en la mejilla y le acaricia el brazo con un fugaz gesto de ternura, un recordatorio microscópico de lo que eran, y entonces se va.

Enorgullécete de actuar como un ser humano normal. Lleva un horario diurno, busca un trabajo normal y busca la compañía de gente con un sentido claro del bien y del mal.

El manual del abstemio (2.ª ed.), p. 89

MUNDO DE FANTASÍA

En el mapa, Bishopthorpe parece el esqueleto de un pez. Una calle principal que conforma la espina, con callejuelas y calles sin salida que no conducen a ninguna parte. Un lugar muerto, que deja a sus habitantes jóvenes con hambre de algo más.

Es bastante grande para ser un pueblo, y tiene varias tiendas en la calle principal. Pero de día parecen lo que son: una mezcla ecléctica de negocios de nicho que no tienen nada en común. La refinada tienda gourmet, por ejemplo, se encuentra al lado de Fantasy World, la tienda de disfraces, que, de no ser por los trajes de su escaparate, podría confundirse fácilmente con un sex-shop (y, de hecho, tiene una salita en la trastienda donde venden «juguetes de fantasía para adultos»).

El pueblo no es autosuficiente. Ya no tiene oficina de correos, y el pub y el local de *fish and chips* no tienen el mismo volumen de negocio de antaño. Hay una farmacia junto a la consulta médica, y una zapatería infantil que, al igual que Fantasy World, provee a clientes que vienen de York o Thirsk. Pero eso es todo.

Para Rowan y Clara, Bishopthorpe es un lugar sin alma, que depende de los autobuses, las conexiones de internet y otras vías de escape. Un lugar que se engaña a sí mismo y se considera el arquetipo del pintoresco pueblo inglés, pero que, como la mayoría de los lugares, no es más que una gran tienda de disfraces, con trajes más sutiles.

Y si vives aquí durante suficiente tiempo, al final debes tomar una decisión. Compras un disfraz y finges que te gusta. O te enfrentas a la verdad de quién eres en realidad.

A plena luz del día, Rowan no puede reprimir una sensación de sorpresa al comprobar lo pálida que está su hermana.

—¿Qué crees que es? —le pregunta mientras pasan junto a unas cajas de reciclaje sobre las que se cierne una nube de moscas—. Me refiero a tu malestar.

—No lo sé… —La voz de Clara se apaga, como las melodías de los pájaros asustados que perciben su proximidad.

—Tal vez mamá tenga razón —dice Rowan.

Clara hace una pausa, buscando fuerzas.

—Eso lo dice el chico que come carne roja en todas las comidas.

—Bueno, antes de que te pongas en plan Gandhi, deberías saber que no existen los veganos puros. O sea, ¿tienes idea de la cantidad de seres vivos que existen en una zanahoria? Millones. Una verdura es como una metrópoli de microbios, de modo que cada vez que hierves una zanahoria te estás cargando una ciudad entera. Piensa en ello. Cada plato de sopa es un apocalipsis.

—Eso es una… —Tiene que dejar de hablar de nuevo.

Rowan se siente culpable por provocarla. Su hermana es el único amigo que tiene. Y, sin duda, el único con el que puede ser él mismo.

—Clara, estás muy, pero que muy pálida —dice en voz baja—. Incluso para ti.

—Me gustaría que todo el mundo dejara de repetírmelo —dice ella, e intenta poner en orden mentalmente una serie de argumentos que había encontrado en los foros de vegan-power.net.

Argumentos como que los veganos viven hasta los ochenta y nueve años y sufren menos casos de cáncer y que algunas actrices de Hollywood muy sanas como Alicia Silverstone y Liv Tyler y Zooey Deschanel —algo lánguida, admitámoslo, pero deslumbrante— no dejan que ningún producto animal roce sus labios. Pero para ella supondría un gran esfuerzo decir todo eso, de modo que no se molesta en intentarlo.

—Es este tiempo lo que me enferma —dice cuando la penúltima oleada de náuseas se retira.

Es mayo, y el verano va a llegar pronto, por lo que tal vez tenga razón. Rowan tampoco lo lleva muy bien. La luz hace que se sienta débil, como si su piel fuera una gasa, a pesar de la ropa y la crema de factor 60 que se ha puesto.

Rowan se fija en la lágrima refulgente que asoma en la comisura de los ojos de su hermana, que podría deberse a la exposición a la luz solar, pero también podría ser consecuencia de la desesperación, por lo que decide poner fin a su ofensiva antivegana.

—Quizá tengas razón —dice—. Pero todo irá bien. De verdad. Y creo que la ropa de cáñamo te quedará muy bien.

—Qué gracioso —logra decir.

Pasan por delante de la oficina de correos cerrada, y Rowan se deprime al ver que el graffiti sigue ahí: «ROWAN RADLEY ES UN BICHO RARO». Entonces pasan junto a Fantasy World, cuyos piratas han sido sustituidos por maniquíes cubiertos con un exiguo vestuario disco de colores fosforescentes bajo un cartel que dice «Here Comes the Sun».

El consuelo no se hace esperar. Al pasar por delante de la tienda gourmet Hungry Gannet, Rowan echa un vistazo a la reconfortante imagen del mostrador refrigerado que brilla en el oscuro interior. Sabe que los jamones serranos y de Parma estarán allí, esperando a ser comidos. Pero un leve aroma a ajo lo obliga a apartar la cabeza.

—¿Vas a ir a la fiesta esta noche? —le pregunta Rowan a su hermana mientras se frota los ojos cansados.

Clara se encoge de hombros.

—No lo sé. Creo que Eve quiere que vaya. Según cómo me encuentre.

—Bueno, vale, solo deberías ir si…

Rowan reconoce al chico que se encuentra un poco más adelante. Es su vecino, Toby Felt, que se dirige a la misma parada de autobús. Una raqueta de tenis sobresale de su mochila como la flecha de un signo de género masculino.

Es un muchacho delgado y raquítico que una vez, hace un año, se meó en la pierna de Rowan, cuyo único crimen, al parecer, fue permanecer demasiado tiempo en el urinario de al lado.

«Yo soy el perro —le dijo Toby, con una mirada fría y burlona, mientras dirigía el chorro dorado hacia él—. Tú, la farola.»

—¿Te encuentras bien? —le pregunta Clara.

—Sí, no pasa nada.

Desde donde están alcanzan a ver el local de *fish and chips* de Miller, con su cartel mugriento (en el que aparece un pez comiéndose una patata frita, y riéndose de lo irónico de la escena). La marquesina del autobús está enfrente. Toby ya está charlando con Eve. Y ella sonríe por lo que él dice, y antes de que Rowan se dé cuenta de lo que está haciendo empieza a rascarse el brazo, lo que empeora diez veces más su sarpullido. Oye la risa de Eve mientras el sol se alza amarillo sobre los tejados, y ese sonido le hace tanto daño como la luz.

SETTER ROJO

Peter avanza con los botes y las botellas vacías por el camino de grava hacia la acera, cuando ve a Lorna Felt volviendo al número 19.

—Hola, Lorna —la saluda—. ¿Sigue en pie lo de esta noche?

—Oh, sí —dice Lorna como si acabara de recordarlo en ese momento—. La cena. No, no lo hemos olvidado. Prepararé una ensalada tailandesa.

Para Peter, Lorna Felt no es una persona real, sino un compendio de ideas. Siempre se recrea en su refulgente y maravillosa melena pelirroja, en su piel bien cuidada y su ropa cara y seudobohemia, y le viene a la cabeza la idea de vida. La idea de emoción. De tentación.

La idea de culpabilidad. Horror.

Lorna sonríe, coqueta. Es una invitación al placer.

—Oh, Nutmeg, para. ¿Qué te pasa?

Hasta ese momento no se da cuenta de que su vecina va acompañada de su setter rojo, aunque seguro que lleva un buen rato gruñéndole. Observa la escena mientras la perra se echa hacia atrás e intenta librarse del collar, sin éxito.

—Ya te lo he dicho antes, Peter es un hombre de lo más agradable.

«Un hombre de lo más agradable.»

Mientras observa los afilados dientes de la perra, prehistóricos y de perfil salvaje, le sobreviene un leve mareo. Una especie de vértigo que podría estar relacionado con el sol, que está alto en el cielo, o que también podría tener algo que ver con el aroma que transporta la brisa.

Algo más dulce y sutil que la infusión de saúco del perfume de Lorna. Algo que sus aturdidos sentidos a menudo ya no pueden detectar.

Pero está ahí, tan real como todo lo demás.

El fascinante aroma de su sangre.

Peter se mantiene tan cerca del seto como puede para aprovechar al máximo la poca sombra que hay. Intenta no pensar demasiado en el día que tiene por delante, o en el esfuerzo silencioso que deberá hacer para pasar un viernes que apenas se diferencia de los últimos mil viernes. Unos viernes que no le han ofrecido emoción alguna desde que se trasladaron aquí desde Londres, para renunciar a sus antiguas costumbres y fines de semana de abandono salvaje y sangriento.

Está atrapado en un cliché que no debía ser el suyo. Un hombre de clase media y mediana edad, maletín en mano, que siente todo el peso de la gravedad y la moralidad y todas las demás opresivas fuerzas humanas. Cerca de la calle principal, uno de sus pacientes ancianos pasa junto a él en un escúter eléctrico. Un anciano cuyo nombre debería saber.

–Hola, doctor Radley –le dice el anciano con una sonrisa vacilante–. Iré a visitarle más tarde.

Peter actúa como si ya lo supiera y se aparta del camino del escúter.

–Ah, sí. Estaré encantado de verlo.

Mentiras. Siempre las malditas mentiras. El mismo tímido ritual de la existencia humana.

–Hasta luego.

–Sí, hasta luego.

Casi en la consulta, mientras camina pegado al seto, un camión de la basura avanza lentamente por la carretera hacia él. Los intermitentes parpadean, a punto de doblar a la izquierda por Orchard Lane.

Peter mira de pasada a los tres hombres sentados en la cabina. Al ver que uno de ellos, el que va sentado del lado de la acera, lo mira fijamente, Peter le ofrece una sonrisa al estilo de Bishopthorpe. Pero el hombre, al que Peter no cree reconocer, le lanza una mirada de odio.

Unos pasos más allá, Peter se detiene. El camión toma Orchard Lane y se da cuenta de que el hombre lo sigue mirando con esos ojos que parecen saber quién es en realidad. Peter niega con un gesto leve de la cabeza, como un gato que se sacude el agua, y toma el estrecho sendero que conduce a la consulta.

Elaine está en su puesto de trabajo, puede verla a través de la puerta de cristal, ordenando historiales de pacientes. Abre la puerta para enfrentarse a otro viernes sin sentido.

EL DÍA BRILLA SOBRE LOS MORIBUNDOS
Y LOS MUERTOS

El cansancio se apodera de Rowan en una serie de ataques narcolépticos, y ahora mismo es víctima de otro. Anoche durmió unas dos horas. Un poco más de lo habitual. Ojalá pudiera estar ahora tan despierto como lo está a las tres de la madrugada. Cada vez le pesan más los párpados, y se imagina que se encuentra junto a su hermana, hablando tranquilamente con Eve, como una persona normal.

Sin embargo, oye un susurro en el asiento de atrás.

—Buenos días, lerdo.

Rowan no dice nada. Ahora no podrá dormir. Y, además, dormir es demasiado peligroso. Se frota los ojos, saca su libro de Byron e intenta concentrarse en un verso. En cualquiera. Alguno en mitad de «Manfred».

«El día brilla sobre los moribundos y los muertos.»

Lee el verso una y otra vez, intentando olvidarse de todo lo demás. Pero entonces el autobús se para y sube Harper, la segunda persona a la que más teme Rowan. En realidad, Harper se llama Stuart Harper, pero dejaron de llamarlo por su nombre de pila en décimo, en algún lugar del campo de rugby.

«El día brilla sobre los moribundos y los muertos.»

Harper arrastra su gigantesco cuerpo por el pasillo, y Rowan oye cómo se sienta al lado de Toby. En algún momento del trayecto, Rowan siente que algo le golpea repetidamente en la cabeza. Después de unos cuantos golpes se da cuenta de que es la raqueta de tenis de Toby.

—Eh, lerdo, ¿qué tal el sarpullido?

—Lerdo —se ríe Harper.

Para alivio de Rowan, Clara y Eve aún no miran hacia atrás.

Toby le echa el aliento en la nuca.

—Eh, bicho raro, ¿qué lees? Eh, Petirrojo, que qué lees…

Rowan se gira a medias.

—Me llamo Rowan —dice.

O masculla. El «me» suena como un susurro áspero; su garganta es incapaz de encontrar un hilo de voz a tiempo.

—Capullo —dice Harper.

Rowan intenta concentrarse en el mismo verso.

«El día brilla sobre los moribundos y los muertos.»

Toby insiste.

—¿Qué lees? Petirrojo, te he preguntado algo. ¿Qué lees?

Rowan levanta el libro a regañadientes y Toby se lo arranca de las manos.

—Marica.

Rowan se vuelve.

—Devuélvemelo. Por favor. Oye… ¿me devuelves el libro?

Toby le da un codazo a Harper.

—La ventana.

Harper parece confundido o reticente, pero se pone de pie y abre la estrecha ventana superior.

—Venga, Harper. Hazlo.

Rowan no ve que el libro cambie de manos, pero de algún modo lo hace, y entonces lo ve caer volando en la carretera, como un pájaro al que han disparado. Childe Harold, Manfred y Don Juan, todos se pierden en un instante.

Le entran ganas de enfrentarse a ellos, pero se siente débil y cansado. Además, Eve aún no se ha dado cuenta de la humillación de la que es víctima, y no quiere hacer nada que permita que eso suceda.

—Oh, mi querido Petirrojo, lo siento mucho, pero creo que he extraviado tu libro de poesía gay —dice Toby con voz aflautada.

Los chicos que están sentados a su alrededor ríen de miedo. Clara se vuelve, curiosa. Y Eve también. Ven que la gente ríe, pero no por qué.

Rowan cierra los ojos. Desearía estar en 1812, en un carruaje oscuro y solitario tirado por caballos, con Eve sentada a su lado y tocada con un sombrero.

«No me mires. Por favor, Eve, no me mires.»

Cuando abre de nuevo los ojos, comprueba que su deseo ha sido concedido. Bueno, en parte. Sigue en el siglo XXI, pero Eve y su hermana hablan, ajenas a lo que acaba de suceder. Clara se agarra al respaldo del asiento de enfrente. Salta a la vista que no se encuentra bien, y Rowan espera que no vomite en el autobús, porque, a pesar de lo mucho que odia ser el objeto de la atención de Toby y Harper, no quiere que se ceben en ella. Sin embargo, gracias a algún tipo de señal invisible, han detectado su miedo y se han puesto a hablar de las dos chicas.

—Esta noche Eve es mía, Harps. La invitaré a un trago, tío, te lo digo.

—¿Ah, sí?

—Tranquilo. Tú también pillarás. La hermana del marica está colada por ti. Se le cae la baba.

—¿Qué?

—Es obvio.

—¿Clara?

—Si le diera un poco el sol y le quitaras las gafas, no estaría nada mal.

Rowan nota que Toby se inclina hacia delante y le susurra:

—Tenemos una pregunta. A Harper le mola tu hermana. ¿Cuánto cobra por pasar la noche con él? ¿Diez libras? ¿Menos?

Rowan es presa de la ira.

Quiere decir algo, pero no puede. Cierra los ojos y se asusta con lo que ve: Toby y Harper, sentados donde están pero rojos y desollados como los dibujos anatómicos que muestran la estructura muscular y mechones de pelo aún en su sitio. Parpadea varias veces para borrar la imagen. Y no hace nada para defender a su hermana. Se queda allí sentado y se traga el desprecio que siente hacia sí mismo, preguntándose qué habría hecho Lord Byron.

FOTOGRAFÍA

No es más que una fotografía.

Un momento congelado del pasado.

Un objeto físico que ella puede sujetar, algo perteneciente a la época anterior a las cámaras digitales, y que nunca se ha atrevido a escanear y grabar en su iMac. «París, 1992», dice la nota del dorso. Como si hubiera necesitado ponerla ahí. Desea que la foto ni tan siquiera existiese, y desea que nunca le hubieran pedido a ese pobre y desconocido transeúnte que se la hubiera sacado. Pero existe, y aunque sabe que está ahí no puede romperla o quemarla o incluso abstenerse de mirarla, por mucho empeño que ponga en ello.

Porque es él.

Su conversor.

Una sonrisa irresistible que brilla en una noche jamás olvidada. Y ella, esbozando una sonrisa, tan feliz y despreocupada que resulta irreconocible, allí en Montmartre, con minifalda y los labios pintados de rojo sangre, y una mirada en la que refulgía el peligro.

—Loca inconsciente —le dice a su antiguo yo, mientras piensa: «Aún podría tener ese aspecto si quisiera, o casi tan bueno. Y aún podría ser así de feliz».

Aunque la imagen ha perdido algo de color debido al paso del tiempo y al calor de su escondite, aún conserva ese efecto dichoso y horrendo al mismo tiempo.

«Recobra la compostura.»

Deja la fotografía de nuevo en el armario de la caldera. Toca el gran depósito de agua caliente con el brazo y no lo aparta. Está caliente, pero desea que aún lo estuviera más. Lo suficiente para escaldarla y hacerle sentir todo el dolor que necesita para olvidar el delicioso sabor de él, un sabor perdido hace tanto tiempo.

Recobra la compostura y baja las escaleras.

Observa entre los listones de madera la ventana delantera mientras el basurero avanza por el camino de su casa para llevarse su basura. Pero no lo hace. Al menos no de inmediato. Levanta la tapa del cubo, abre una de las bolsas negras y hurga en ella.

Ve a un compañero que le dice algo al hombre y este tapa el cubo y lo acerca al camión.

Se levanta, se inclina, se vacía.

El basurero mira hacia la casa. La ve y ni siquiera parpadea. Tan solo se queda allí, mirándola fijamente.

Helen retrocede, se aparta de la ventana, y se siente aliviada al cabo de un instante, cuando el camión, entre resoplidos, se aleja por la calle.

FAUSTO

Estudian alemán en una inmensa y antigua sala de techo alto, del que cuelgan ocho tubos fluorescentes. Dos de ellos se encuentran en el limbo del parpadeo, sin funcionar bien pero sin apagarse del todo, lo cual no alivia en absoluto el dolor de cabeza de Rowan.

Está sentado allí, arrellanado en la silla al fondo de la clase, escuchando a la señora Sieben mientras esta lee el *Fausto* de Goethe con su habitual histrionismo.

—*Welch Schauspiel!* —dice, con los dedos de la mano juntos, como si estuviera saboreando un plato que acabara de preparar—. *Aber ach! ein Schauspiel nur!*

Alza la vista del libro hacia los inexpresivos rostros de sus alumnos de diecisiete años.

—*Schauspiel?* ¿Alguien?

Una obra de teatro. Rowan conoce la palabra pero no levanta la mano, ya que nunca tiene el valor de hablar voluntariamente en voz alta delante de la clase, sobre todo si Eve Copeland se encuentra entre los presentes.

—¿Alguien? ¿Alguien?

Cuando la señora Sieben hace una pregunta levanta la nariz, como un ratón que olisquea en busca de queso. Sin embargo, hoy se va a quedar con hambre.

—Descomponed el nombre. *Schau spiel*. «Ver representación.» Una obra o cualquier otra cosa que se represente en un teatro. Goethe arremetía contra la falsedad del mundo. «¡Menuda pantomima! ¡Pero *ach*, ay, no es más que una pantomima!» A Goethe le gustaba decir *ach* bastante a menudo —añade con una sonrisa—. Era el señor Ay. —Recorre la sala con una mirada que no presagia nada bueno, y sus ojos se cruzan con los de Rowan en el momento equivocado—. Ahora pidamos la colaboración de nuestro propio señor Ay. Rowan, ¿te importaría leer el fragmento de la siguiente página, la veintiséis? El que empieza con… a ver… —Sonríe, ha visto algo—. *Zwei Seelen wohnen, ach! in meiner Brust.* «Dos almas viven (o habitan, o moran), ¡ay!, en mi pecho, o mi corazón…» ¡Prosiga, herr Ay! ¿A qué esperas?

Rowan ve las caras que lo miran fijamente. Toda la clase estira el cuello para ser testigo del ridículo espectáculo que ofrece un adolescente petrificado por la idea de hablar en voz alta. Solo Eve mantiene la mirada fija en el libro, en un posible intento de aliviar su bochorno. Un bochorno del que ella misma ha sido testigo en otras ocasiones; la semana pasada en la clase de inglés, cuando lo obligaron a leer el fragmento en el que Otelo se dirige a Desdémona. («D-d-déjame ver tus ojos —murmuró sin apartar la vista de la edición de Arden—. M-m-mírame a la cara.»)

—*Zwei Seelen* —dice, y oye cómo uno de sus compañeros intenta contener la risa.

Y entonces la voz de Rowan resuena como si tuviera vida propia, y por primera vez en todo el día se siente despierto, pero no es una buena sensación. Es la actitud alerta del domador de leones y de los escaladores que no las tienen todas consigo, y sabe que se encuentra al borde de la catástrofe.

Se detiene entre palabra y palabra, presa del miedo, consciente de que su lengua podría pronunciar algo mal en cualquier momento. La pausa entre *meiner* y *Brust* dura cinco segundos y una eternidad, y su voz se debilita a cada palabra, vacila.

—*Ich bin der Geist, der st-stets verneint* —lee. «Soy el espíritu que siempre niega.»

A pesar de los nervios, siente una extraña conexión con las palabras, como si no pertenecieran a Johann Wolfgang von Goethe, sino a Rowan Radley.

Soy la picazón que nunca rascan.
Soy la sed que nunca es saciada.
Soy el chico que nunca lo logra.

¿Por qué es así? ¿Qué está negando? ¿Qué le daría fuerza suficiente para tener confianza en su propia voz?

Eve sostiene un bolígrafo, le da vueltas entre los dedos, lo mira concentrada como si fuera una vidente muy dotada y el bolígrafo algo que pudiera revelarle el futuro. Rowan tiene la sensación de que siente vergüenza por él, y ese pensamiento lo mortifica. Mira a la señora Sieben, pero sus cejas enarcadas le dicen que tiene que continuar, que su tortura aún no ha acabado.

—*Entbehren sollst du!* —dice, con un tono de voz que no resalta el signo de admiración—. *Sollst entbehren!*

La señora Sieben lo hace parar.

—Venga, dilo con pasión. Son palabras apasionadas. Las entiendes, ¿verdad, Rowan? Pues venga. Dilas en voz bien alta.

Todas las miradas están clavadas en él de nuevo. Incluso la de Eve, durante un momento. Están disfrutando de la escena, del mismo modo en que la gente disfruta de las corridas de toros o de los concursos de televisión crueles. Rowan es el toro con las banderillas clavadas, que se desangra, y cuya agonía quieren alargar.

—*Entbehren sollst du!* —dice de nuevo, más fuerte pero no lo suficiente.

—*Entbehren sollst du!* —suplica la señora Sieben—. ¡Niégate a ti mismo! Son palabras muy fuertes, Rowan. Necesitan de una voz fuerte. —Le dirige una cálida sonrisa.

«¿Qué se cree? —se pregunta él—. ¿Que me está forjando el carácter?»

—*Entbehren sollst du!*

—Más. *Mit* pasión, ¡venga!

—*Entbehren sollst du!*

—¡Más fuerte!

El corazón le late desbocado. Lee las palabras que va a pronunciar a voz en grito para quitarse de encima a la señora Sieben.

Entbehren sollst du! Sollst entbehren!
Das ist der ewige Gesang.

Respira hondo, cierra los ojos, al borde de las lágrimas, y oye su voz, más fuerte que nunca.

—¡Niégate a ti mismo! ¡Debes negarte a ti mismo! ¡Siempre la misma canción!

Pero hasta que no pronuncia la última palabra no se da cuenta de que lo ha gritado en inglés. Las risas contenidas se convierten en carcajadas y los demás estudiantes se desternillan sobre los pupitres, histéricos.

—¿Qué es tan gracioso? —le pregunta Eve, enfadada, a Lorelei Andrews.

—¿Por qué son tan raros los Radley?

—No es raro.

—No. Es verdad. En el planeta de los bichos raros encaja a la perfección. Pero yo me refería a la Tierra.

El bochorno de Rowan no hace sino aumentar. Se fija en el bronceado caramelizado de Lorelei y en sus ojos de Bambi maligno e imagina su combustión espontánea.

—Muy buena traducción, Rowan —dice la señora Sieben, que intenta aplacar las carcajadas. Muestra una sonrisa amable—. Estoy impresionada. No sabía que eras capaz de traducir con tal precisión.

«Yo tampoco», piensa Rowan. Pero entonces ve a alguien a través del cristal armado de la puerta. Alguien de otra clase que corre por el pasillo. Es Clara, que se dirige a los lavabos a toda prisa, tapándose la boca con una mano.

AL OTRO LADO DE LA CORTINA

El decimocuarto paciente del día de Peter se encuentra al otro lado de la cortina, bajándose los pantalones y los calzoncillos. Peter intenta no pensar en lo que se va a ver obligado a hacer por su trabajo dentro de un minuto, mientras se pone los guantes de látex. Se limita a quedarse allí sentado, intentando pensar en algo que pueda asustar a Clara para que vuelva a comer carne.

«¿Daños nerviosos?»

«¿Anemia?»

Hay unos cuantos problemas de salud posibles causados por falta de vitamina B y hierro. Existe un riesgo al que no habían tenido que enfrentarse cuando los niños eran pequeños: el riesgo de las segundas opiniones de personas como la enfermera del instituto, a la que Rowan decidió ir a ver por culpa de su sarpullido, y que le dijo que dudaba que fuera fotodermatosis. ¿Todavía vale la pena? ¿Valen la pena todas estas mentiras? ¿Vale la pena hacer que sus hijos se pongan enfermos? Lo peor de todo es que sus hijos creen que a él no le importa nada, pero lo cierto es que no le está permitido preocuparse por ello, no del modo que él quiere.

–A la mierda –dice sin pronunciar las palabras, en silencio–. A la mierda.

Peter tiene suficiente experiencia como médico para saber que la tranquilidad y la confianza son un medicamento en sí mismas. Había leído varios artículos sobre el efecto placebo y los trucos que se utilizaban para aumentar la confianza de los pacientes. Conocía los estudios que demostraban que el oxazepam surte mayor efecto en el tratamiento de la ansiedad si la pastilla es verde, y es mejor para la depresión si es amarilla.

De modo que en ocasiones así es como se justifica las mentiras a sí mismo. Tan solo tiñe la verdad como si fuera una pastilla.

Pero a medida que pasa el tiempo le resulta más duro.

Mientras permanece sentado esperando al anciano, un póster de su tablón de corcho lo mira fijamente, como siempre.

Una gran gota de sangre, en forma de lágrima.

Y con el habitual tipo de letra en negrita del NHS: «SÉ UN HÉROE HOY. DONA SANGRE».

El reloj hace tictac.

Oye ruido de ropa y el anciano carraspea.

—Bueno. Ya… Estoy… Puede…

Peter se desliza al otro lado de la cortina y hace lo que requiere su trabajo.

—No hay nada grave, señor Bamber. Tan solo necesita un poco de crema, eso es todo.

El anciano se sube los calzoncillos y los pantalones, y parece a punto de romper a llorar. Peter se quita el guante y lo deposita con cuidado en la pequeña papelera destinada a tal efecto. La tapa hace un ruido seco al cerrarse.

—Ah, bien —dice el señor Bamber—. Eso está bien.

Peter lo mira a la cara. Las manchas de la edad, las arrugas, el pelo alborotado, los ojos ligeramente lechosos. Por un instante siente tal rechazo ante su propio futuro, un futuro que él mismo ha acortado, que apenas puede hablar.

Se vuelve y mira otro póster de la pared. Uno que Elaine debe de haber puesto. Una fotografía de un mosquito y una advertencia sobre la malaria para sus pacientes que se van de vacaciones.

«UNA SOLA VEZ BASTA.»

Casi rompe a llorar.

ALGO MALVADO

Clara tiene las palmas de las manos empapadas en sudor.

Tiene la sensación de que alberga algo horrible en su interior. Un veneno que debe expulsar de su cuerpo. Algo vivo. Algo malvado que se está apoderando de ella.

Unas chicas entran en el baño y alguien intenta abrir la puerta de su cubículo. Clara se queda quieta e intenta respirar a pesar de la sensación de mareo, pero no puede contenerla y esta avanza a una velocidad de vértigo.

«¿Qué me está pasando?»

Vomita de nuevo, y oye voces fuera.

—Venga, señorita Bulimia, ya debes de haber echado todo el almuerzo. —Una pausa. Y luego—: Oh, qué olor tan repugnante.

Reconoce la voz de Lorelei Andrews.

Alguien llama a la puerta con suavidad. Entonces oye a Lorelei otra vez, pero habla en voz más baja.

—¿Estás bien?

Clara hace una pausa.

—Sí —responde.

—¿Clara? ¿Eres tú?

No responde. Lorelei y alguien más se ríen.

Clara espera a que se vayan y luego tira de la cadena. Fuera, en el pasillo, Rowan está apoyado en los azulejos de la pared. Se alegra de ver su cara, la única que podría soportar en ese momento.

—Te he visto pasar corriendo por el pasillo. ¿Te encuentras bien?

Toby Felt pasa a su lado en ese preciso instante, y le da un golpe en la espalda a Rowan con la raqueta de tenis.

–Sé que tienes ganas de acción, memo, pero es tu hermana. Eso no está bien.

Rowan no tiene nada que decir, o nada que tenga el valor de decir en voz alta.

–Es un idiota –dice Clara en un susurro–. No sé qué ve Eve en él.

Clara se da cuenta de que su comentario disgusta a su hermano, y se arrepiente de haberlo dicho.

–Creía que habías dicho que no le gusta –dice él.

–Bueno, eso pensaba yo. Imaginaba que al tratarse de una persona que posee un cerebro completamente operativo no le gustaría, pero, bueno, me parece que sí le gusta.

Rowan se esfuerza por fingir indiferencia.

–Bueno, en realidad no me importa. Puede gustarle quien quiera. En eso consiste la democracia.

Suena el timbre.

–Intenta olvidarla –le aconseja Clara mientras se dirigen a su siguiente clase–. Si quieres que deje de ser amiga de ella, lo haré.

Rowan suspira.

–No digas tonterías. No tengo siete años. Mira, solo me gustaba un poco, eso es todo. No ha sido nada.

Entonces Eve aparece de repente tras ellos.

–¿Qué es lo que no era nada?

–Nada –responde Clara, que sabe que su hermano está demasiado nervioso para hablar.

–Nada era nada. Un pensamiento muy nihilista.

–Pertenecemos a una familia de nihilistas –dice Clara.

Si te has abstenido toda la vida, es imposible que sepas lo que te estás perdiendo. Pero la sed sigue ahí, en lo más profundo, bajo cualquier cosa que hagas.

El manual del abstemio (2.ª ed.), p. 120

UNA ENSALADA TAILANDESA DE HOJAS
VERDES CON POLLO MARINADO,
Y ALIÑO DE LIMA Y GUINDILLA

—Qué collar tan bonito —se ve obligado a decirle Peter a Lorna, después de pasar demasiado tiempo mirándole el cuello.

Por suerte, Lorna sonríe agradecida y acaricia las sencillas cuentas blancas.

—Ah, Mark me lo compró hace años. En un mercado de Santa Lucía. En nuestra luna de miel.

La noticia parece pillar desprevenido a Mark, que no se da cuenta hasta entonces de que su mujer lleva un collar.

—¿Ah, sí? No lo recuerdo.

Lorna parece dolida.

—Sí —asegura en tono lastimero—, me lo regalaste.

Peter intenta concentrarse en otra cosa. Observa a su mujer mientras retira la película de plástico de la ensalada de Lorna y mira a Mark, que toma un sorbo de su Sauvignon Blanc de forma tan lenta y recelosa que uno podría pensar que se crió en un viñedo del valle del Loira.

—¿Toby ha ido a la fiesta? —pregunta Helen—. Clara sí, a pesar de que no se encuentra del todo bien.

Peter recuerda que su hija fue a verlo una hora antes, mientras él consultaba el correo electrónico. Le preguntó si podía salir, y él respondió que sí, de forma distraída, sin caer del todo en la cuenta de lo que le estaba pidiendo, de modo que Helen le lanzó una mirada de desdén cuando bajó, pero no abrió la boca mientras preparaba el estofado de cerdo. Quizá le estaba lanzando una pulla. Y quizá tenía razón. Quizá no debería haberle dicho que sí, pero él no es Helen. No puede estar siempre alerta.

—Ni idea —dice Mark, que le pregunta a Lorna—: ¿Ha ido?

Ella asiente y parece algo incómoda por tener que hablar de su hijastro.

—Sí, eso creo, aunque nunca nos dice adónde va. —Vuelve a centrar la atención en su ensalada, que Helen acaba de servir—. Aquí está. Una ensalada tailandesa de hojas verdes con pollo marinado, y aliño de lima y guindilla.

Peter la oye, pero no suenan las alarmas. Además, Helen ya ha probado un bocado, por lo que cree que no pasará nada.

Pincha con el tenedor un trozo de pollo y un poco de berro aliñado, y se lo lleva a la boca. Al cabo de menos de un segundo, se está ahogando.

—Oh, Dios —dice.

Helen lo sabe, pero no ha podido avisarlo. Sin embargo, de algún modo, ella ha logrado tragárselo todo y ahora se enjuaga la boca con vino blanco para quitarse el sabor.

Lorna está muy preocupada.

—¿Qué pasa? ¿Está muy picante?

Peter no lo había olido. La guindilla y los demás ingredientes debían de haber disimulado el olor, pero aquel sabor resulta tan nauseabundo al entrar en contacto con su lengua, que se ahoga antes de que le llegue a la garganta. Se pone en pie, se tapa la boca con la mano y se da la vuelta.

—Cielos, Lorna —dice Mark con un tono agresivo que le endurece la voz—. ¿Qué le has hecho?

—¡Ajo! —Peter no puede reprimir las lágrimas mientras se ahoga, como si maldijera el nombre de un enemigo invicto—. ¡Ajo! ¡¿Cuánto le has puesto?!

Se frota la lengua con el dedo, intentando eliminar aquel maldito sabor. Entonces se acuerda del vino. Agarra la copa, se lo bebe de un trago y, a pesar de la visión borrosa, ya que tiene los ojos empañados, ve a Lorna con semblante triste mientras observa los restos de su ofensiva ensalada.

—Hay un poco en el aliño, y también en el adobo. Lo siento mucho. No sabía que…

Como siempre, Helen responde a bote pronto:

—Peter es un poco alérgico al ajo. Pero estoy segura de que sobrevivirá. Le pasa lo mismo con las cebollas.

—Ah —dice Lorna, sinceramente sorprendida—. Es raro. Es un antioxidante muy sano.

Peter coge la servilleta y tose en la tela blanca. Sin embargo, no llega a escupir todo el vino, sino que se enjuaga la boca con él y, al final, se lo acaba tragando.

—Lo siento mucho —dice mientras deja la copa vacía en la mesa—. De verdad. Lo siento mucho.

Su mujer le lanza una mirada que mezcla compasión y desaprobación a partes iguales, y se lleva a la boca una hoja verde sin aliño.

—¿Os vais de vacaciones este año? —pregunta Helen a sus invitados.

Mark asiente.

—Seguramente. A Cerdeña, tal vez.

—A Costa Esmeralda —añade Lorna, que mira a Peter y desliza un dedo por el borde de su copa de vino.

—¡Oh, Cerdeña! —dice Helen, y una extraña sensación de felicidad se apodera de ella—. Cerdeña es preciosa. Una vez pasamos la noche allí, ¿verdad, Peter?

Sus invitados parecen confundidos.

—¿Una noche? —pregunta Mark con un atisbo de recelo—. ¿Es que solo pasasteis una noche?

Helen se percata de su error.

—Quiero decir que llegamos de noche —añade mientras su marido enarca las cejas en un gesto de «A ver cómo te las apañas para salir de esta»—. Fue precioso, llegar a Cagliari… con todas aquellas luces… Y, claro, nos quedamos una semana. O sea, preferimos las estancias cortas, ¡pero ir y volver en una noche sería demasiado!

Se ríe de forma algo exagerada, y acto seguido se pone en pie para traer el segundo plato. Un estofado de cerdo sin ajo, que promete comer sin ninguna metedura de pata innecesaria.

«Debería hablar del libro que estoy leyendo —piensa Helen—. Sería un tema seguro. Al fin y al cabo, nunca tuvimos una noche salvaje volando a la China de Mao.»

Sin embargo, no tiene que preocuparse para buscar nuevos temas de conversación, ya que Mark monopoliza el plato principal aburriéndolos con una perorata sobre propiedades inmobiliarias.

—La compré cuando el mercado estaba hundido, por lo que tenía todas las de ganar —dice en referencia a una casa que compró en Lowfield Close. Entonces se inclina sobre la mesa como si estuviera a punto de revelar los secretos del Santo Grial—. El problema de comprar para alquilar es que puedes elegir las propiedades, pero no siempre puedes elegir a los inquilinos.

—Claro —dice Helen, que se da cuenta de que Mark espera algún tipo de confirmación.

—Y el primer y único tipo que se mostró interesado en alquilarla ha sido un absoluto desastre. Un absoluto desastre.

Peter solo le presta atención a medias. Está demasiado ocupado intentando ahuyentar ciertos pensamientos sobre Lorna mientras da cuenta de su guiso de cerdo. Intenta no mirarla a los ojos y no apartar la vista de su plato, las verduras y el jugo marrón.

—¿Un desastre? —pregunta Helen, que sigue esforzándose en fingir interés por lo que dice Mark.

El invitado asiente con solemnidad.

—Jared Copeland. ¿Lo conocéis?

«Copeland.» Helen tiene que pensar. Le suena de algo.

—Tiene una hija —añade Mark—. Una chica rubia. Eve, creo.

—Ah, sí. Clara es amiga de ella. Solo la he visto en una ocasión, pero parece encantadora. Una chica muy lista.

—Bueno, en cualquier caso, su padre es un tipo raro. Alcohólico, creo. Había trabajado en la policía. En el Departamento de Investigación Criminal, o algo por el estilo. Pero nunca lo dirías al verlo. Se quedó en el paro y decidió mudarse de Manchester a York. Me parece algo sin sentido, pero si quiere alquilarme un piso, no se lo voy a impedir. El problema es que no tiene dinero. Solo me ha pagado la fianza y ya está. Lleva viviendo ahí dos meses y no he visto ni un penique más.

—Oh, cielos, pobre hombre —dice Helen con sincera compasión—. Está claro que le ha sucedido algo.

—Eso es lo que le dije —tercia Lorna.

Mark pone los ojos en blanco.

—No dirijo una organización de beneficencia. Ya le he dicho que si no me paga dentro de una semana, se ha acabado. Uno no puede ponerse sentimental con este tipo de cosas, Helen. Soy un hombre de negocios. Además, me dijo que no me preocupara, que ha encontrado trabajo. —Mark esboza una sonrisa engreída que hace que Helen se pregunte por qué han invitado a cenar a los Felt—. De basurero. Ha pasado de policía a basurero. Creo que nunca acudiré a él para pedirle consejo profesional.

Helen recuerda al basurero que ha hurgado en su basura esta mañana.

Sin embargo, su marido no lo ha relacionado. No ha oído la referencia al basurero porque ha coincidido con el momento en que ha notado algo en el pie. Y ahora su corazón late con furia porque se da cuenta de que es Lorna. Su pie. Una casualidad, supone. Pero no se mueve: el pie de Lorna sigue encima del suyo, incluso lo frota, y oprime con delicadeza el cuero del zapato.

Peter la mira.

Ella sonríe con coquetería. Él mantiene el pie donde está mientras piensa en las barreras que los separan.

Zapato, calcetín, piel.

Deber, matrimonio, cordura.

Peter cierra los ojos e intenta que la fantasía no vaya más allá de lo sexual. Que sea algo normal. Humano. Pero debe realizar un gran esfuerzo.

Al final aparta el pie, lo desliza bajo su silla, y Lorna no aparta la mirada de su plato vacío. Pero la sonrisa no desaparece de su rostro.

—Así son los negocios —dice Mark, enamorado de la palabra—. Y tenemos un año de muchos gastos. Nos gustaría hacer una obra importante en la casa.

—Ah, ¿en qué habíais pensado? —pregunta Helen.

Mark carraspea como si fuera a realizar un anuncio de importancia nacional.

56

—Estamos pensando en ampliar la casa. En el piso de arriba. Construir una quinta habitación. Peter, vendré a enseñarte los planos antes de pedir los permisos. Existe el riesgo de que deje a la sombra una parte de vuestro jardín.

—Estoy convencido de que no supondrá ningún problema —dice Peter, que de repente se siente vivo y peligroso—. Para nosotros diría que la sombra casi es un punto a favor.

Helen le da un pellizco en la pierna a su marido, con todas sus fuerzas.

—Bueno —dice ella empezando a recoger los platos—. ¿A quién le apetece un poco de pudín?

TARÁNTULA

Hace frío al aire libre, a pesar de la hoguera, pero parece que a nadie le importa.

La gente baila, bebe y fuma porros.

Clara está sentada en el suelo, mirando la hoguera improvisada que se encuentra a unos cuantos metros frente a ella, estremeciéndose ante su calor y su brillo mientras las llamas devoran la noche a lametazos. Aunque no estuviera enferma, se habría sentido igualmente abatida durante la última hora o el tiempo que había pasado desde que Toby Felt llevaba intentando camelarse a Eve con vodka del malo y unas ocurrencias igual de malas. Y, en cierto modo, ha funcionado. Ahora se están besando, y la mano de Toby está en la nuca de su amiga y se arrastra como una tarántula de cinco patas.

Y, encima, está Harper, que no hace sino empeorar aún más la noche de Clara. Lleva diez minutos reclinado y mirando boquiabierto a Clara, con ojos embriagados y hambrientos, haciendo que se sienta aún peor.

A Clara le da un vuelco el estómago, como si el suelo se desplomara.

Tiene que irse.

Intenta reunir la energía necesaria para ponerse en pie cuando Eve se aparta de la boca de Toby para hablar con su amiga.

—Dios mío, Clara, estás muy pálida —dice Eve, borracha pero preocupada—. ¿Quieres que nos vayamos? Podríamos compartir un taxi. Voy a llamar a uno.

Detrás de ella, Clara ve a Toby hablando con Harper, como si quisiera levantarle la moral, y se pregunta fugazmente qué le debe de estar diciendo.

—No, no pasa nada —logra decir Clara, que se hace oír por encima de la percusión de la música—. Voy a llamar a mi madre dentro de un momento. Vendrá a recogerme.

—Si quieres puedo llamarla yo.

Toby tira de la blusa de Eve.

—No es necesario —dice Clara.

—¿Estás segura? —pregunta Eve poniendo ojitos como de ciervo borracho.

Clara asiente. No puede hablar. Si lo hace, sabe que acabará vomitando. En lugar de eso, respira hondo e intenta inspirar un poco de aire fresco, pero de poco le sirve.

Y entonces, mientras Eve y Toby empiezan a besarse de nuevo, la náusea de su estómago se intensifica y empieza a mezclarse con un dolor agudo y desgarrador.

«Algo va mal.»

Cierra los ojos y, desde algún lugar en las profundidades más oscuras de su ser, hace acopio de las fuerzas necesarias para ponerse en pie y alejarse de la gente que baila feliz y de las parejas que se besan.

COBERTURA

Al cabo de unos minutos Clara está saltando una cerca y se dirige al campo de al lado. Quiere llamar a su madre, pero su móvil no tiene cobertura, así que sigue caminando. No en línea recta hacia la carretera, no quiere que la vean los que siguen en la fiesta, sino por ese campo, que ofrece una forma más discreta de desaparecer.

Saca el teléfono de nuevo. El pequeño símbolo de la antena aún aparece cruzado por una línea.

Hay vacas que duermen en el suelo. Formas decapitadas en la oscuridad, como los lomos de las ballenas cuando irrumpen en la superficie del océano. No se convierten en vacas hasta que se acerca a ellas; se despiertan, sobresaltadas, y huyen desesperadas, dando tumbos. Clara sigue avanzando, sigue un camino diagonal hacia la lejana carretera, mientras las voces de la fiesta se entremezclan y desvanecen tras ella junto con la música, y se pierden en la brisa nocturna.

Clara no se había sentido tan mal en toda su vida. Y eso es mucho decir en una vida llena de infecciones oculares, migrañas de tres días y diarrea recurrente. Debería estar en la cama, hecha un ovillo fetal bajo el edredón, gimoteando para sí.

Entonces le sobreviene de nuevo, esa náusea atroz que le hace desear huir de su propio cuerpo.

Tiene que parar.

Tiene que parar y vomitar.

Pero entonces oye algo. Un jadeo pesado.

La hoguera parece encontrarse a varios kilómetros de distancia, un resplandor lejano tras un seto silvestre y espeso que separa ambos campos.

Ve una silueta enorme, que avanza dando pequeños saltos.

—Eh —dice una voz entre jadeos. Es un chico—. Clara.

Es Harper. Se siente tan mal que no le preocupa demasiado que la haya seguido. Se encuentra en un estado tan delirante que ha olvidado sus miradas libidinosas y supone que, en realidad, no la está siguiendo. Tal vez ella se haya dejado algo junto a la hoguera y haya ido a devolvérselo.

—¿Qué? —pregunta Clara poniéndose derecha.

Harper se acerca. Luce una gran sonrisa, pero no habla. Está muy borracho, cree Clara. Sin embargo, ella no. Harper es un zopenco y un matón, pero ella siempre ha considerado que es incapaz de pensar por sí mismo. Y como Toby no anda por ahí para echarle una mano en ese aspecto, ella no tiene de qué preocuparse.

—Estás muy guapa —dice, tambaleándose como un árbol enorme al que le han dado un hachazo en la base del tronco.

Su voz profunda y congestionada la abruma y aumenta su sensación de mareo.

—No. No lo estoy. Yo…

—Me preguntaba si te gustaría ir a dar un paseo.

—¿Qué?

—Ya sabes, dar un paseo.

Está confundida. Se pregunta de nuevo qué le habrá dicho Toby.

—Ya estoy caminando.

Harper sonríe.

—No pasa nada. Sé que te gusto.

No puede enfrentarse a esa situación. No parece tener a mano su reserva habitual de excusas educadas y útiles para quitárselo de encima. Lo único que puede hacer es seguir andando.

Sin embargo, Harper logra situarse delante de ella, se interpone en su camino y sonríe como si le hubiera contado un chiste. Un chiste que podría resultar feo o desagradable. Él camina hacia atrás mientras ella avanza, permanece delante de ella cuando lo que más necesita Clara es que no haya nadie a su alrededor. Salvo sus padres.

De pronto, Harper le parece alguien peligroso, su cara de borracho revela su potencial de maldad humana. Se pregunta si es así como se sienten los perros y los monos en el laboratorio cuando se dan cuenta de que los científicos no están ahí para ser buenos con ellos.

—Por favor —logra pronunciar—, déjame en paz.

Harper se enfada al oír esas palabras, como si ella intentara hacerle daño a propósito.

—Sé que te gusto. Deja de fingir.

«Fingir.»

La palabra le da vueltas en la cabeza, se convierte en un sonido sin sentido. Está convencida de que siente cómo gira la tierra alrededor de su eje.

Intenta concentrarse.

Hay una carretera desierta al final del campo.

Una carretera que lleva a Bishopthorpe.

A sus padres.

A casa.

Y lejos de él.

Debe llamarles. Debe, debe, debe…

—¡Joder!

Le ha vomitado en las zapatillas.

—¡Son nuevas! —exclama Harper.

Clara se limpia la boca y se siente un poco más normal.

—Lo siento —se disculpa.

Ahora se da cuenta de lo vulnerable que es, tan lejos de la fiesta, y de la carretera.

Pasa junto a Harper, apresuradamente, y se dirige a la pendiente que baja hacia la carretera. Pero él la sigue.

—No pasa nada. Te perdono.

Clara no le hace caso y empieza a marcar el número de sus padres, pero, a causa de los nervios, se mete en los ajustes del teléfono en lugar de en la agenda.

Harper la alcanza.

—He dicho que no pasa nada. —Su voz ha cambiado. Parece furioso, aunque adorna las palabras con una risa.

—Estoy enferma. Déjame en paz.

Elige la «agenda de contactos». Está ahí, el número, brillando en la pantalla, con una seguridad reconfortante. Aprieta el botón de llamada.

—Haré que te sientas mejor. Venga, sé que te gusto.

Tiene el teléfono en la oreja. Empieza a sonar. Al oír cada balido mecánico, Clara reza para que sus padres contesten. Pero al cabo de tres o cuatro tonos Harper le quita el teléfono. Se lo ha arrebatado con malos modos. Lo está apagando.

La cosa se pone seria. A pesar de que se encuentra muy mal, se da cuenta de que el chiste se está convirtiendo en humor negro. Ella es una chica, y él un chico el doble de grande que ella que podría hacerle lo que le viniera en gana. A cinco kilómetros de allí, piensa, su madre y su padre están manteniendo una conversación amigable con los Felt mientras cenan. Cinco kilómetros nunca le habían parecido una distancia tan grande.

—¿Qué haces?

Ve cómo su móvil va a parar al bolsillo de los vaqueros de Harper.

—Te he cogido el teléfono. Samsung es una mierda.

Es un niño. Es un niño de tres años que se ha convertido en un monstruo.

—Devuélvemelo, por favor. Tengo que llamar a mi madre.

—Ven a buscarlo.

—Devuélvemelo, por favor.

Harper se acerca. Le pasa un brazo por encima. Ella intenta resistirse, pero él no la suelta y la agarra con más fuerza. Clara se da cuenta de que el aliento le huele a alcohol.

—Sé que te gusto —dice Harper—. Eve le dijo a Toby que te gustaba.

A Clara le da un vuelco el corazón, que se acelera presa del pánico.

—Por favor —dice ella una última vez.

—Joder, ¿qué te pasa? Eres tú quien me ha vomitado encima. Eres tan rara como tu hermano.

Intenta besarla. Ella aparta la cabeza.

La voz de Harper la golpea como una pedrada.

—¿Qué pasa, te crees que eres demasiado buena para mí? Pues no es verdad.

Clara grita para pedir ayuda; él no le quita el brazo de encima y se aferra con la mano al cuerpo del que quiere disfrutar.

—¡Socorro! —grita ella de nuevo, y vuelve la cabeza hacia el lugar del que ha venido.

Las palabras solo llegan hasta las vacas, que la observan con un miedo que ella comparte. Ahora Harper también está asustado. Clara lo ve en su rostro, en su sonrisa desesperada y en sus ojos espantados. Incapaz de pensar en una solución mejor, le tapa la boca con la mano. Clara mira hacia la carretera. No hay coches. No hay rastro de nadie. Grita, pero solo un murmullo desesperado se cuela entre los dedos. Aquel sonido lo obliga a apretar con más fuerza y le hace daño en la mandíbula.

Le clava las rodillas en la corva y la tira al suelo.

—No eres mejor que yo —dice Harper, que sigue reprimiendo sus gritos con la mano—. Te lo voy a demostrar.

Deja caer todo su peso sobre ella, mientras desliza la otra mano para encontrar el primer botón de los tejanos de Clara.

En ese instante, el miedo de ella se convierte en ira. Le da puñetazos en la espalda, le tira del pelo, le muerde la palma de la mano.

Prueba su sangre y le muerde con más fuerza.

—¡Aaagh! ¡Zorra! ¡Aaagh!

Algo cambia.

Se le despeja la mente.

De repente el miedo ha desaparecido.

Y también la sensación de mareo.

Y la debilidad.

Solo queda la sangre, el delicioso sabor de la sangre humana.

Una sed de la que nunca había sido consciente se sacia, y experimenta el alivio de un desierto que absorbe las primeras gotas de lluvia. Se entrega a ello, al sabor, y no es consciente del grito de Harper mientras aparta la mano de golpe. Algo negro brilla en la mano de él. Una gran herida abierta donde debería estar la palma de la mano, con las pequeñas cánulas de hueso intactas. Harper la mira, absolutamente aterrorizado, y ella no se pregunta por qué. Ninguna duda la asalta.

Clara se deja llevar por una furia incontrolable y salvaje, y con una súbita fuerza le da un empujón y lo tira al suelo para mantener vivo ese sabor.

El grito ahogado de Harper se acaba apagando, junto con el tremendo dolor que le ha causado, y a Clara solo le queda el intenso y singular placer de su sangre. Se apodera de ella, ahoga a la chica débil que creía que era, y hace surgir a alguien nuevo, a su yo verdadero y fuerte, a la superficie.

En este momento Clara es más poderosa que mil guerreros. De repente el mundo no le hace sentir ningún miedo, del mismo modo en que su cuerpo no siente dolor ni náuseas.

Permanece aturdida, suspendida en el momento. Siente la intensidad de este presente, libre del pasado y el futuro, y sigue alimentándose bajo el consuelo de un cielo oscuro y sin estrellas.

LA SANGRE, LA SANGRE

Helen se levanta para coger el teléfono, pero deja de sonar incluso antes de que haya salido del comedor. Es raro, piensa, y tiene la vaga sensación de que algo va mal. Regresa junto a sus invitados, y ve que Mark Felt se lleva una cantidad considerable de pudin de verano a la boca.

—Está delicioso, Helen. Deberías darle la receta a Lorna.

Su mujer lo mira, plenamente consciente de que acaba de lanzarle una indirecta. Abre y cierra la boca, la abre de nuevo, pero no dice nada.

—Bueno —dice Helen, diplomática—, creo que se me ha ido la mano con las grosellas. Quizá debería haber comprado algo preparado en Waitrose.

Oyen la música de Rowan que llega desde el piso de arriba, una taciturna nota de suicidio acompañada de guitarras, una canción que Peter y Helen oyeron por última vez hace años en Londres, en su primera cita. Helen llega a entender la letra, «Quiero ahogarte en el flujo de tu dulce y roja sangre», y sonríe sin querer, recordando lo mucho que se divirtió esa noche.

—Hace tiempo que tengo ganas de verte —le dice Lorna a Peter con una voz como de un gato que se frota contra un radiador.

—¿Eh? —pregunta Peter.

Lorna lo mira a los ojos.

—En un sentido profesional, quiero decir. Ya sabes, pedir cita y todo eso.

—¿Pedir cita con un médico chapado a la antigua? —pregunta Peter ahora—. Un poco convencional para una reflexóloga, ¿no crees?

Lorna sonríe.

—Bueno, cuanto más se abarca, mejor.

—Sí, supongo que tienes…

Antes de que Peter pueda acabar, el teléfono suena por segunda vez.

—¿Otra vez? —pregunta Helen.

Echa la silla hacia atrás y abandona la sala.

En el pasillo, mira la hora en el pequeño reloj que hay junto al teléfono. Son las once menos cinco.

Descuelga el aparato y oye la respiración de su hija al otro lado del hilo. Parece que ha estado corriendo.

—¿Clara?

Pasan unos instantes hasta que oye la voz de Clara. Al principio parece incapaz de pronunciar palabras coherentes, como si tuviera que aprender a hablar de nuevo.

—¿Clara? ¿Qué pasa?

Entonces llegan las palabras y Helen sabe que el mundo se acaba.

—Ha sido la sangre. No podía parar. Ha sido la sangre, la sangre…

SILENCIO

Rowan se ha pasado toda la noche en su cuarto, intentando escribir un poema sobre Eve, pero no lo ha logrado.

Se da cuenta de que la casa parece en silencio. No oye las voces forzadas y educadas de sus padres y sus invitados. Oye otra cosa.

Un motor, fuera. Echa un vistazo entre las cortinas justo a tiempo de ver cómo el monovolumen sale de la casa a toda velocidad y enfila Orchard Lane.

Qué raro.

Sus padres nunca conducen tan rápido, y mientras se pregunta de forma distraída si les han robado el coche, se pone de nuevo el jersey —se lo había quitado para hacer tres angustiosas flexiones— y baja las escaleras.

BÉLA LUGOSI

Los árboles se mecen en la oscuridad mientras Helen sale del pueblo. Ha querido conducir porque sabía que Peter se pondría hecho una fiera en cuanto se lo dijera, pero, aunque va en el asiento del copiloto, ha decidido esperar hasta que han dejado el pueblo atrás. Le parecía más fácil de aquel modo, lejos de las casas y los caminos de su nueva vida. Ahora le ha dicho que ha sucedido lo inevitable y él le está gritando mientras ella intenta concentrarse en lo que hace, con la mirada clavada en la carretera vacía que se extiende ante ellos.

–Maldita sea, Helen –exclama Peter–. ¿Clara lo sabe?

–No.

–Entonces, ¿qué cree que ha ocurrido?

Helen respira hondo, intenta relatarle lo sucedido con detalle y con mucho cuidado.

–El chico ha intentado sobrepasarse con ella, y Clara lo ha atacado. Le ha mordido. No dejaba de hablar de la sangre. De su sabor. Costaba mucho entenderla.

–Pero no ha dicho…

–No.

Peter dice lo que Helen ya sabía que iba a decir, y no le queda más remedio que estar de acuerdo con él.

–Tenemos que explicárselo. A ambos. Deben saberlo.

–Tienes razón.

Peter niega con la cabeza y lanza a su mujer una mirada furiosa que ella intenta pasar por alto. Se concentra en la carretera, intentando asegurarse de que no se pasa el desvío. Pero aun así no puede permanecer impasible a su voz mientras le grita al oído.

—¡Diecisiete años! Y ahora sabes que deberíamos habérselo dicho. Genial. Genial.

Peter saca un teléfono móvil del bolsillo y empieza a marcar. Se le corta la respiración; está a punto de hablar, pero entonces vacila unos instantes. Un contestador automático.

—Soy yo —dice al final. Va a dejar un mensaje—. Ya sé que hace mucho tiempo…

«No puede. No es posible.»

—… Pero creo que te necesitamos. Clara se ha metido en un problema, y no podemos enfrentarnos a ello solos.

«Lo está haciendo. Está llamando a su hermano.»

—Por favor, llámanos en cuanto…

Helen aparta la vista de la carretera y suelta las manos del volante para agarrar el teléfono. Están a punto de estrellarse contra los árboles.

—¿Qué demonios haces? —Helen aprieta el botón de colgar—. Prometiste que no lo llamarías jamás.

—¿A quién?

—Estabas llamando a Will.

—Helen, hay un cadáver. No podemos manejar esta situación.

—He traído la pala —dice ella, consciente de lo ridículas que suenan sus palabras—. No necesitamos a tu hermano.

Durante unos segundos no dicen nada, mientras llegan al desvío y prosiguen.

«¡Will! ¡Ha llamado a Will!»

Y lo más difícil de aceptar es que Helen sabe que su marido cree que ha tomado la decisión más natural. La carretera se estrecha y los árboles parecen más cercanos, se inclinan hacia delante como los invitados de una boda a medianoche, tocados con extravagantes sombreros.

O como los asistentes a un funeral.

—Podría sacar el cuerpo de ahí volando —dice Peter al cabo de un rato—. Podría estar aquí en diez minutos. Podría solucionar esto.

Helen se aferra al volante con renovada desesperación.

—Me lo prometiste —le recuerda.

—Sé que lo hice —dice Peter, y asiente con la cabeza—. Prometimos muchas cosas. Pero eso fue antes de que nuestra hija se convirtiera en Béla Lugosi ante un chico, en una fiesta celebrada en medio de la nada. No sé ni por qué la dejaste ir.

—Te pidió permiso, pero no le prestaste atención.

Peter reconduce la discusión.

—Aún ejerce. En Manchester. Me escribió un correo electrónico la Navidad pasada.

Helen siente una sacudida.

—¿Te envió un correo electrónico? No me lo dijiste.

—Me pregunto por qué —dice él mientras Helen reduce la velocidad.

Las instrucciones de Clara habían sido vagas, por no decir otra cosa.

—Podría estar en cualquier tramo de la carretera —dice Helen.

Peter señala por la ventana.

—Mira.

Helen ve una hoguera en uno de los campos, y unas siluetas lejanas. No puede andar muy lejos. Reza en silencio para que nadie esté buscando aún a Clara, o al chico.

—Si no me vas a dejar que lo involucre, lo haré yo mismo —dice Peter—. Sacaré el cuerpo de aquí.

Helen desecha la idea.

—No digas tonterías. Además, no podrías. Ya no. Han pasado diecisiete años.

—Podría si probara la sangre. No necesitaría mucha.

Helen mira a su marido con incredulidad.

—Solo estoy pensando en Clara —dice él, intentando no apartar la mirada de la carretera—. ¿Recuerdas lo que se siente? ¿Lo que ocurre? No tendría que enfrentarse a una pena de cárcel. La…

—No —lo corta Helen—. No. Nos llevaremos el cuerpo. Lo enterraremos. Iremos al páramo y lo enterraremos. Como hacen los humanos.

–¡Como hacen los humanos! –exclama Peter, casi riéndose de ella–. ¡Joder!

–Tenemos que ser fuertes. Si pruebas la sangre, todo podría venirse abajo.

Peter piensa.

–Vale, vale. Tienes razón. Pero, antes de hacer esto, quiero saber algo.

–¿Qué? –pregunta ella.

Ni siquiera en una noche como esta, sobre todo en una noche como esta, Helen puede reprimir el temor que le provoca tal frase.

–Quiero saber si… me quieres.

Helen se muestra incrédula por la irrelevancia de la pregunta en su actual crisis.

–Peter, este no es el…

–Helen, debo saberlo.

Es incapaz de responder. Es curioso. Que haya cosas sobre las que resulta muy fácil mentir, y otras que no.

–Peter, esta noche no voy a participar en tus egoístas jueguecitos.

Su marido asiente y toma aire; ya tiene la respuesta. Y entonces ven algo, a alguien, un poco más adelante. Alguien que está agachado entre los arbustos.

–Es ella.

Cuando Clara se pone en pie y da un paso al frente para que la vean, todo se vuelve real. La ropa limpia con la que salió de casa está teñida de rojo. La sangre reluce en su jersey y su chaqueta de pana; también tiene manchada la cara y las gafas. Se tapa los ojos para protegerse de la luz deslumbrante de los faros del coche.

–Oh, Dios, Clara –dice Helen.

–Helen, las luces. La vas a cegar.

Las apaga y detiene el coche mientras su hija permanece en el mismo sitio y baja el brazo lentamente. Al cabo de un instante Helen sale del coche, mira hacia el campo oscuro y el cuerpo que yace inerte, a pesar de que no puede verlo. Hace frío. El viento es cortante, ya que no encuentra obstáculo que lo detenga desde el mar hasta alcanzar el páramo. El pelo de Clara ondea, intacto e incólume como el de un bebé.

«La he matado —piensa Helen al ver la expresión de aturdimiento que crispa el rostro de su hija más que la sangre—. He matado a toda nuestra familia.»

LOS CAMPOS OSCUROS

El chico está tendido en el suelo, ante Peter. Se encuentra en tal estado que resulta obvio que está muerto. Tiene los brazos levantados por encima de la cabeza, como en actitud de rendición. Clara le ha devorado el cuello, el pecho e, incluso, parte del estómago. La carne desgarrada reluce con un brillo casi negro, aunque existen diferentes grados de oscuridad que indican diferentes órganos. El intestino grueso está desparramado sobre el estómago, como si fuera una anguila que intenta huir.

Incluso en los viejos tiempos, después de los atracones más salvajes, no se acostumbraba a dejar un cuerpo en aquel estado. Pero no puede negarlo: no está tan horrorizado como debería. Sabía que en cuanto Clara empezase no podría parar, y que lo que había sucedido era culpa suya, de él mismo y de su mujer, ya que habían alterado la naturaleza de su hija. Sin embargo, la visión de la sangre lo fascina, y le produce su antiguo efecto hipnótico.

«Dulce, dulce sangre…»

Recupera la compostura e intenta recordar lo que está haciendo. Debe llevar el cuerpo a la parte trasera del coche, tal y como le ha ordenado Helen. Sí, eso es lo que debe hacer. Se agacha, sitúa los brazos bajo la espalda y las piernas del chico e intenta levantarlo del suelo. Es imposible. Últimamente se siente muy débil. El muchacho tiene cuerpo de hombre. De un hombre grande, además, con una constitución fuerte, de jugador de rugby.

«Esto es un trabajo para dos personas, al menos.» Mira a Helen. Está tapando a Clara con una manta y la abraza con fuerza. Los brazos de su hija cuelgan inertes.

No, puede hacerlo él solo. Tan solo tendrá que arrastrarlo y borrar las huellas. Han anunciado lluvia. Si llueve lo suficiente no quedará rastro de nada. Pero ¿y el ADN? En los ochenta no tenían que preocuparse por eso. Will sabría cómo superar aquel escollo. ¿Por qué Helen adoptaba siempre aquella actitud tan rara con él? ¿Cuál era el problema?

Peter agarra el cadáver por los tobillos y lo arrastra por el suelo. Le cuesta un gran esfuerzo y va muy lento.

Se detiene para recuperar el aliento y se mira la sangre de las manos. Le había jurado a Helen que nunca volvería a contemplar lo que está contemplando. Resplandece, pasa del negro al púrpura. Los faros de los coches destellan entre los arbustos a lo lejos. El coche avanza lentamente, como si el conductor buscara algo.

—¡Peter! —grita Helen—. ¡Viene alguien!

Oye cómo su mujer mete a Clara en el coche y, acto seguido, vuelve a llamarlo.

—¡Peter! ¡Deja el cuerpo!

El cadáver del chico está más cerca de la carretera, y cuando pase el coche podría verlo fácilmente gracias a la deslumbrante luz de lo que parecen ser unos faros antiniebla. Tira con desesperación del cuerpo, utilizando toda su fuerza y sin hacer caso de las punzadas de dolor que siente en la espalda. No va a lograrlo. Tan solo disponen de unos segundos, no de minutos.

—No —dice él.

Mira de nuevo la sangre de las manos antes de que Helen lo alcance.

—Lleva a Clara a casa. Yo me ocupo de esto. Puedo encargarme de este asunto.

—No, Peter…

—Vete a casa. Vete. ¡Por el amor de Dios, Helen, vete de una vez!

Su mujer ni siquiera asiente. Se mete en el coche y se va.

Peter observa los faros antiniebla mientras se lame las manos para probar lo que no ha probado en diecisiete años. Y sucede. La fuerza se apodera de su cuerpo y acaba con todas las molestias y dolores. Siente el reajuste rápido y suave de sus dientes y huesos mientras se transforma en su yo más puro. Es una liberación increíble, como si se desvistiera tras pasar varios años atrapado en el mismo traje incómodo.

El coche sigue acercándose.

Introduce la mano en la garganta sangrante del chico, lame la sabrosa y exquisita sangre. Entonces agarra el cuerpo sin apenas acusar el peso y se eleva por encima de los campos oscuros.

Más y más y más rápido.

Intenta no disfrutar de la sensación, permanecer concentrado en su cometido. Sigue volando, guiándose únicamente por el pensamiento.

Ese es uno de los efectos del sabor de la sangre. Elimina la distancia entre pensamiento y acción. Pensar es hacer. No existe una vida no vivida en tu interior mientras el aire te acaricia el cuerpo, mientras observas los pueblos deprimentes y las poblaciones comerciales −ahora transformadas en bloques de luz− y te diriges más allá de donde acaba la tierra, hacia el mar del Norte.

Y es aquí, en este momento, cuando puede dejar que la sensación se apodere de él.

Ese subidón estimulante que lo hace sentirse vivo de verdad y en el presente, sin temor a las consecuencias, libre del pasado y del futuro, consciente únicamente de la velocidad del aire y de la sangre que saborea en la lengua.

Se adentra varias millas en el mar y, al no ver la sombra de ningún barco debajo, suelta el cuerpo y se pone a volar en círculos mientras ve cómo se precipita hacia el agua. Entonces se lame las manos una vez más. Se chupa los dedos con placer y cierra los ojos para paladear el sabor.

«¡Esto es alegría!»

«¡Esto es vida!»

Por un instante, en el aire, casi decide seguir adelante. Podría ir a Noruega. En Bergen había un gran ambiente de vampiros, quizá aún exista. O podría ir a algún lugar con una legislación más laxa. Holanda, tal vez. Algún sitio sin unidades secretas de ballesteros.

Podría huir y vivir solo y satisfacer todos los antojos que tuviera. Libre y solo. ¿No era ese el único modo en que podía vivir?

Cierra los ojos y ve el rostro de Clara, la expresión que tenía cuando la ha encontrado junto a la carretera. Parecía muy alterada e indefensa, ansiosa por descubrir la verdad que él nunca le había revelado. O, al menos, eso es lo que él había querido ver.

«No.»

Incluso a pesar de la sangre que ha probado, es un hombre distinto al que dejó atrás, en algún lugar del agujero negro de cuando rondaba la veintena. No era como su hermano. Duda que pueda serlo jamás.

No ahora.

Mientras se arquea en el aire frío, admira el océano, una vasta lámina de acero que refleja una luna quebrada.

«No, soy un hombre bueno», se dice a sí mismo, y arrastra su cuerpo y su pesada conciencia hacia casa.

A pesar de que no suelta las manos del volante, Helen no le quita el ojo de encima a su hija, aturdida en el asiento del acompañante.

Hacía tiempo que temía que pudiera suceder algo así. Se ha atormentado a sí misma en varias ocasiones, imaginando situaciones similares. Pero, ahora que ha sucedido, no tiene la sensación de estar viviendo algo real.

—Quiero que sepas que no es culpa tuya —le dice. En el retrovisor puede ver que el coche sigue allí, que sus luces antiniebla refulgen en la noche—. Es culpa de esta cosa, Clara. De esta afección. Todos la padecemos, pero ha permanecido… latente… durante años. Durante toda tu vida. Y la de Rowan. Tu padre y yo, papá y yo… no queríamos que lo supieras. Creíamos que si no lo sabías… Que la educación se impondría a la naturaleza, eso es lo que creíamos…

Pasan junto al campo donde los chicos aún bailan alrededor de la mortecina hoguera. Helen sabe que tiene el deber de seguir hablando, de colmar a su hija de explicaciones. Tiene que tender puentes sobre el silencio. Ocultar la verdad con velos. Sin embargo, por dentro se está derrumbando.

—...Pero esta cosa... es fuerte... es fuerte como un tiburón. Y siempre está ahí, por muy tranquilas que estén las aguas. Está ahí. Debajo. Lista para...

En el retrovisor, los faros antiniebla dejan de moverse y se apagan. Helen siente un pequeño alivio al saber que ya no las siguen.

—Pero la cuestión —dice, tras recuperar el control de su voz— es que no pasa nada. No pasa nada porque también somos fuertes, cariño, y superaremos esto y regresaremos a la normalidad, te lo prometo. No...

Helen ve la sangre reseca en el rostro de Clara, alrededor de la boca, la nariz y la barbilla.

Como si fuera camuflaje.

«¿Cuánta sangre ha bebido?»

Helen siente un gran dolor al hacerse la pregunta. El dolor de haber construido algo, con el mismo esmero que si se tratara de una catedral, y acabar dándose cuenta de que se derrumbará y aplastará a todo el mundo y todo aquello que le importa.

—¿Qué soy? —pregunta Clara.

Es demasiado. Helen no tiene la menor idea de qué responder y se enjuga las lágrimas. Al final, encuentra las palabras.

—Eres lo que siempre has sido. Eres tú: Clara. Y...

De repente un recuerdo se filtra en su mente. Helen acaricia a su hija de un año para que se duerma, después de otra pesadilla. Le canta «Rema, rema, rema en tu barca» unas cien veces para calmarla.

Le gustaría revivir aquel momento y que existiera alguna nana que pudiera cantarle en ese instante.

—Y lo siento, cariño —dice mientras los árboles oscuros van pasando fugazmente por la ventana—, pero todo va a ir bien. Va a ir bien. Te lo prometo. Todo va a ir bien.

ME LLAMO WILL RADLEY

En el aparcamiento de un supermercado de Manchester una mujer mira al hermano de Peter fijamente a los ojos, presa de un deseo indecible. No tiene ni la más remota idea de qué está haciendo. Sabe Dios qué hora es y ahí está en el aparcamiento con él, con un hombre increíble e hipnóticamente fascinante. Su último cliente del día, que se había presentado en la caja con apenas un paquete de toallitas húmedas e hilo dental.

–Hola, Julie –le había dicho tras leer su nombre en la plaquita.

Tenía un aspecto horrible, como de rockero desaliñado de alguna banda pasada de moda que todavía creía que una gabardina andrajosa era una declaración de buen gusto. Y era a todas luces mayor que ella, pero cuando intentó adivinar su edad le resultó imposible.

Sin embargo, incluso a primera vista, ella había sentido que algo se despertaba en su interior. El estado semicomatoso que se había autoinducido al inicio de su turno –que mantuvo mientras pasaba los artículos por el lector de códigos de barras y arrancaba los tíquets de compra de la caja– había desaparecido de repente y se había sentido extrañamente viva.

Fue víctima de todos los clichés en los que cree la gente con tendencia al enamoramiento: el ritmo acelerado del corazón, la sensación de mareo al subir la sangre a la cabeza, el agradable calorcillo en el estómago.

Habían coqueteado durante la conversación sobre algo, pero ahora ella se encontraba en el aparcamiento y apenas recordaba sobre qué. ¿El piercing en el labio de ella? Sí. Al hermano de Peter le había gustado, pero creía que las mechas púrpura de su pelo teñido de negro no eran una buena idea, a la que además había que sumar el piercing y el maquillaje pálido.

–El estilo gótico te seguiría quedando bien si fuera un poquito menos extremado.

Jamás aceptaba comentarios estúpidos como aquel de Trevor, su novio, y sin embargo lo había aceptado de aquel absoluto desconocido. Incluso había accedido a quedar con él diez minutos después, en el banco que había fuera, arriesgándose a que la vieran todos los cotillas con los que trabaja cuando acabaran su turno.

Hablaron. Se quedaron allí sentados mientras los coches iban desfilando, uno a uno. Le pareció que pasaban unos minutos, pero debió de ser más de una hora. Y ahora, sin advertencia previa, él se pone en pie y le hace un gesto para que ella haga lo mismo y echan a caminar sin rumbo fijo por el asfalto. Y ahora ella se ve parándose y apoyándose en una furgoneta Volkswagen vieja y destartalada, casi el único vehículo que queda en el aparcamiento. Debería estar con Trevor, que se estará preguntando dónde está. O quizá no. Quizá esté jugando al *World of Warcraft*, y no piensa en ella para nada. Pero, en realidad, no le importa lo que esté haciendo. Siente la necesidad de seguir oyendo esa voz. Esa voz diabólica, firme, sonora.

–Entonces, ¿te gusto? –le pregunta.

–Despiertas mi apetito, si a eso te refieres.

–Entonces deberías llevarme a cenar. O sea, si tienes hambre.

Él sonríe con descaro.

–Estaba pensando en que deberías acompañarme a mi casa.

Mientras sus ojos oscuros la examinan, se olvida del frío, se olvida de Trevor, se olvida de todo lo que se supone que debes recordar cuando hablas con un desconocido en un aparcamiento.

–Vale. ¿Dónde está tu casa?

–Estás apoyada en ella –le responde.

Ella se ríe, no para de hacerlo.

–Vale –dice, y le da una palmadita a la furgoneta.

No está acostumbrada a tantas aventuras después del trabajo.

—Vale —repite él.

Tiene ganas de besarlo, pero intenta contenerse. Intenta cerrar los ojos y ver el rostro de Trevor, pero él no está ahí.

—Seguramente debería decirte que tengo novio.

El hombre parece encantado con la noticia.

—Debería haberlo invitado a cenar.

Le tiende la mano y ella la toma.

El móvil del hermano de Peter empieza a sonar. Ella reconoce la melodía: «Sympathy for the Devil».

No responde a la llamada, sino que la acompaña al otro lado de la furgoneta y abre la puerta deslizante. El interior es un caos de ropa, de libros ajados y casetes antiguos. Echa un vistazo y ve botellas de vino tinto llenas y vacías, tiradas junto a un colchón sin sábanas.

Lo mira y se da cuenta de que nunca ha conocido a nadie tan atractivo.

Él le hace un gesto para que entre.

—Bienvenida al castillo.

—¿Quién eres? —le pregunta.

—Me llamo Will Radley, si te refieres a eso.

Ella no está segura de que se refiera a eso, pero asiente, y se agacha para entrar en la furgoneta.

Will se pregunta si vale la pena tanto esfuerzo por esa chica. Se da cuenta de que el problema es que ha alcanzado un punto en el que incluso el placer, buscar y conseguir fácilmente lo que se desea, se convierte en una rutina. Y el problema de la rutina, como siempre, es que genera el mismo aburrimiento que sufren todos los demás, los abstemios y los exangües.

Ella está mirando fijamente la botella. Esta chica, esta Julie, a la que tan fácilmente ha podido atraer hasta aquí, y que seguramente no sepa ni la mitad de bien que la mujer con la que mata la sed: Isobel Child, la segunda vampira con mejor sabor que ha conocido jamás. Pero esta noche no podría soportar que Isobel ni ninguno de esos chupasangres temerosos de la policía le dijera cómo debe vivir.

—Bueno, ¿y a qué te dedicas? —le pregunta Julie.

—Soy profesor —responde él—. Bueno, lo era. Ya nadie quiere que profese.

Julie enciende un cigarrillo y le da una buena calada, todavía intrigada por la botella.

—¿Qué bebes?

—Es sangre de vampiro.

A Julie la respuesta le parece divertidísima. Echa la cabeza hacia atrás para soltar la carcajada, y Will puede recrearse con un primer plano de su cuello. La piel pálida que se encuentra con el maquillaje aún más pálido. Su preferencia habitual. Un lunar pequeño y liso cerca de la garganta. La veta turquesa de una vena bajo la barbilla. Will aspira con fuerza y alcanza a percibir su aroma, los ríos de Rh negativo y desnutrido, impregnados de nicotina, que corren por su cuerpo.

—¡Sangre de vampiro! —Echa la cabeza hacia delante—. ¡Qué gracia!

—Podría llamarlo jarabe, o néctar, o jugo de la vida si lo prefieres. Pero ¿sabes qué? Por lo general no me gustan los eufemismos.

—Bueno —dice ella sin dejar de reír—, y ¿por qué bebes sangre de vampiro?

—Porque refuerza mis poderes.

A Julie le gusta aquello. Juegos de rol.

—Ah, pues venga. Utilice sus poderes conmigo, señor Drácula.

Will deja de beber, tapa la botella con el corcho y la deja en el suelo.

—Prefiero conde Orlok, pero Drácula me vale.

Julie mira con timidez.

—Entonces, ¿vas a morderme?

Will duda.

—Yo en tu lugar tendría más cuidado con lo que deseas, Julie.

Ella se acerca, se arrodilla sobre él y empieza a besarlo, desde la frente hasta los labios.

Él aparta la cara, la hunde en el cuello de Julie, y se embebe de lo que está a punto de degustar, intentando pasar por alto el perfume barato que lleva.

—Venga —dice ella, totalmente ignorante de que se trata de su última petición—. Muérdeme.

Cuando Will ha acabado con Julie, la mira mientras yace con su uniforme empapado de sangre, y se siente vacío. Como un artista que contempla una de sus obras menores.

Coge el teléfono y escucha el primer y único mensaje de su buzón de voz.

Es la voz de su hermano.

Es Peter, que le pide ayuda.

«¡Peter!»

«¡El pequeño Petey!»

Necesitan su ayuda porque, a juzgar por el tono de voz, Clara ha sido una chica mala.

«Clara es la hija —se recuerda a sí mismo—, la hermana de Rowan.»

Pero entonces el mensaje se corta. La línea se convierte en un zumbido. Y sucede lo que sucede siempre: él se queda sentado en la furgoneta con una chica muerta y varias botellas de sangre y una pequeña caja de zapatos llena de recuerdos.

Busca el número en el listado de llamadas y lo marca, sin suerte. Peter ha apagado el teléfono.

«Qué curiosisísimo.»

Pasa por encima de Julie y ni tan siquiera se le pasa por la cabeza la idea de deslizar el dedo por el cuello de la chica para darse otro gusto. La caja de zapatos se encuentra entre el asiento del conductor y su botella de sangre más especial, que guarda envuelta dentro de un viejo saco de dormir.

—Petey, Petey, Petey —dice, mientras quita la goma de la caja buscando no las cartas y fotografías familiares, sino el número escrito en la parte interior de la tapa, el número que había copiado de un número escrito en un recibo, que a su vez había copiado del mensaje de correo electrónico de Peter, que había leído en un cibercafé de Lviv, donde había pasado la última Navidad con algunos miembros de la rama ucraniana de la Sociedad Sheridan, de camino a casa tras partir de Siberia.

Es el único número fijo que ha apuntado en su vida.

Marca. Y espera.

LA INFINITA SOLEDAD DE LOS ÁRBOLES

Al bajar, Rowan descubre que no solo se han marchado todos de la sala de estar, sino que sus padres no han recogido los platos. Incluso el pudin de verano sigue fuera.

Mira el oscuro y jugoso zumo de frutas rojo que rezuma en el centro, y decide que tiene hambre y se sirve un bol. Acto seguido va a la sala de estar y come sentado ante el televisor. Ve *Newsnight Review*, su programa favorito. Hay algo en esos intelectuales sentados en sus sillas y hablando de obras de teatro y libros y exposiciones de arte que lo tranquiliza, y esta noche no es una excepción. Mientras debaten sobre una nueva versión sadomasoquista de *La fierecilla domada*, Rowan permanece sentado y se come el pudin. Cuando acaba se da cuenta de que, como siempre, aún tiene hambre. Sin embargo no se mueve, vagamente preocupado por sus padres. Seguro que Clara los ha llamado para que vayan a buscarla. Pero ¿por qué no le han dicho que se iban?

Los célebres intelectuales pasan a hablar de un libro titulado *La infinita soledad de los árboles*, de Alistair Hobart, el galardonado autor de *Cuando cante el último gorrión*.

Rowan tiene un objetivo secreto en la vida. Quiere escribir una novela. Tiene ideas, pero no parece capaz de plasmarlas por escrito.

El problema es que todas sus ideas son un poco lúgubres. Siempre giran en torno al suicidio o el apocalipsis o, cada vez con mayor frecuencia, algún tipo de canibalismo. Por lo general, están ambientadas dos siglos atrás, pero tiene una idea que transcurre en el futuro. Es su idea más feliz: sobre el final inminente del mundo. Un cometa se dirige hacia la Tierra y, después de que hayan fracasado varios intentos intergubernamentales para detenerlo, la gente se resigna a morir al cabo de unos cien días. La única posibilidad de sobrevivir consiste en participar en un gigantesco sorteo global, en el que quinientos afortunados ganarán un billete para viajar a una estación espacial donde formarán su propia comunidad autosuficiente. Rowan la imagina como una especie de invernadero que orbita alrededor de Venus. Entonces un chico, un muchacho delgado de diecisiete años que sufre alergias dermatológicas, gana un billete, pero renuncia a él para pasar siete días más en la Tierra con la chica a la que ama. El chico se llamará Ewan. La chica, Eva.

Aún no ha escrito ni una palabra. En su fuero interno sabe que, en realidad, nunca será novelista. Se dedicará a la venta de espacios para anuncios o, tal vez, si tiene suerte, trabajará en una galería o será guionista de anuncios o algo por el estilo. Pero incluso eso le parece una posibilidad muy remota, teniendo en cuenta lo mal que seguro que se le dan las entrevistas. La última —para trabajar de camarero en banquetes de boda de alto copete en el hotel Willows de Thirsk los sábados por la tarde— había sido un absoluto desastre, y a punto estuvo de acabar hiperventilando. A pesar de que era el único candidato, la señora Hodge-Simmons se había mostrado muy reticente a contratarlo, y sus reservas se vieron confirmadas cuando Rowan acabó quedándose dormido mientras servía la mesa presidencial y derramó sin querer el jugo de la carne asada sobre la falda de la madre del novio.

Mientras se rasca el brazo, Rowan desea ser Alistair Hobart; seguro que Eve lo amaría si hablaran de él en la televisión nacional. Entonces, mientras Kirsty Wark empieza a poner el punto y final al programa, suena el teléfono.

Uno de los aparatos se encuentra fuera de su base, sobre la mesita que hay junto al sofá. Lo coge.

—¿Diga? —Oye a alguien que respira al otro lado de la línea—. ¿Diga? ¿Quién es? ¿Diga?

Sea quien sea, ha decidido no hablar.

—¿Diga? —Oye una especie de chasquido. Una especie de «tut», tal vez, seguido de un suspiro—. ¿Diga?

Solo se oye el tono de llamada, con su zumbido inquietante.

Entonces oye el coche que se detiene en la entrada.

LOCIÓN DE CALAMINA

Eve ve a un hombre que cruza el campo y se dirige hacia ellos. Hasta que no la llama por su nombre no se da cuenta de que es su padre. El bochorno que le causa la situación tiene un efecto apabullante en ella, que se encoge a medida que el hombre se acerca.

Toby también lo ha visto.

—¿Quién es? ¿Es…?

—Mi padre.

—¿Qué hace?

—No lo sé —responde Eve, aunque sabe a la perfección lo que está haciendo.

Va a convertirla en una tullida social. Intenta minimizar los daños poniéndose en pie.

Le lanza una sonrisa de disculpa a Toby.

—Lo siento —dice caminando hacia atrás por la hierba—. Tengo que irme.

Jared le mira la blusa y la piel desnuda que deja al descubierto. La piel que en una ocasión había untado con loción de calamina cuando su hija cayó sobre unas ortigas durante unas vacaciones en familia.

El aire del coche está enrarecido por el perfume y el alcohol. Sabe que cualquier otro padre aceptaría aquella situación como algo habitual en los adolescentes, pero cualquier otro padre no sabe lo que él sabe: que la línea entre mito y realidad la traza gente en la que no se puede confiar.

—Hueles a alcohol –le dice a su hija con un tono más furioso de lo que pretendía.

—Tengo diecisiete años, papá. Es viernes por la noche. Puedo disfrutar de un poco de libertad.

Intenta calmarse. Quiere que piense en el pasado. Si puede lograr que piense en el pasado, se quedará anclada allí, y la ayudará a mantenerse a salvo.

—Eve, ¿recuerdas cuando…?

—No me puedo creer que lo hayas hecho –dice ella–. Es humillante. Es… como si estuviéramos en la Edad Media. Me tratas como si fuera Rapunzel o algo así.

—Dijiste que volverías a las once, Eve.

Eve se mira el reloj.

—Dios, llego media hora tarde.

Se da cuenta de que su padre debe de haber salido de casa a las once y diez.

—El hecho de verte ahí, de verte con ese chico en actitud…

—Niega con la cabeza.

Eve mira los setos que pasan fugazmente por la ventanilla; desearía haber sido otra cosa al nacer, un pequeño tordo o un estornino o algo que pudiera salir volando sin tener que pensar en todo lo que tiene en la cabeza.

—Ese chico es Toby Felt –dice Eve–. Su padre es Mark Felt. Hablará con él. Sobre el alquiler. Le dije que ahora tienes trabajo y que podrás pagarle el doble el mes que viene, y él se lo va a decir a su padre para que no haya ningún problema.

Jared ya no lo aguanta más. Aquello es demasiado.

—Oh, ¿y qué ha obtenido a cambio de ese favor? ¿Eh?

—¿Qué?

—No voy a permitir que mi hija se prostituya en un campo un viernes por la noche para lograr que el casero nos haga un favor.

Eve se enfurece.

—No me estaba prostituyendo. ¡Dios! ¿Es que no debía decirle nada?

—No, Eve, no debías.

—Y, entonces, ¿qué? No tenemos donde vivir, ¿tendríamos que mudarnos y volver a empezar con toda esta mierda? Ya puestos, podríamos irnos a una pensión cutre. O encontrar una marquesina de autobús acogedora donde podamos dormir. Porque si no te espabilas, papá, y dejas de pensar en las chorradas en las que siempre estás pensando, acabaré prostituyéndome para que podamos comer.

Eve se arrepiente al instante de todo lo que ha dicho. Su padre está al borde de las lágrimas.

Y por un momento Eve no ve al hombre que acaba de avergonzarla delante de sus amigos. Tan solo ve al hombre que ha sufrido lo que ella ha sufrido, de modo que no dice nada y mira las manos aferradas al volante y la infinita tristeza de la alianza que nunca se quitará del dedo.

LAS DOCE Y DIEZ

Rowan está apoyado en la secadora mientras su madre se ocupa de Clara en la ducha del piso de abajo.

—No entiendo nada —dice a través de la puerta.

Está subestimando la importancia del asunto. Hace tan solo un rato su madre ha regresado con su hermana, que estaba cubierta de algo que parecía sangre. Y estaba, literalmente, cubierta, como un recién nacido, y apenas resultaba reconocible. Parecía impasible, ausente. Casi hipnotizada.

—Por favor, Rowan —dice su madre mientras el agua corre en la ducha—. Ya hablaremos de ello dentro de un rato. Cuando llegue papá.

—¿Dónde está?

Su madre no hace caso de la pregunta y Rowan la oye hablar con su hermana ensangrentada.

—Aún está un poco fría. Vale, ahora mejor. Ya puedes entrar.

Lo intenta de nuevo.

—¿Dónde está papá?

—Llegará dentro de poco. Ha… tenido que ir a solucionar algo.

—¿A solucionar algo? ¿Qué pasa, ahora somos la Cosa Nostra?

—Por favor, Rowan, luego.

Su madre parece enfadada, pero él no puede evitarlo y sigue con las preguntas.

—¿De dónde ha salido tanta sangre? —pregunta—. ¿Qué le ha pasado? Clara, ¿qué sucede? Mamá, ¿por qué no habla? ¿Por eso recibimos llamadas raras?

Esta última parece surtir efecto. Su madre abre la puerta de la ducha y mira a Rowan a los ojos.

—¿Llamadas de teléfono? —pregunta.

Rowan asiente.

—Ha llamado alguien. Ha llamado alguien y no ha dicho nada. Justo antes de que volvierais.

Ve cómo se crispa el rostro de su madre.

—No —dice ella—. Oh, Dios. No.

—Mamá, ¿qué pasa?

Oye a su hermana, que se mete en la ducha.

—Enciende la chimenea —dice su madre.

Rowan se mira el reloj. Pasan diez minutos de la medianoche, pero su madre es categórica.

—Por favor, ve afuera a buscar un poco de carbón y enciende la chimenea.

Helen espera a que su hijo la obedezca y desea que la cabaña de la carbonera esté más lejos, para tener tiempo de organizarlo todo. Se acerca al teléfono para averiguar el número. Ya sabe que ha sido él. No conoce el número que la voz fría y robótica le da, pero sabe, cuando lo marca, que oirá la voz de Will.

La sensación de pánico le martillea la cabeza mientras marca el número.

Alguien responde.

—¿Will? —pregunta.

Y entonces él se hace presente. Su voz es tan real como siempre ha sido, suena joven y vieja al mismo tiempo.

—Vaya, he soñado con esto cinco mil veces…

En cierto modo, esto es lo más duro de toda la noche. Helen ha luchado durante mucho tiempo para anular su existencia, para no hablar con él, para no sentir que su profunda voz saciaba una sed oculta en su interior y se adentraba en su alma como un río.

—No vengas aquí —dice ella, entre susurros y con un deje de apremio—. Will, esto es importante. No vengas aquí.

Rowan ya debe de haber llenado el cubo de carbón y se estará dirigiendo a la casa.

—Normalmente es un poco distinto —dice Will—. El sueño.

Helen sabe que tiene que hacérselo entender, que debe evitar que suceda.

—No te necesitamos. Está solucionado.

Will se ríe, y suena como interferencias en la línea.

Helen podría derrumbarse. Mira uno de los cuadros del vestíbulo. La acuarela de un manzano. Se vuelve borrosa, y Helen tiene que hacer un gran esfuerzo para volver a verla con claridad.

—Estoy muy bien, gracias, Hel. ¿Y tú? —Hace una pausa—. ¿Aún piensas en París?

—Estoy mejor si te mantienes alejado.

La ducha se para. Clara debe de estar saliendo. Hay otro ruido. La puerta trasera. Rowan.

Sin embargo, la voz diabólica que llega a su oído no desaparece.

—Bueno, ahora que lo mencionas, yo también te he echado de menos. Diecisiete años son muchos y dan para sentirse muy solo.

Helen cierra los ojos con fuerza. Will sabe de lo que es capaz. Sabe que puede tirar suavemente de un hilo y desenredarlo todo.

—Por favor —dice ella.

Él permanece en silencio.

Helen abre los ojos y ve a Rowan, que lleva un cubo lleno de carbón. Está mirando el teléfono, y a ella, y la plegaria temerosa en la que se ha convertido su rostro.

—Es él, ¿verdad? —dice Will.

—Tengo que colgar —dice Helen, y aprieta el botón rojo.

Rowan le lanza una mirada a medio camino entre el recelo y la confusión. Helen se siente desnuda ante su hijo.

—¿Por qué no enciendes la chimenea?

Es lo único que puede decir. Pero su hijo permanece allí, sin moverse ni decir nada durante unos cuantos segundos.

—Por favor —dice ella.

Rowan asiente, como si hubiera entendido algo, y se da la vuelta.

CIERTO TIPO DE HAMBRE

La noche se mueve a la velocidad del pánico.

Peter vuelve a casa.

Quema su ropa y la de Clara en las virulentas llamas de la chimenea.

Le cuentan la verdad a Rowan. O la mitad de la verdad, y ni siquiera eso se puede creer.

—¿Que ha matado a Harper? ¿Has matado a Stuart Harper? ¿A mordiscos?

—Sí —dice Peter—, eso ha hecho.

—Sé que todo esto parece muy raro —añade Helen.

Rowan lanza un gruñido de incredulidad.

—Mamá, esto es mucho más que raro.

—Lo sé. Hay que asimilar muchas cosas.

A Peter solo le queda deshacerse de los pantalones. Hace una bola con ellos y los tira a la hoguera, aprieta el tejido de algodón con el atizador para asegurarse de que no queda nada de ellos. Es como ver desaparecer otra vida.

Y es entonces cuando Clara decide hablar, en voz baja pero firme:

—¿Qué me ha pasado?

Sus padres se vuelven para mirarla, sentada allí con la bata verde que le compraron cuando tenía doce o trece años, pero que aún le queda bien. Sin embargo, esta noche tiene un aspecto distinto. Ha desaparecido algo, y ha sido reemplazado por otra cosa. No está tan asustada como debería. Desliza las gafas por el puente de la nariz y vuelve a ponérselas en su sitio, como si quisiera comprobar que puede ver bien.

—Te provocó —le dice Helen mientras le frota la rodilla con una mano para calmarla—. Ese chico te provocó. Y desencadenó algo. Ya sabes, por eso has estado enferma. Por no comer carne. Mira, esta enfermedad, esta afección, te la hemos transmitido nosotros. Es hereditaria, y provoca cierto tipo de hambre que hay que manejar con sumo cuidado.

La palabra llama la atención de Peter.

«¡Enfermedad!»

«¡Afección!»

«¡Cierto tipo de hambre!»

Clara mira a su madre; hay algo que no acaba de comprender.

—No lo entiendo.

—Bueno, se trata de un extraño trastorno biológico…

«Ya basta», decide Peter. Interrumpe a su mujer y mira a su hija a los ojos.

—Somos vampiros, Clara.

—Peter…

El susurro cortante de su mujer no lo va a detener; se reafirma sin que le tiemble la voz.

—Vampiros. Eso es lo que somos.

Mira a ambos chicos y ve que Clara parece entenderlo mejor que Rowan. Después de lo que ha hecho, Peter sabe que incluso podría hallar solaz en la verdad. Pero esa misma verdad acaba de estallarle en la cara a su hijo, que parece estupefacto.

—Eso es una… ¿metáfora? —pregunta, intentando aferrarse a la realidad que ha conocido hasta entonces.

Peter niega con la cabeza.

Rowan hace lo propio, pero con un gesto de incredulidad. Sale por la puerta. Permanecen en silencio mientras sube por las escaleras.

Peter mira a Helen; espera que esté furiosa, pero no lo está. Triste, nerviosa, pero también, quizá, algo aliviada.

—Es mejor que vayas a hablar con él —le dice ella.

—Sí —dice Peter—, ahora voy.

CRUCIFIJOS Y ROSARIOS Y AGUA SAGRADA

Durante diecisiete años, Peter y Helen han mentido de forma continuada a su hijo Rowan. El muchacho se da cuenta de que esto significa que toda su vida ha sido una larga ilusión.

—Por eso no puedo dormir —dice, sentado en su cama junto a su padre—, ¿verdad? Por eso tengo siempre hambre. Y por eso tengo que llevar siempre filtro solar.

Su padre asiente.

—Sí, así es.

Rowan cae en la cuenta de algo. La afección de la piel que le han dicho que sufría.

—¡Fotodermatosis!

—Tenía que decirte algo —confiesa Peter—. Soy médico.

—Me mentiste. Todos los días. Me mentiste.

Rowan ve una mancha de sangre en la mejilla de su padre. Peter también. Se lame el dedo e intenta limpiársela.

—Eres un chico sensible, Rowan. No queríamos hacerte daño. Lo cierto es que no es tan raro como la gente cree. —Señala el espejo de la pared—. Tenemos reflejo.

¡Reflejo! ¿Y eso qué importaba, cuando no conocías a la persona que te devolvía la mirada?

Rowan no habla.

No quiere mantener esta conversación. Tardaría un siglo en asimilar tan solo lo que ha sucedido esta noche, pero su padre sigue dale que te pego, como si le hablara de alguna enfermedad de transmisión sexual o de la masturbación.

—Y todas esas cosas sobre los crucifijos y los rosarios y el agua sagrada no son más que chorradas supersticiosas. Una realización de deseos subconscientes católicos. Sin embargo, lo del ajo es cierto, obviamente.

Rowan piensa en las náuseas que siente cada vez que pasa por delante de un restaurante italiano o se encuentra a alguien a quien le huele el aliento a ajo, o cuando le entraron arcadas una vez que compró una baguette de humus en el Hungry Gannet.

Es un bicho raro de verdad.

—Quiero morirme —dice.

Su padre se rasca la barbilla y suelta un suspiro largo y lento.

—Bueno, tarde o temprano sucederá. Sin sangre, incluso con la cantidad de carne que intentamos comer, nos encontramos en una situación bastante desfavorable desde el punto de vista físico. Ya sabes, no te hemos contado todo esto porque no queríamos que te deprimieras.

—¡Papá, somos asesinos! ¡Harper! Clara lo ha matado. No me lo puedo creer.

—Bueno —dice Peter—, existe la posibilidad de que vivas toda la vida como un ser humano normal.

Tiene que estar bromeando.

—¡Un ser humano normal! ¡Un ser humano normal! —Rowan está a punto de echarse a reír mientras lo dice—. Que tiene picores, sufre insomnio y es incapaz de hacer diez flexiones seguidas. —Se da cuenta de algo—. Por eso en la escuela piensan que soy un bicho raro. Lo notan, ¿verdad? Notan que, a un nivel subconsciente, ansío su sangre.

Rowan se apoya contra la pared y cierra los ojos mientras su padre prosigue con su sermón introductorio al vampirismo. Al parecer, ha habido un gran número de grandes personajes que han sido vampiros. Pintores, poetas, filósofos. Su padre le hace una lista.

Homero.

Ovidio.

Maquiavelo.

Caravaggio.

Nietzsche.

Casi todos los románticos, salvo Wordsworth.

Bram Stoker. (Creó su propaganda antivampírica durante sus años de abstinencia.)

Jimi Hendrix.

—Y los vampiros no viven eternamente —prosigue Peter—, pero si siguen una estricta dieta de sangre y no salen a la calle a la luz del día, pueden vivir muchos años. Se conocen casos de vampiros de más de doscientos años. Y algunos de los más estrictos fingen su muerte a una edad temprana, como hizo Byron en el campo de batalla en Grecia, simulando que tenía pie de trinchera. Luego adoptan una nueva identidad cada diez años, más o menos.

—¿Byron? —Rowan no puede evitar sentir cierto consuelo al saberlo.

Su padre asiente, y le da una palmada en la rodilla a su hijo, en un gesto de apoyo.

—Por lo que sé, aún está vivo. Lo vi en la década de los ochenta, pinchando con Thomas de Quincey en una fiesta en su cueva de Ibiza. Don Juan y DJ Opio, se hacían llamar. Sabe Dios si aún siguen en ello.

Rowan mira a su padre y se da cuenta de que está más animado de lo habitual. También ve una mancha de sangre que no ha logrado limpiarse.

—Pero no está bien. Somos bichos raros.

—Eres un joven con gran talento, considerado e inteligente. No eres un bicho raro. Eres alguien que ha superado grandes adversidades sin ser consciente de ellas. Mira, Rowan, la cuestión es que la sangre es un anhelo. La sensación que da es muy adictiva. Se apodera de ti. Te hace muy fuerte, te da una increíble sensación de poder, te hace creer que puedes hacer o crear cualquier cosa.

Por unos instantes, Rowan ve a su padre perdido, hipnotizado por algún recuerdo.

—Papá —pregunta, hecho un manojo de nervios—, ¿alguna vez has matado a alguien?

Está claro que a Peter le incomoda la pregunta.

—Intentaba evitarlo. Intentaba consumir solo la sangre que podíamos conseguir por otros medios. Como en el hospital. Mira, la policía nunca ha reconocido oficialmente nuestra existencia, pero tenía unidades especiales. A buen seguro aún las tienen, no lo sé. Conocíamos a mucha gente que simplemente desaparecía. Asesinada. De modo que intentábamos ser muy cuidadosos. Pero la mejor sangre humana es la fresca, y a veces los anhelos eran tan fuertes, y la sensación que nos daba… La «energía», tal y como dicen… —Mira a Rowan, sus ojos le ofrecen el resto de la confesión—. No se puede ser así —dice con una voz preñada de un deje de tristeza silenciosa—. Tu madre tenía razón. Tiene razón. Es mejor el modo en que nos comportamos ahora. Aunque eso implique que muramos más jóvenes, aunque nos sintamos como una mierda gran parte del tiempo. Es mejor ser bueno. Ahora espérame aquí mientras voy a buscarte algo.

Peter sale de la habitación y regresa al cabo de un instante con un viejo libro en tapa blanda, con una austera cubierta gris. Se lo da a Rowan, que lee el título: *El manual del abstemio*.

—¿Qué es?

—Es una ayuda. Fue escrito por un grupo anónimo de abstemios en la década de los ochenta. Léelo. Todas las respuestas están ahí.

Rowan hojea las amarillentas y ajadas páginas. Son palabras reales impresas en papel real, que hacen que todo parezca más auténtico. Lee unas cuantas frases.

«Debemos aprender que las cosas que deseamos a menudo son las cosas que podrían conducir a nuestra autodestrucción. Debemos aprender a renunciar a nuestros sueños para proteger nuestra realidad.»

Ha estado escondido en la casa todos esos años. ¿Junto con algo más?

Peter suspira.

—Mira, somos abstemios. Ya no matamos ni convertimos a nadie. Para el mundo exterior, somos seres humanos normales y corrientes.

¿Convertir? Aquello sonaba a religión. Algo de lo que te podían convencer o disuadir.

De repente Rowan quiere saber algo más.

—Entonces, ¿a ti te convirtieron en vampiro?

Se lleva una decepción al ver que su padre niega con la cabeza.

—No, siempre he sido así. Los Radley somos una estirpe de vampiros que se remonta a varias generaciones. Durante siglos. Radley es un nombre vampírico. Significa «prado rojo» o algo parecido. Y estoy casi convencido de que lo de «rojo» no tiene nada que ver con las amapolas. Pero tu madre…

—¿Es una conversa?

Su padre asiente. Rowan ve que, por algún motivo, pone cara triste.

—Fue ella quien quiso convertirse, por aquel entonces. No fue contra su voluntad. Pero ahora creo que no me lo perdona.

Rowan se tumba en la cama y no dice nada, se queda mirando el frasco del medicamento que ha tomado todas las noches durante años y que no ha servido para nada. Su padre se sienta junto a él en silencio, mudo, oyendo el suave crujido de las tuberías conectadas al radiador.

«Bicho raro —piensa Rowan al cabo de unos minutos, cuando empieza a leer el manual—. Toby tiene razón. Soy un bicho raro. Soy un bicho raro. Soy un bicho raro.»

Y piensa en su madre. Ella eligió convertirse en vampira. Aquello no tenía sentido. Querer convertirse en un monstruo.

Entonces Peter se pone de pie y Rowan se da cuenta de que ve algo en el espejo. Se lame el pulgar y se limpia el resto de sangre de la mejilla, y esboza una extraña sonrisa.

—Bueno, ya hablaremos mañana. Tenemos que intentar ser fuertes. Por Clara. No queremos levantar sospechas.

«Eso es lo que siempre hemos hecho, levantarlas», piensa Rowan mientras su padre cierra la puerta.

UN POCO COMO CHRISTIAN BALE

Toby Felt va montado en su bicicleta, apurando las últimas gotas de vodka.

«¡Un basurero!»

Penoso. Toby se promete a sí mismo que si alguna vez se convierte en basurero se suicidará. Se tirará a la parte trasera de esos camiones verdes y esperará a ser aplastado con la basura.

Pero en realidad sabe que no acabará así. Porque la gente se divide en dos grupos. Están los fuertes, como Christian Bale y él mismo, y los débiles, como el padre de Eve y Rowan Radley. Y el papel de los fuertes es seguir castigando a los débiles. Así es como se mantiene uno en la cima. Si permites que los débiles se salgan con la suya, tú mismo acabarás siendo débil. Es como estar en el Bangkok del futuro de *Resident Evil* 7 y dejar que los zombis te coman vivo. Tienes que matar o morir.

Cuando era más pequeño siempre fantaseaba con la idea de que Bishopthorpe era invadido por alguien, no necesariamente por zombis.

Por nazis que viajaban en el tiempo.

Por extraterrestres refugiados.

Por alguien.

Además, en esta realidad de Xbox todo el mundo acababa hecho pedazos, incluso, al final, su padre, pero Toby siempre estaba allí, era el último hombre que quedaba en pie, los mataba a todos. Como Batman. O un Terminator. O como Christian Bale. (Se parecía un poco a Christian Bale, decía la gente. Bueno, lo decía su madre. Su madre de verdad. No la zorra con la que tenía que vivir ahora.) Les disparaba, los quemaba, los vencía en un combate cuerpo a cuerpo, les lanzaba granadas con su raqueta de tenis, hacía lo que hiciera falta. Y sabe que es uno de los fuertes porque puede conseguir a una chica como Eve, mientras que un bicho raro como Rowan Radley se queda sentado en casa leyendo poesía.

Se acerca al cartel del pueblo. Estira el brazo con el que agarra la botella, lo echa hacia atrás como si fuera a golpear una volea de tenis y rompe la botella contra el metal.

Aquello le parece divertidísimo, y mira el cuello de botella que se le ha quedado en la mano. Al ver los cristales rotos se le ocurre una idea. Al cabo de un minuto pasa por Lowfield Close y decide tomar un desvío. Ve aparcado delante de los apartamentos el pequeño y desvencijado Corolla que el padre de Eve había conducido esa noche. Echa un vistazo a su alrededor, se baja de la bicicleta ágilmente y la deja apoyada en el asfalto. Tiene la botella rota en la mano.

Se agacha junto al coche y clava el afilado cristal en el neumático. Realiza un movimiento de sierra para atravesar la goma, pero no logra nada. Entonces ve una piedra junto a un muro del jardín, lo coge, se monta en la bicicleta y con el pie en el pedal rompe la ventanilla del acompañante.

En lugar de darle el subidón que esperaba, el estrepitoso ruido le quita la borrachera de golpe.

Huye a toda prisa, pedaleando con todas sus fuerzas, antes de que alguien tenga tiempo de levantarse de la cama y descorrer las cortinas.

SÁBADO

La sangre no satisface los anhelos. Los magnifica.

El manual del abstemio (2.ª ed.), p. 50

HAY ALGO EMBELESADOR EN
LA SOLITARIA RIBERA

Hay pocas cosas más bonitas que una autopista desierta a las cuatro de la madrugada.

Las líneas blancas y las señales iluminadas refulgen con sus instrucciones, indiferentes al hecho de que los humanos estén ahí con la intención de seguirlas, la misma indiferencia que mostraban las piedras de Stonehenge por el destino de los antiguos y penosos abstemios que las acarrearon por la llanura de Salisbury.

Las cosas permanecen.

La gente muere.

Puedes seguir las señales y sistemas que se supone que debes seguir, o puedes sacrificar la compañía y vivir una vida fiel a tus instintos. ¿Qué dijo Lord Byron, tan solo dos años después de ser convertido?

> *Hay cierto placer en los bosques impenetrables,*
> *hay algo embelesador en la solitaria ribera.*

Y en otra parte del mismo canto:

> *¡Oh, si yo pudiese vivir en un desierto,*
> *sin otra compañía que una mujer ideal, ángel tutelar de mi alma!*
> *¡Si yo pudiese olvidar a todo el género humano*
> *y no aborrecer a nadie, pero no amar sino a ella!*

«No amar sino a ella.» Esa es la maldición de muchos vampiros. Buscan a muchas, pero en realidad solo anhelan a una.

No, murmura Will, nadie puede superar a Lord B.

Bueno, Jim Morrison se le acerca bastante en segundo lugar, admite Will, mientras tamborilea «Twentieth Century Fox» en el volante (aunque Will nunca se tragó la teoría de que Jim Morrison fue la identidad elegida por Byron durante la década de 1960). Y Hendrix tampoco está mal. Incluso los Stones, cuando aún tenían al vampiro con ellos. Todo ese rock sangriento de los sesenta, que se alimentaba de ego, y que su padre tocaba cuando ellos no eran más que niños.

Will oye que el motor se empieza a poner un poco ronco y ve en el indicador de combustible que le queda poca gasolina. Se detiene en una gasolinera abierta las veinticuatro horas y llena el depósito.

A veces paga la gasolina y a veces no. El dinero no es nada para él. Si quisiera, podría tener millones, pero ¿qué podría comprar que fuese tan sabroso como aquello que toma gratis?

Esta noche quiere respirar un poco de aire contaminado, así que entra con su último billete de veinte libras. (Tres noches antes había acudido a un encuentro de citas rápidas organizado en el bar Tiger Tiger de Manchester, en el que había conocido a una chica con el cuello adecuado y doscientas libras recién sacadas del cajero.)

Hay un chico sentado en una silla tras el mostrador. Está leyendo la revista *Nuts* y no repara en la presencia de Will hasta que este desliza el billete por el mostrador hacia él.

—Surtidor tres —dice.

—¿Qué? —pregunta el muchacho.

Se quita un auricular del iPod. El sentido del oído de Will, aguzado por la sangre, es lo bastante bueno para percibir el amortiguado y acelerado ruido de la música house que está escuchando el chico, como el zumbido y el pulso secreto de la noche.

—Aquí tienes el dinero del surtidor tres —repite Will.

El chico asiente y masca chicle mientras aprieta las teclas de la caja registradora.

—No hay bastante —dice el chico.

Will se limita a mirarlo.

—Son veinte libras y siete peniques.

—¿Perdona?

El chico es consciente de su propio miedo, pero no afecta a lo que intenta decirle.

—Te has pasado un poco.

—Siete peniques.

—Sí.

—¿Me he pasado siete peniques, nada más y nada menos?

—Sí.

Will tamborilea sobre la cara de la reina en el billete.

—Me temo que es todo lo que tengo.

—Aceptamos todas las tarjetas. Visa, MasterCard, Delta…

—No tengo tarjeta. No tengo ningún tipo de tarjeta.

El chico se encoge de hombros.

—Bueno, son veinte libras y siete peniques.

Se muerde el labio superior para resaltar lo irrefutable del hecho.

Will mira al chico. Está allí sentado con el jersey del chándal y su revista y su iPod y sus desdichados experimentos con el vello facial como si fuera algo nuevo, algo que él ha creado. En su sangre, sin embargo, debe de haber el sabor de los orígenes antiguos, la descarnada y larga lucha por la supervivencia durante cientos de generaciones, ecos de antepasados de los que nunca ha oído hablar, trazas de épocas más maravillosas y épicas, rastros de las semillas primitivas de su existencia.

—¿De verdad te importan tanto siete peniques? —le pregunta Will.

—Al jefe sí.

Will lanza un suspiro.

—Hay cosas más importantes de las que preocuparse, créeme.

De repente piensa en el chico. Hay algunos que lo saben, que saben lo que eres y que, de forma subconsciente, también desean serlo. ¿Es eso lo que está haciendo?

Will se va, mirando el fantasma gris de sí mismo en la pantalla del circuito cerrado de televisión. Llega a la puerta, pero no se abre.

—No puedes irte hasta que no lo hayas pagado todo.

Will sonríe; le hace mucha gracia la mezquindad exangüe de la que hace gala el chico.

—¿Es ese el valor que le concedes a tu vida? ¿En serio? ¿Siete peniques? ¿Qué se puede comprar con esa cantidad?

—No voy a dejarte marchar. La policía está en camino, tío.

Will piensa en Alison Glenny, la jefa de la unidad de policía de Manchester que hace años que lo quiere ver muerto. «De manera que sí —piensa—, la policía siempre está en camino.»

Will regresa al mostrador.

—¿Tienes algo para mí? ¿Es eso lo que pasa? Mira, creo que este pequeño desencuentro que estamos teniendo representa algo mucho mayor. Creo que eres un chico que se siente muy solo y que hace un trabajo muy solitario. Un trabajo que te hace anhelar ciertas cosas. La compañía humana… El roce… humano…

—Déjame en paz, marica.

Will sonríe.

—Muy bien. Has tenido una reacción muy heterosexual y convincente. Al cien por cien. Nada de tonterías. Dime, ¿qué te ha dado más miedo? ¿El hecho de que pudiera matarte? ¿O que pudieran disfrutar con ello?

—La policía está en camino.

—Bueno, entonces supongo que es mejor que me abras la caja.

—¿Qué?

—Te he dicho que abras la caja.

El chico busca algo bajo el mostrador, con la mirada fija en Will. Saca un cuchillo de cocina.

—Ah, el cuchillo. El arma fálica de intrusión y penetración.

—Vete a la mierda, ¿vale?

—El problema es que con alguien como yo necesitas uno mayor. Algo con lo que puedas atravesarme.

Will cierra los ojos y convoca los antiguos poderes. Se transforma en un abrir y cerrar de ojos, y empieza el proceso de hemopersuasión.

El chico lo mira. El miedo se convierte en debilidad, que se convierte en vana sumisión.

–Ahora dejarás el cuchillo y abrirás la caja y me darás algunos de los papelitos con el retrato de la reina que tienes ahí.

El muchacho está perdido. La batalla imposible de vencer está escrita en su rostro. Le tiembla la mano, el cuchillo se inclina hacia delante y cae sobre el mostrador.

–Abre la caja.

El chico abre la caja.

–Ahora dame el dinero.

Un puñado de absurdos billetes de diez y de veinte cambian de mano sobre el mostrador.

Es demasiado fácil. Will señala la parte posterior del mostrador.

–Ahora aprieta ese pequeño botón para abrir la puerta.

El chico mete la mano por debajo y activa un interruptor.

–¿Quieres que te acaricie la mano?

El chico asiente.

–Por favor.

Y deposita la mano en el mostrador. Tiene la piel llena de pecas, y las uñas mordidas.

Will le acaricia la mano y dibuja un pequeño ocho sobre su piel.

–Ahora, cuando me haya ido, le dirás a la policía que todo ha sido un error. Entonces, cuando tu jefe te pregunte qué ha pasado con el dinero, le dirás que no lo sabes, porque así será. Pero entonces, quizá, entenderás que está en manos de un hombre mejor.

Se va y abre la puerta. En la furgoneta, Will sonríe mientras el chico se pone de nuevo los auriculares, absolutamente ajeno a lo que acaba de suceder.

—No vengas. Por favor.

Ninguno de los que están sentados a la mesa de la cocina oye la plegaria de Helen, dirigida a los huevos que está revolviendo en la sartén. El murmullo de Radio 4 la ahoga.

Mientras sigue revolviendo, Helen piensa en las mentiras que ha dicho. Unas mentiras que empezaron cuando los niños llevaban pañales, cuando les dijo a sus amigas de la National Childbirth Trust que se iba a pasar a la leche artificial porque a la comadrona le preocupaban ciertos «problemas de lactancia». Fue incapaz de decir que, incluso antes de que les salieran los dientes, mamaban y mordían con tanta fuerza que la hacían sangrar. Clara resultó ser peor que Rowan, y obligó a Helen a avergonzarse ante sus amigas de la asociación de lactancia materna cuando les dijo que se pasaba al biberón después de solo tres semanas.

Sabe que Peter tiene razón.

Sabe que Will tiene contactos, y varios dones. ¿Cuál es la palabra? Hemopersuasión. Podía convencer a la gente de lo que quisiera. Poseía un poder hipnótico que se alimentaba de la sangre. Pero hay cosas que Peter aún no sabe. No acaba de ser consciente de con qué está jugando.

Helen se da cuenta de que los huevos están más que hechos; usa la cuchara para despegarlos del fondo de la sartén y los sirve en las tostadas de cada uno.

Su hijo la mira, desconcertado ante la fingida normalidad.

—Es sábado, de modo que tocan huevos revueltos —dice ella—. Es sábado.

—En casa con los vampiros.

—Venga, Rowan —dice Peter al caer el huevo en su tostada.

Helen le ofrece un poco de huevo a Clara, que asiente, lo que provoca un suspiro de desdén por parte de su hermano.

—Bueno, vuestro padre y yo hemos estado hablando —dice Helen cuando se sienta—. Y si vamos a superar esto como una familia y a asegurarnos de que nadie sufra ningún percance, debemos actuar con la normalidad de siempre. Es decir, la gente empezará a hablar y a preguntar cosas sobre anoche. Seguramente la policía también. Aunque en este momento ni tan siquiera será un caso de persona desaparecida, y mucho menos algo peor. No hasta que no hayan pasado veinticuatro horas de...

Su mirada reclama el apoyo de Peter.

—Vuestra madre tiene razón —dice él mientras los tres ven que Clara empieza a comerse los huevos revueltos.

—Estás comiendo huevos —observa Rowan—. Los huevos vienen de las gallinas. Las gallinas son seres vivos.

Clara se encoge de hombros.

—Esclarecedor.

—Venga, tiene que regresar a su dieta normal —dice Peter.

Peter recuerda el tono ligero que utilizó su padre anoche, mientras le recitaba la lista de vampiros famosos. Y entonces recuerda a Clara, el sábado pasado, cuando explicaba su veganismo.

—¿Qué ha pasado con el discurso de los «pollos de Auschwitz» que tuvimos que aguantar la semana pasada?

—Son huevos de corral —dice su madre.

Clara fulmina a su hermano con la mirada. Sus ojos, despojados de las gafas, refulgen llenos de vida. De hecho, incluso Rowan tiene que admitir que su hermana nunca había tenido tan buen aspecto. Su pelo parece más brillante, la piel tiene más color, incluso su postura ha cambiado. La cabeza pesada, inclinada hacia delante en actitud dócil, algo tan habitual en ella, ha sido sustituida por una espalda recta de bailarina y por una cabeza que flota con la levedad de un globo de helio sobre el cuello. Es como si ya no sintiera el peso de la gravedad.

—¿Por qué te pones así? —le pregunta a su hermano.

Rowan mira su plato. No va a poder probar bocado.

—¿Es esto lo que pasa? ¿Pruebas la sangre y dejas a un lado tus principios junto con las gafas?

—Tiene que comer huevos —dice Helen—. Eso ha sido parte del problema.

—Sí —añade Peter.

Rowan niega con la cabeza.

—Pero ni siquiera parece preocupada.

Helen y Peter se miran. No se puede negar que Rowan tiene razón en eso.

—Por favor, Rowan, esto es importante. Sé que tienes que asimilar muchas cosas, pero tenemos que intentar ayudar a Clara para que supere el ataque —dice su madre.

—Hablas como si fuera asma.

Peter pone los ojos en blanco al escuchar la réplica de Rowan.

—Helen, ha ingerido mucha sangre. Quizá sea demasiado pensar que podemos hacerlo todo como si esto no hubiera ocurrido.

—Sí, lo es —admite ella—, pero lo conseguiremos. Nos sobrepondremos a esto. Y la forma de hacerlo es seguir adelante. Seguir adelante y ya está. Papá irá a trabajar. El lunes vosotros iréis al instituto. Pero quizá hoy Clara debería quedarse en casa.

Clara deja el tenedor en la mesa.

—Voy a salir con Eve.

—Clara, yo…

—Mamá, habíamos quedado. Si no voy, levantaré sospechas.

—Bueno, sí, deberíamos actuar con absoluta normalidad, supongo —dice Helen.

Rowan enarca las cejas y se come el huevo. Sin embargo, Clara parece preocupada por algo.

—¿Por qué siempre tenemos puesta Radio 4 si nunca la escuchamos? Es irritante. Como si quisiéramos demostrar que somos de clase media o algo parecido.

Rowan mira a la persona que ha poseído el cuerpo de su hermana.

—Cierra el pico, Clara.

—Ciérralo tú.

—Oh, Dios mío. ¿Es que no sientes nada?

Peter suspira.

—Chicos, por favor.

—¿Qué dices? Tú odiabas a Harper —le espeta Clara a su hermano, mirándolo como si fuera él quien se comporta de un modo extraño.

Rowan recoge los cubiertos pero vuelve a dejarlos en la mesa. Está exhausto, pero la ira lo está despertando.

—Hay mucha gente que no me gusta. ¿Es que vas a hacer limpieza en el pueblo por mí? ¿Cómo funciona esto, hay que solicitarlo? ¿Es así? Porque el otro día la mujer del Hungry Gannet me devolvió mal el cambio…

Helen mira a su marido, que intenta aplacar los ánimos de nuevo.

—Chicos… —dice, y alza las manos mostrando las palmas.

Pero Rowan y Clara se han enfrascado en la pelea.

—Me defendí. Si no fueras tan moñas serías mucho más feliz.

—Moñas. Genial. Gracias, condesa Clara de Transilvania, por tu pensamiento del día.

—Que te den por culo.

—Clara…

Esta vez es Helen, que derrama el zumo de naranja que intenta servirse en el vaso.

Clara arrastra la silla y sale de la cocina hecha una furia. Algo que no había hecho en toda su vida.

—Que os den por culo a todos.

Rowan se reclina en el respaldo y mira a sus padres.

—¿Es ahora cuando se convierte en murciélago?

LA GENTE CONDENADA

«Aquí estamos. En el séptimo círculo del Infierno.»

Mientras se dirige a su destino en coche, Will absorbe todo lo que le ofrece la calle principal. Una zapatería infantil pintada de púrpura llamada Tinkerbell's. Un pub destartalado y una pequeña y refinada tienda gourmet. ¿Un sex-shop? No. Una tienda de disfraces para exangües que se odian a sí mismos y que creen que una noche con una peluca a lo afro y unos pantalones de campana y lentejuelas aliviará el dolor de su existencia. Y una farmacia, como plan B. Incluso a pesar del típico chico que lleva una sudadera con capucha y que ha sacado a pasear a su perro psicópata que se encoge de miedo, todo es tan acogedor que resulta asfixiante, todo está impregnado del aire de una vida vivida al volumen más bajo posible. Se detiene en el semáforo para dejar que una pareja de ancianos cruce la calle. Alzan lentamente unas manos frágiles para darle las gracias.

Sigue conduciendo, pasa frente a un edificio de una planta. Está un poco alejado de la carretera y medio oculto entre los árboles, como si se sintiera avergonzado de su relativa modernidad. El cartel del NHS que hay fuera le dice que es la consulta de un médico. Imagina a su hermano allí dentro, día tras día tras día, rodeado de cuerpos enfermos y a los que no puede morder.

«Por mí se va al eterno sufrimiento –piensa, recordando ese fragmento de Dante–. Por mí se va a la gente condenada. Abandonad toda esperanza, los que entráis aquí.»

Y ahí está. Un pequeño cartel en blanco y negro casi cubierto por las verdes hojas de unos arbustos demasiado exuberantes.

Orchard Lane. Will aminora la velocidad y dobla a la izquierda, parpadeando cuando el sol bajo lo saluda por encima de las costosas casas.

Ese mundo lento y silencioso que sugería la calle principal es aún más lento y silencioso ahí. Las casas de estilo georgiano y Regencia, construidas antes de que Byron fingiera su primera muerte, tienen todas unos coches relucientes y ostentosamente caros en las respectivas entradas. Parecen diseñados para quedarse ahí, sin ir a ninguna parte, felices de regodearse en sus propias almas tecnológicas.

«Una cosa es segura —piensa—, una furgoneta Camper tan vieja como Woodstock va a llamar mucho la atención por aquí.»

Aparca frente a la casa, en un arcén estrecho y con césped.

Mira el número 17. Una casa grande y de buen gusto, no adosada y con la fachada simétrica, a pesar de lo cual aún tiene que esforzarse para competir con la casa mayor de al lado. Mira el monovolumen de los Radley. «El vehículo ideal de una familia feliz y normal.» Sí, desde fuera parece que saben mantener las apariencias adecuadas.

Tal vez sea la luz del sol, pero se siente débil. No está acostumbrado a estar despierto a estas horas. «Esto podría ser un error.»

Necesita fuerzas.

De modo que, como siempre cuando se siente de aquel modo, desliza la mano por detrás de él y coge el saco de dormir enrollado. La mete en el centro, que está caliente, y saca una botella de sangre roja y oscura.

Acaricia la etiqueta y se fija en su propia letra. «EL ETERNO −1992.»

Un sueño total y perfecto en una botella.

No la abre. No lo ha hecho jamás. Nunca ha habido una ocasión especial ni se ha sentido lo suficientemente desesperado. Le basta con mirarla, tocar el cristal y pensar en el sabor que tendría. O en el sabor que tenía, hace miles de noches. Al cabo de un minuto, la guarda en el saco de dormir y vuelve a dejarlo atrás.

Entonces sonríe, y siente una tierna dicha al darse cuenta de que está a punto de verla de nuevo.

GUAPA

Clara mira los pósters de su pared.

El Beagle triste.

El mono en la jaula.

La modelo que lleva un abrigo de piel y deja un reguero de sangre en la pasarela.

Destacan con fuerza. Se mira los dedos y ve las medias lunas en la base de cada uña, puede contar las arrugas de piel sobre cada articulación. Y no siente el menor atisbo de náusea.

De hecho, se siente llena de energía. Más despierta y rebosante de vida de lo que ha estado jamás. «Anoche maté a Harper.» Es un hecho horroroso, pero no se siente horrorizada. Tan solo es un hecho natural, del mismo modo en que todo es un hecho natural. Y tampoco podría sentirse culpable, porque no había hecho nada malo de forma intencionada. Y, además, ¿qué sentido tenía la culpabilidad? Durante toda su vida se había sentido culpable sin ningún motivo real. Culpable por preocupar a sus padres con su dieta. Culpable por olvidarse de vez en cuando de tirar algo al cubo de reciclaje. Culpable por inhalar dióxido de carbono y quitárselo a los árboles.

No. Clara Radley no se va a sentir culpable nunca más.

Piensa en sus pósters. ¿Por qué tenía cosas tan feas en la pared? ¿Por qué no las cambia por algo más atractivo? Se arrodilla sobre el edredón y los quita.

Entonces, cuando la pared ha quedado desnuda, se divierte mirándose en el espejo, transformándose, viendo cómo los dientes caninos se vuelven más largos y afilados.

Drácula.

No Drácula.

Drácula.

No Drácula.

Drácula.

Examina sus colmillos blancos y curvos. Los toca, hunde las puntas en el pulpejo del pulgar. Aparece una gota grande de sangre, que brilla como una cereza. La prueba y disfruta del momento antes de recuperar el aspecto humano.

Se da cuenta, por primera vez en la vida, de que es atractiva. «Soy guapa.» Y se queda ahí, erguida y sonriente y orgullosa, recreándose en su belleza, con los pósters antivivisección arrugados a sus pies.

Otro de los cambios de los que se ha dado cuenta es que se siente muy ligera. Ayer, y todos los días hasta entonces, siempre había sido consciente del peso que tenía que cargar, caminaba encorvada y hacía enfadar a sus profesores porque siempre tenía los hombros caídos. Sin embargo, hoy no siente ningún peso. Y mientras se concentra en esta levedad, que le recuerda al helio, se percata de que sus pies ya no tocan la moqueta sino que flotan por encima de ella, por encima de los pósters arrugados.

Entonces suena el timbre de la puerta y desciende de nuevo al suelo.

Nunca invites a un vampiro practicante a tu casa, aunque sea un amigo o un familiar.

El manual del abstemio (2.ª ed.), p. 87

UNA DECORACIÓN DE BUEN GUSTO

Helen se queda en el pasillo y deja que suceda. Deja que su marido lo invite a entrar y lo abrace. Él sonríe y la mira, con una cara que no ha perdido ni un ápice de su fuerza.

—Sí, hace mucho tiempo —dice Peter con una voz que parece más lejana de lo que en realidad es.

Will no aparta la mirada de Helen mientras alarga el abrazo con su hermano.

—Menudo mensaje me dejaste, Pete: «Ayúdame, Obi-Wan Kenobi, eres mi única esperanza».

—Bueno, sí —admite Peter con cierto nerviosismo—. Ha sido una pesadilla, pero lo hemos solucionado.

Will no hace caso de la respuesta de su hermano y se concentra en Helen, a quien el pasillo nunca le había parecido tan estrecho. Las paredes y las acuarelas parecen acercarse cada vez más a ella, y está a punto de sufrir un ataque de claustrofobia cuando Peter cierra la puerta.

Will le da un beso en la mejilla.

—Helen, uau, parece que fue ayer.

—¿De verdad? —responde ella secamente.

—Sí, de verdad. —Will sonríe y mira alrededor—. Una decoración de buen gusto. Bueno, ¿cuándo voy a conocer a los niños?

Peter se siente débil e incómodo.

—Pues ahora, supongo.

Helen es incapaz de hacer nada salvo conducirlo a la cocina con un semblante sombrío, como el portador de un féretro. Clara no está ahí, pero en cierto sentido Helen desearía que estuviera, aunque solo fuera para eludir el rostro inquisidor de Rowan.

—¿Quién es? —pregunta.

—Es tu tío.

—¿Tío? ¿Qué tío?

Rowan está confundido. Sus padres siempre le habían dicho que eran hijos únicos.

Entonces aparece el misterioso tío y Peter esboza una sonrisa tímida.

—Bueno, este es mi… hermano, Will.

Rowan se siente dolido, y no reacciona a la sonrisa de su tío. Helen imagina lo que está pensando: «Una mentira más en una vida que rebosa embustes».

Para consternación de Clara, Will se sienta en la silla de Peter y mira el exótico paisaje de cajas de cereales y pan tostado del estante.

—De modo, que eso es lo que desayunáis —dice Will.

Helen observa con desesperación la escena que se desarrolla frente a ella. Se muere de ganas de decirle un millón de cosas al hermano de Peter, pero no puede pronunciar ni una palabra. Will tiene que irse. Peter tiene que convencerlo de que se vaya. Le da un tirón a la camisa de su marido mientras sale de la cocina.

—Tenemos que sacarlo de aquí.

—Cálmate, Helen. No pasa nada.

—No me puedo creer que le dejaras ese mensaje. No me puedo creer que lo hicieras. Menuda estupidez.

Peter se ha enfadado y se masajea la frente con una mano.

—Por el amor de Dios, Helen. Es mi hermano. No lo entiendo. ¿Por qué te haces mala sangre cuando lo ves?

Helen intenta hablar a un ritmo normal mientras echa un vistazo por la puerta.

—No me hago mala sangre. Es él quien me la altera. Es que… Dios, la última vez que lo vimos éramos… ya sabes. Pertenece a nuestro pasado. Él es el problema que dejamos atrás cuando nos trasladamos aquí.

—No seas tan melodramática. Escucha, puede ayudarnos. Con todo este asunto de Clara. Ya sabes cómo es. Con la gente. Con la policía. Puede convencer a la gente, cautivarla.

—¿Quieres que utilice el poder de la sangre? ¿Eso quieres?

—Quizá. Sí.

Mira a su marido y se pregunta cuánta sangre ingirió anoche.

—Bueno, en estos momentos está bajo nuestro techo cautivando a nuestro vulnerable hijo. Podría decirle cualquier cosa.

Peter la mira como si estuviera histérica.

—Venga, Helen. Los vampiros no pueden utilizar el poder de la hemopersuasión con otros vampiros. No puede hacer creer a Rowan nada que no sea cierto.

Eso no hace sino inquietar aún más a Helen, que sacude la cabeza con furia.

—Tiene que irse. Irse. Líbrate de él. Antes de que… —Al recordar lo poco que sabe Peter, se calla—. Líbrate de él y ya está.

Rowan observa a su tío mientras este da un mordisco a una tostada fría de pan integral.

Se da cuenta de que guarda cierto parecido con su padre, pero tiene que echar mucha mano del Photoshop en su mente para verlo de verdad. Tiene que quitarle la barba de tres días y la gabardina y las botas negras de motero gastadas. Tiene que añadir algún kilo a la cara y al estómago de Will, y envejecerle la piel alrededor de una década, e imaginarlo con el pelo más corto, y cambiar la camiseta de Nico por una camisa con cuello, y ponerle un brillo apagado en los ojos. Si hiciera todo eso, obtendría la imagen de alguien vagamente parecido a su padre.

—Carbohidratos —dice Will, en referencia a la tostada que está comiendo. No hace el menor esfuerzo por mantener la boca cerrada—. Intento evitar ese grupo de alimentos.

La extrañeza que invade a Rowan, sentado a la mesa del desayuno con un desconocido de aspecto desaliñado que también es pariente consanguíneo, logra mantener la ira a raya.

Will engulle y señala a su sobrino con la tostada, haciendo un gesto vago.

—No sabías nada sobre mí, ¿verdad? Me he dado cuenta por la cara que has puesto cuando he entrado…

—No.

—Bueno, no seas muy duro con tus padres. En realidad, no los culpo. Lo nuestro es una historia muy larga. Hay mucha mala sangre. Y también mucha sangre buena. No siempre han tenido principios.

—Entonces, aún eres…

Su tío finge cierto bochorno.

—¿Vampiro? Una palabra muy provocativa, envuelta en demasiados clichés y habitual en muchas novelas de chicas. Pero, sí, me temo que lo soy. Un vampiro con todas las de la ley.

Rowan mira las migas y los trocitos de huevo que tiene en el plato. ¿Es la ira o el miedo lo que ahora bombea con tanta fuerza la sangre por sus venas? De algún modo logra expresar lo que le pasa por la cabeza.

—¿Y qué pasa… con… los valores morales?

Su tío suspira, como si se sintiera decepcionado.

—El problema reside en elegirlos. Hoy día se trata de un mercado saturado. El mero hecho de pensar en ello me provoca jaqueca. Yo me limito a la sangre. La sangre es más sencilla. Con la sangre siempre sabes dónde estás.

—Entonces, ¿te limitas a ir por ahí matando a la gente? ¿Es eso lo que haces?

Will no responde, tan solo pone cara de desconcierto.

Rowan se estremece, como la tierra que cubre a un muerto viviente.

Peter entra en la sala. Parece incómodo. «No —piensa Rowan—, Will es el hermano mayor, sin duda.»

—Will, ¿podemos hablar?

—Podemos, Peter.

Rowan los mira mientras salen de la cocina. Su sarpullido empeora, y se desuella el brazo con unos arañazos fuertes y furiosos. Por segunda vez en menos de doce horas, desearía estar muerto.

Will observa la pintura discreta y de buen gusto que adorna la pared del pasillo. Una acuarela semiabstracta de un manzano, con una pequeña «H» marrón en la esquina inferior.

Mientras tanto, es a Will a quien mira Peter. Tiene buen aspecto, hay que reconocerlo. Apenas ha cambiado, y debe de llevar la misma vida de siempre. Su hermano mayor parece diez años más joven que él, mínimo, y tiene ese brillo pícaro en los ojos y ese aire de algo —¿libertad?, ¿peligro?, ¿vida?— que Peter perdió hace mucho.

—Mira, Will —dice—, sé que has hecho el esfuerzo de venir aquí, y te lo agradezco mucho, pero la cuestión es que…

Will asiente.

—Un manzano. Uno nunca se cansa de los manzanos.

—¿Qué?

—Ya sabes, son siempre las manzanas las que se llevan la gloria, ¿no? —dice Will como si estuvieran manteniendo la misma conversación—. Siempre las putas manzanas. Pero no, a por el árbol entero. El viejo árbol padre.

Peter se da cuenta de qué habla su hermano.

—Ah, sí, es de Helen.

—Pero no puedo evitarlo… ¿acuarela? Me gustaban esos óleos que pintaba. Los desnudos. Sabía cómo hincarles el diente.

—Mira, la cuestión es que… —dice Peter, a quien le resulta difícil decir lo que Helen quiere que diga.

Él mismo ha invitado a su hermano, a quien no ha visto durante casi dos décadas. Y desinvitar a un vampiro, y menos aún a un consanguíneo, nunca es fácil.

—Vale, Petey, pero ¿te importa que nos pongamos al día luego?

—¿Qué?

Will lanza un bostezo teatral.

—Ha sido un día muy duro —dice—. Y ya hace rato que debería estar durmiendo. Pero no te preocupes. No saques el colchón inflable. Puedo pincharlo mientras duermo, ya sabes, si tengo el sueño que no conviene. Últimamente me sucede a menudo. —Will se pone las gafas de sol y besa de nuevo a su hermano en la mejilla–. Te he echado de menos, hermanito.

Sale de la casa.

–Pero… –dice Peter, que sabe que ya es muy tarde.

La puerta se cierra.

Peter recuerda cómo era su hermano. Siempre se le adelantaba. Mira la nube verde y borrosa de hojas y los puntitos rojos que representan las manzanas. No está de acuerdo con Will. Peter cree que la técnica artística de su esposa ha mejorado con el tiempo, se ha vuelto más sutil, más contenida. Le gusta la valla que aparece al fondo, simples pinceladas lineales con resonancias del tronco arbóreo en primer término. En la actualidad, las vallas son un rasgo recurrente en su obra, y una vez él le preguntó por ello. ¿Están ahí para proteger o para reprimir? Ella no contestó. No lo sabía. Probablemente pensó que él intentaba hurgar en su interior, y tal vez fuera así, pero en absoluto había sido un comentario negativo acerca de sus pinturas. De hecho, la había animado para que las expusiera en una cafetería de Thirsk, y se quedó francamente sorprendido cuando no vendió ninguna. (Le dijo que las había tasado demasiado a la baja. Unos precios más altos habrían sido un aliciente, sobre todo en Thirsk, que no era precisamente un floreciente centro artístico.)

–¿Qué ha dicho?

La voz de Helen, tensa y expectante, pone fin a sus pensamientos.

–No me escuchaba. Tan solo ha salido de casa y ya está.

Helen parece disgustada por la información, más que enfadada.

–Oh, Peter, tiene que irse.

Peter asiente, mientras se pregunta cómo podrá lograrlo y por qué para Helen ese parece ser el mayor problema al que se van a enfrentar durante el fin de semana. Un problema mayor que el chico muerto, los vecinos cotillas y la policía.

Helen está ahí, a menos de un metro de él, y sin embargo podría ser un punto en el horizonte. Intenta ponerle una mano en el hombro para tranquilizarla, pero antes de alcanzarla ella ha regresado a la cocina para cargar el lavavajillas.

UN DIAGRAMA TÁNTRICO
DE UN PIE DERECHO

En la casa de al lado de los Radley, en el 19 de Orchard Lane, todo está en silencio.

Lorna Felt está tumbada en la cama junto a su marido, con un poco de resaca pero relajada y pensando en la cara de susto de Peter cuando realizó la discreta incursión bajo la mesa. Mira hacia el otro lado de la habitación, al dibujo que tienen en la habitación. Un diagrama tántrico de un pie derecho: un grabado de un *yantra* hindú clásico del siglo XVIII que muestra la estructura interior y los puntos de energía del pie, y que ella había comprado en eBay.

Mark, por supuesto, no quería colgarlo en la pared. Del mismo modo en que no quería que los clientes de su mujer se quitaran los calcetines en su sala de estar.

Aun así, ahora Lorna se acurruca junto a él, mientras él se despierta.

—Buenos días —le susurra ella al oído.

—Ah, sí, buenos días —dice él.

Lorna no se arredra, desliza la mano bajo la camiseta de Mark y le acaricia la piel con el roce ligero de una pluma. Desciende hacia los bóxers, los desabrocha, y magrea el flácido pene como si fuera un ratón doméstico. Y esas cariacias suaves y cuidadosas surten efecto, excitan a su marido y él la besa y rápidamente se dejan arrastrar hacia el sexo. Pero el acto en sí resulta tan decepcionante para Lorna como en tantas otras ocasiones: se trata de un viaje directo de A a B, cuando a ella no le importaría recorrer unas cuantas letras más del alfabeto.

Por algún motivo, cuando Mark cierra los ojos y se vacía dentro de ella, se forma en su mente una imagen clara del sofá de los padres de él. El que compraron a plazos el día que se casaron Carlos y Diana, a modo de celebración. Lo ve tal y como fue durante un año. Con su funda de polietileno, en caso de que alguien decidiera ponerse muy cómodo y ensuciarlo. («Tienes que aprender a respetar las cosas, Mark. ¿Sabes cuánto ha costado?»)

Permanecen allí absortos en sus propios e inconexos pensamientos. Lorna se da cuenta de que vuelve a sentirse un poco mareada.

—Ojalá pudiera quedarme todo el día en la cama —dice Mark cuando ha recuperado el aliento, aunque en realidad no lo dice en serio. No se ha quedado en la cama hasta tarde desde que tenía dieciocho años.

—Bueno, podríamos pasar un poco de tiempo juntos, ¿no? —dice Lorna.

Mark suspira y niega con la cabeza.

—Tengo… cosas que… el maldito problema del alquiler…

Se levanta de la cama y se dirige al baño. Lorna deja la mano en el lado de la cama de Mark, sintiendo el calor vano que ha dejado él.

Y mientras oye cómo Mark mea de forma ruidosa en el váter, decide que debería llamar al médico y pedir hora con Peter (tiene que ser Peter). Y sabe que hoy podría muy bien ser el día en que tuviera el valor de preguntarle a su vecino lo que ha tenido ganas de preguntarle desde que sintió su mirada hambrienta e intensa sobre ella durante la barbacoa del año pasado.

Coge el auricular del teléfono que tienen en el dormitorio. Oye la voz de Toby. En lugar de colgar escucha en silencio, algo que ha hecho en otras ocasiones, cuando buscaba pruebas del odio que sentía su hijastro por ella. ¿Por qué Mark nunca la había apoyado en nada de lo que tenía que ver con Toby? ¿Por qué no se daba cuenta de lo mucho que la despreciaba? ¿Por qué Mark no la había escuchado y no había enviado a su hijo a la escuela Steiner de York? «Sí, y que se convierta en saltimbanqui callejero cuando sea mayor», fueron las últimas palabras de Mark al respecto.

—Hola, ¿podría hablar con Stuart, señora Harper?

La voz es tan educada que casi resulta irreconocible.

Entonces la señora Harper dice:

—¡Stuart! ¡Stuart! ¿Stuart? —El último «Stuart» es tan fuerte que Lorna tiene que apartar el auricular del oído—. ¡Stuart, sal de la cama! Toby está al teléfono.

Pero la voz de Stuart Harper no se oye en la línea.

ROPA NUEVA

Eve está tumbada en la cama con la camiseta holgada que llevaba la noche que su madre desapareció, hace dos años. De no haber sido por eso la habría tirado, ya que se había descolorido, estaba llena de agujeros alrededor del cuello de mordisquearla y era de un grupo que ya no le interesaba.

Deshacerse de la camiseta habría sido quemar otro puente entre la Época Anterior y la Época Posterior, y no quedaban demasiados puentes desde que se habían trasladado aquí.

Su antigua casa de Sale era muy diferente de la actual. Para empezar, era una casa de verdad, no un piso diseñado para jubilados. Era un sitio con alma, y todos los rincones de todas las habitaciones albergaban recuerdos de su madre. El piso daba pena y transmitía un tipo de tristeza más fría: una tristeza de residencia de ancianos construida con ladrillos modernos.

Por supuesto, entendió la situación a medias. Sabía que tras el despido de su padre no podrían seguir pagando la hipoteca. Pero aun así... ¿Por qué se habían trasladado a otro condado? ¿Por qué se habían ido al otro lado de los Peninos, a más de cien kilómetros de la cocina donde su madre y ella bailaban canciones antiguas que sonaban en la radio?

¿Por qué tenía que abandonar la cama a la que solía acudir su madre para sentarse y hablar de los poemas y libros que estaba estudiando para su carrera? ¿O donde le preguntaba por la escuela y los amigos y los novios?

Eve cierra los ojos y la ve ahora, en la galería de su mente, con su pelo corto y la sonrisa que Eve siempre encontraba en ella. Y entonces su padre entra y hace añicos el recuerdo diciéndole que no puede salir de casa en todo el fin de semana.

—¿Qué? —pregunta ella. Su voz ronca delata la innegable resaca que padece.

—Lo siento, Eve. Solo este fin de semana. Tienes que quedarte en casa.

Aún no se ha quitado el abrigo a su regreso de dondequiera que haya estado, y su rostro muestra una expresión tan abierta a la negociación como un control de carretera.

—¿Por qué?

Es lo único que parece preguntar ella últimamente, y nunca, como sucede ahora, obtiene una respuesta satisfactoria.

—Eve, por favor, te estoy pidiendo que no salgas. Te lo pido porque es importante.

Y eso es todo. Es la única respuesta que obtiene antes de salir del dormitorio.

Al cabo de un minuto, su móvil vibra en la mesita de noche. Ve «Clara» en la pantalla. Antes de responder, se levanta de la cama para cerrar la puerta y enciende la radio.

Cuando finalmente contesta, se da cuenta de que su amiga tiene una voz distinta. Su habitual tono dócil y de autodesprecio ha cedido ante otro más frío, más seguro.

—Bueno, señorita, ¿sigue en pie nuestro día de compras de chicas?

—No puedo —le dice Eve—. Estoy castigada.

—¿Castigada? Tienes diecisiete años. No puede hacerlo. Es ilegal.

—Pues lo ha hecho. Está por encima de la ley. Y, además, estoy pelada.

—No pasa nada. Pago yo.

—No puedo. Es por mi padre. En serio.

—No es tu amo.

Clara habla de un modo tan inusual en ella que por un instante Eve se pregunta si está hablando con su amiga.

—Hoy pareces otra.

—Sí —dice la voz serena—. Me siento mejor. Pero es que de verdad necesito comprar ropa nueva.

—¿Qué? ¿Ya se te han pasado los vómitos?

—Sí, han desaparecido. Mi padre dice que era un virus. Algo que se transmitía por el aire.

Clara oye que llaman a la puerta.

—Ha llamado alguien a la puerta de la calle —le dice Eve.

—Lo sé, lo he oído.

—¿Qué? ¿Cómo? Pero si yo lo he oído a duras penas… Bueno, da igual, tengo que irme. Mi padre no va a ver quién es.

—Bueno —dice Clara—. Entonces me paso a verte.

—No, no creo que sea una buena…

Clara cuelga antes de que su amiga pueda acabar la frase.

Eve sale de su habitación para ver quién llama a la puerta. Finge que no oye cómo su padre le susurra desde la sala de estar:

—Eve, no abras.

Pero lo hace, y ve al casero, que la mira con su orondo rostro de arrogante hombre de negocios.

—¿Está tu padre en casa?

—No, ha salido.

—Ha salido. Qué coincidencia. Bueno, dile que no estoy muy contento. Necesito que me pague el alquiler de los últimos dos meses la semana que viene o tendréis que buscaros otro sitio.

—Tiene trabajo —le dice Eve—. Ahora ya podrá pagarle, pero quizá aún tarde un poquito. ¿Es que Toby… hummm… no se lo ha explicado?

—¿Toby? No. ¿Por qué iba a hacerlo?

—Porque dijo que lo haría.

Y el señor Felt le lanza una sonrisa, para nada amable. Es una sonrisa que la hace sentirse estúpida, como si fuera el final de un chiste que no entiende.

—La semana que viene —dice el hombre con rotundidad—, setecientas libras.

UN PEQUEÑO ATAQUE DE PÁNICO

Clara había olido algo durante el trayecto a la ciudad. Un olor fuerte y exótico que jamás había percibido en el abarrotado autobús de la línea 6. Tuvo un efecto tan desorientador en ella que sentía un gran alivio cada vez que se abrían las puertas y entraba un poco de aire fresco que le despejaba los sentidos.

Sin embargo, ahí está otra vez, aturdiéndola de nuevo mientras se prueba ropa en los probadores de Topshop. Ese olor extrañamente embriagador, que le recuerda el éxtasis violento y salvaje que sintió anoche.

Y se ve a sí misma. Sobre el cuerpo de Harper, hundiendo la cabeza como un velocirráptor en las heridas sangrantes para arrancarle toda la vida. Mientras recuerda la escena se pone a temblar, pero no sabe si lo hace a causa del horror de su acción o del placer embriagador de lo que sabe que podría experimentar de nuevo.

Se da cuenta de que lo que percibe es el olor a sangre. La sangre que corre por todos los cuerpos que se están desnudando en los otros cubículos. Chicas a las que no conoce, junto a la que sí conoce, como a la que acaba de engatusar para que salga a escondidas de su piso y lejos de su padre.

Sale con su ropa nueva, extasiada. Unas fuerzas invisibles la empujan al cubículo que hay junto al suyo, se prepara para descorrer la cortina. Pero el pánico se desliza por su piel como una sombra fría, justo a tiempo. El corazón le late desbocado y siente un hormigueo por todo el cuerpo.

Se da cuenta de lo que está haciendo. Echa a correr. Sale de los probadores, de la tienda, tira al suelo un maniquí vestido con una camiseta de los ochenta que dejaba el ombligo al descubierto y unos crucifijos deslumbrantes. Se cae y aterriza sobre un perchero, creando una especie de puente.

—Lo siento —dice Clara con la respiración entrecortada, pero prosigue su huida.

Salta la alarma de seguridad cuando sale a la calle con la ropa de la tienda, pero no puede regresar. Necesita el aire fresco para diluir su deseo.

El sonido de los pies sobre el hormigón le martillea la cabeza. Alguien corre tras ella. Recorre el callejón como una flecha, deja atrás los contenedores rebosantes de basura, pero ve una pared alta de ladrillos rojos enfrente. Es un callejón sin salida.

El guarda de seguridad la ha acorralado. Habla por la radio que lleva sujeta al bolsillo de la camisa mientras se acerca a Clara.

—No pasa nada, Dave. La tengo. Tan solo es una chica.

Clara permanece de espaldas a la pared.

—Lo siento —dice—. No quería robar nada. He tenido un pequeño ataque de pánico, eso es todo. Tengo el dinero. Puedo...

El guarda de seguridad sonríe como si le hubieran contado un chiste.

—Sí, claro, cielo. Eso ya se lo contarás a la policía en comisaría. Aunque no estoy muy seguro de que vayan a creerte.

El tipo le pone una pesada mano en el brazo. Mientras se lo aprieta con fuerza ella ve el tatuaje de una sirena que tiene en el antebrazo, y el rostro de tinta azul le lanza como una mirada de desamparo y comprensión. El guarda empieza a tirar de ella hacia la calle. Cuando se acercan al final del callejón, Clara oye los pies de los compradores que pasan por la calle, el taconeo es cada vez más rápido hasta que parece que la gente está bailando una especie de giga colectiva. La mano le aprieta el brazo con más fuerza y una rabia desesperada se apodera de ella. Intenta zafarse del guarda.

—No lo conseguirás —dice el tipo.

Sin pensárselo, Clara le enseña los colmillos.

—Aléjate de mí —le susurra.

De pronto el guarda la suelta, como si el brazo de Clara le quemara. El tipo percibe que ella puede oler su sangre y el temor lo consume. Abre la boca y retrocede, agitando las manos en el aire, como si intentara aplacar a un perro rabioso.

Clara ve el pánico que ha causado en ese hombre adulto y tiembla al ser terriblemente consciente de su poder.

SALVAR A LOS NIÑOS

La mañana de Peter en la consulta es un poco confusa. Los pacientes llegan y se van, y él examina las deposiciones. A medida que pasa el día, piensa más y más en el sentimiento que se despertó en su interior mientras surcaba el aire la noche anterior, esa dicha veloz e ingrávida.

Le resulta difícil concentrarse en lo que está sucediendo ahora. Se abre la puerta y aparece el señor Bamber, un día después de su exploración rectal.

—Hola —dice Peter, que oye su voz desde algún lugar por encima del mar del Norte—. ¿Cómo está?

—No muy bien, la verdad —dice el anciano mientras se sienta en la silla naranja de plástico—. Son esos antibióticos. Han causado estragos en mi organismo.

Se da una palmada en el estómago para indicar de qué parte de su organismo está hablando. Peter echa un vistazo a sus notas.

—Ya veo. Bueno, normalmente la amoxicilina tiene unos efectos secundarios muy leves.

El señor Bamber lanza un suspiro.

—Pues han afectado a mi control. No es una situación muy digna. Cuando tengo que ir, tengo que ir. Es como si tuviera a unos dinamiteros ahí abajo.

El hombre hincha las mejillas e imita el sonido de una explosión. Peter lo considera un exceso de información. Cierra los ojos y se frota las sienes, intentando aliviar un dolor de cabeza que había durado varias horas pero que lentamente empieza a desaparecer.

136

—Bueno, de acuerdo —logra decir—. Le cambiaré la receta y le recomendaré una dosis más baja. A ver qué tal le va.

Peter garabatea una receta ilegible y se la entrega, y antes de que pueda darse cuenta hay alguien más en la consulta. Y después llega otra persona más.

La mujer avergonzada con aftas.

El hombre de la tos incontrolable.

Una mujer con gripe.

El hombre mayor con la chaqueta de críquet a quien ya no se le levanta.

Un hipocondríaco lleno de lunares que, después de buscar en Google, cree que tiene cáncer de piel.

Margaret, de la oficina de correos, que le echa su halitosis en la cara para que la examine.

(«No, de verdad, Margaret, apenas se nota.»)

A las dos y media de la tarde Peter ya tiene ganas de irse. Después de todo, es sábado.

¡Sábado!

Sá-ba-do.

En el pasado esas tres sílabas habían sido sinónimo de exquisita emoción. Mientras mira fijamente la gigante y roja gota de sangre de la pared recuerda lo que significaban para él los sábados hace años, cuando Will y él iban al Soho, al Stoker Club de Dean Street, un bar privado que solo admitía como socios a chupasangres devotos, y luego acudían a algún mercado de carne de Leicester Square buscando las mejores ofertas. Y a veces, si ya habían tomado su dosis de SV, se alzaban por encima de la ciudad, trazaban sus rutas de vuelo siguiendo los sinuosos meandros del Támesis y partían para pasar un fin de semana vampírico y salvaje.

Valencia. Roma. Kiev.

En ocasiones cantaban esa canción tan tonta que habían compuesto de adolescentes para su grupo: los Hemato Critters. Pero ahora no puede recordar la canción. No del todo.

Sin embargo, era un estilo de vida inmoral. Se había alegrado de conocer a Helen y de bajar un poco el ritmo. Por supuesto, nunca se imaginó que dejaría de beber sangre, ya fuese fresca o de cualquier otro tipo. No hasta que Helen se quedó embarazada y le dijo que pusiera en orden sus prioridades. No, eso no se lo esperaba. No había previsto este futuro de jaquecas y monotonía, en el que permanecería sentado en una silla giratoria rota esperando a que se abriera la puerta y otro hipocondríaco entrara en la consulta.

—Pase —dice con voz cansada.

El golpe suave en la puerta ha sonado como un martillazo.

Ni siquiera se molesta en alzar la vista. Garabatea gotas de sangre en el papel de las recetas hasta que percibe un olor de algo que conoce, vagamente. Cierra los ojos durante un instante para saborear el aroma, y cuando los abre ve a Lorna, radiante de salud, con unos tejanos ajustados y una blusa vaporosa.

Si fuera un hombre normal, con un dominio normal sobre sus deseos, Lorna le parecería lo que es. Una mujer de treinta y nueve años ligeramente atractiva, con ojos de maníaca y maquillados en exceso. Sin embargo, para Peter bien podría haber salido de las páginas satinadas del catálogo Boden de Helen. Se levanta y la besa en la mejilla, como si estuvieran en una cena.

—Lorna. ¡Hola! Hueles muy bien.

—¿De verdad?

—Sí —responde él intentando concentrarse únicamente en el perfume—. A hierba fresca. Bueno, ¿cómo estás?

—Te dije que pediría cita.

—Sí, es cierto. Siéntate.

Toma asiento en la silla. «Con elegancia —piensa él—. Como una gata. Una sensual gata birmana, pero sin miedo.»

—¿Está bien Clara? —pregunta ella en tono formal.

—Ah, sí, Clara... ya sabes. Es joven y tiene ganas de experimentar... ya sabes cómo son los adolescentes.

Lorna asiente, pensando en Toby.

—Sí.

—Bueno, ¿qué es lo que te pasa? —pregunta Peter.

Alberga la vana esperanza de que tenga una enfermedad que la aparte de él. Algo que aplaque la energía que hay entre ellos. Hemorroides, síndrome de colon irritable o algo así. Sin embargo, sus síntomas son tan femeninos y victorianos que no hacen sino aumentar su poder de atracción. Lorna le dice que tiene vahídos, que en ocasiones se le nubla la vista cuando se pone en pie muy bruscamente. Peter piensa, por un egoísta momento, que se lo podría estar inventando todo.

Sin embargo, intenta ser profesional.

Coge el brazalete del aparato para medir la presión arterial, se lo pone a Lorna en el brazo y empieza a hincharlo. Lorna le lanza una sonrisa coqueta y segura, mientras él reprime su deseo al verle las venas.

Unos preciosos y finos arroyos azules que surcan su piel color melocotón.

No sirve de nada.

No puede reprimirse.

Está en caída libre, atrapado en el momento. Cierra los ojos y se ve a sí mismo, inclinándose hacia el brazo de Lorna, lo que provoca que ella se ponga a reír.

—¿Qué haces? –le pregunta Lorna.

—Necesito tu sangre.

—¿Vas a hacerme una analítica?

Lorna ve sus colmillos y grita. Peter le clava los colmillos en el antebrazo y, dada la presión de las venas, la sangre lo salpica todo: la cara de Peter, la de Lorna, el monitor, los pósters.

—¿Estás bien?

La voz de Lorna pone fin a la fantasía.

Peter, sin una mancha de sangre, ni en él ni en el resto de la consulta, parpadea varias veces para disipar la alucinación.

—Sí, estoy bien.

Toma nota de la presión, le quita el brazalete e intenta comportarse con seriedad.

—Todo está normal —dice, esforzándose por no mirarla o inhalar por la nariz—. Estoy seguro de que no es nada grave. Seguramente lo que pasa es que tienes los niveles de hierro un poco bajos. Aun así, es mejor asegurarse, así que voy a pedirte unos análisis de sangre.

Lorna se estremece.

—No me gustan nada las agujas.

Peter carraspea.

—Pídele hora a Elaine en recepción.

Lorna está a punto de abrir la puerta, pero salta a la vista que quiere decir algo. Pone una mirada nerviosa y traviesa que a Peter le encanta y teme al mismo tiempo.

—Organizan veladas de jazz —dice Lorna por fin. A Peter su voz le parece tan suave e incitante como la superficie calma de un lago—. En el Fox and Crown, cerca de Farley. Música en vivo. Los lunes, creo. He pensado que podríamos ir. Mark está en Londres el lunes, y vuelve tarde. De modo que, no sé, se me ha pasado por la cabeza que podríamos ir.

Peter duda, recuerda cómo Lorna le acarició el pie con el suyo la noche anterior. Recuerda el sabor de la sangre, poco después, y cómo acabó con su sentimiento de culpa. Siente la frustración de todos los «Te quiero» no devueltos que le ha dicho a su mujer durante los últimos años. Tiene que hacer acopio de todas sus fuerzas para negar con un apenas perceptible gesto de la cabeza.

—Es…

Lorna se muerde el labio inferior, asiente, entonces abre la boca lentamente, como las alas de un pájaro herido, y su expresión se transforma en una especie de sonrisa.

—Vale. Adiós, Peter —dice. Prefiere no esperar a oír un claro rechazo.

Y la puerta se cierra y la sensación de culpa ahoga el alivio de Peter.

—Adiós, Lorna. Sí, adiós.

Mensaje a los conversos: «JAMÁS VUELVAS A PONERTE EN CON-
TACTO CON LA PERSONA QUE TE CONVIRTIÓ». Los sentimientos
que albergas hacia el individuo cuya sangre provocó un cambio tan
profundo en tu naturaleza siempre serán difíciles de pasar por alto.
Pero ver a este individuo en persona podría provocar una avalan-
cha de emociones de la que tal vez no podrías recuperarte nunca.

El manual del abstemio (2.ª ed.), p. 133

LA BARCA SIN REMOS

Una de las consecuencias conocidas del consumo excesivo de sangre es que tiene un profundo efecto en tus sueños. Por lo general, este efecto es bueno, y el vampiro practicante estándar disfruta de sueños exuberantes y deliciosos, que rebosan desnudos voluptuosos y detalles exóticos que cambian de un sueño a otro; Will Radley no solía ser una excepción. En sus sueños aparecían detalles sumamente minuciosos de los lugares que había visitado —y había estado en todas partes (aunque de noche)— y unos cuantos más de los confines exteriores de su imaginación. Sin embargo, en los últimos tiempos había tenido pesadillas, o más bien la misma pesadilla una y otra vez, y el escenario y los acontecimientos apenas cambiaban.

Ahora mismo está teniendo una, este sábado.

Esto es lo que sucede.

Está en una barca de remos, pero sin remos, flotando en un lago de sangre.

Hay una orilla de rocas que rodea el lago, y hay una mujer preciosa, descalza y de pie sobre las rocas, que le hace señas.

Will quiere ir junto a ella, pero es consciente de que no sabe nadar, por lo que usa las manos a modo de remos, las hunde en la sangre, hasta que golpea algo.

Emerge una cabeza. Una mujer con los ojos en blanco y la boca abierta surge del agua roja.

Hoy, esta mujer es Julie, la cajera de la noche anterior.

Will vuelve a sentarse en la barca, y van apareciendo otros rostros muertos, todos con los ojos en blanco y la boca abierta, con heridas fatales en el cuello. Son todos los hombres y mujeres a los que ha matado.

Cientos de cabezas —citas rápidas, camareras croatas, una estudiante de intercambio francesa, parásitos del Stoker Club y el Black Narcissus, cabreros siberianos, italianos con cuello de cisne, infinidad de rusos y ucranianos— que se mecen como boyas en la sangre.

Pero la mujer de la orilla sigue allí, aún quiere que acuda a su lado. Pero ahora ve quién es. Se trata de Helen, hace diecisiete años, y ahora él lo sabe, quiere estar con ella más que nunca.

Un ruido de salpicadura.

Alguien nada en la sangre. Y luego alguien más, que chapotea desesperadamente nadando al estilo crol.

Son los cuerpos. Son los muertos, que van a por él.

Julie es la que está más cerca. Ya no tiene los ojos en blanco y saca los brazos del lago para aferrarse a la barca.

Entonces, mientras sube por sí misma a bordo, Will oye algo. Hay alguien bajo el bote, golpeando en la madera, intentando atravesarla.

Mira a Helen, hacia la orilla. Ya no está. Su lugar lo ocupa Alison Glenny, la engreída comisaria de policía de pelo muy corto que dirige las operaciones de contravampirismo de la policía. Asiente, como si todo estuviera saliendo según lo planeado.

Hay cuerpos por todas partes, que se unen a Julie cuando sus brazos salen del lago de sangre y se aferran al bote, mientras los golpes son cada vez más fuertes. Los brazos están a punto de alcanzarlo, pero Will cierra los ojos, luego los abre, y está en su furgoneta, con las persianas bajadas.

No era más que un sueño.

«El mismo sueño de siempre.»

Coge el cuchillo y abre la puerta para ver quién llama. Es Helen.

—Justo ahora estaba soñando con…

Ella mira el cuchillo.

—Lo siento —dice él, y le dedica una sonrisa de disculpa—, es la costumbre. Hay mucha SV aquí. Alguna es muy valiosa. En Siberia me asaltaron unos adictos a la sangre. Unos cabrones daneses muy grandes. En tales casos los colmillos no sirven de nada, como bien sabes. –Le hace un gesto con la mano como el que le había hecho ella en sueños–. Entra, ponte a la sombra.

Helen cierra los ojos para rechazar la oferta y se dirige a él en voz baja, para que los vecinos no puedan oírla.

–Lo que Peter intentaba decirte es que quiere que te vayas. No te necesitamos.

–Sí, parecía algo distante, ahora que lo dices. ¿No podrías hablar con él, Hel?

Helen se queda boquiabierta.

–¿Qué?

A Will no le gusta la situación. Agazapado como Quasimodo en su furgoneta, no tiene muy buen aspecto.

–Veo que estás muy acostumbrada al sol. Venga, siéntate.

–No me lo puedo creer –dice ella, exasperada–. ¿Quieres que hable con Peter para que permita que te quedes?

–Solo hasta el lunes, Hel. Tengo que pasar inadvertido, de verdad.

–Aquí no hay nada para ti. Peter y yo queremos que te vayas.

–La cuestión es que en los últimos tiempos me he pasado un poco. Tengo que quedarme en algún sitio… y mantener la calma. Hay muchos familiares enfurecidos ahí fuera. Uno en concreto.

–Y es cierto, aunque ya hace tiempo que es cierto. El año pasado, fuentes de confianza le habían dicho que alguien buscaba al «profesor Will Radley». Alguien que se la tiene jurada desde sus días académicos, imagina. Un padre enloquecido, o un viudo con sed de venganza. Ese hombre no le preocupa más que Alison Glenny, pero es algo que está sometiendo a una gran tensión sus relaciones con sus compañeros vampiros de la Sociedad Sheridan–. Alguien ha estado haciendo preguntas. No sé quién es, pero no se cansa. De modo que si pudiera…

–¿Poner en peligro a mi familia? No. Ni hablar.

Will sale de la furgoneta y entorna los ojos para ver unos pájaros que huyen atemorizados de un árbol cercano y que Helen luce una expresión igual de nerviosa mientras mira hacia la calle. Will sigue su mirada y ve a una anciana que camina con bastón.

—Vaya, necesito un buen filtro solar —dice parpadeando bajo el sol.

Will aún sostiene el cuchillo.

—¿Qué haces? —le pregunta Helen.

La anciana llega hasta ellos.

—Hola.

—Buenos días, señora Thomas.

La señora Thomas sonríe a Will, que, con toda tranquilidad, levanta la mano que sujeta el cuchillo a modo de saludo. Sonríe y se dirige a ella:

—Señora Thomas.

A Will le resulta divertido inquietar a Helen, y seguro que su cuñada está aterrada. Pero la señora Thomas no parece haber visto el cuchillo o, simplemente, no la ha alterado lo más mínimo.

—Hola —grazna ella amablemente como respuesta.

La mujer sigue su camino sin detenerse. Helen mira a Will, que decide exasperarla un poco más y ahora finge sorprenderse al ver el cuchillo.

—Uuups.

Tira el cuchillo en la furgoneta. El rostro le pica a causa del sol. Helen está mirando hacia la casa de al lado cuando Mark Felt sale con un cubo y una esponja para empezar a lavar su coche. Es un hombre que, para diversión de Will, parece un poco preocupado por la presencia de ese personaje de aspecto siniestro con el que habla Helen.

—¿Estás bien, Helen?

—Sí, estoy bien, gracias, Mark.

Mientras el tal Mark empieza a pasar la esponja por el techo de su caro coche, mira a Helen con cierto recelo.

—¿Está bien Clara? —pregunta de un modo casi agresivo, mientras el agua y la espuma caen sobre las ventanillas.

«¿Qué les han dicho a los vecinos?», se pregunta Will al observar la nerviosa actuación de Helen.

—Sí, está bien —dice ella—. Ahora ya está bien. Son cosas de adolescentes, ya sabes.

Se produce otra situación extraña cuando Helen se da cuenta de que debería presentar a Will a Mark, pero es incapaz de hacerlo. Mientras se esfuerza por simular ante su vecino, Will la observa maravillado, del mismo modo en que observaría un libro conocido traducido a una lengua extranjera.

—Bien —dice Mark, que no parece muy convencido—. Me alegro de que esté bien. ¿A qué hora cierra Peter la consulta?

Helen se encoge de hombros; salta a la vista que quiere poner fin a la conversación.

—Depende del sábado. Alrededor de las cinco. Las cuatro, las cinco…

—Vale.

Helen asiente y sonríe, pero Mark aún no ha acabado.

—Me gustaría enseñarle los planos en algún momento. Aunque creo que sería mejor mañana. Luego me iré a jugar al golf.

—De acuerdo —dice Helen.

Will intenta reprimir una sonrisita.

—Sigamos con esto en casa —susurra Helen.

Will asiente y la sigue hacia la puerta. «Un poco atrevido, pero vale. Me has conquistado.»

PARÍS

Al cabo de un minuto, Will se encuentra en la sala de estar, decorada con muy buen gusto, sentado en el sofá. Helen le da la espalda, mira hacia el patio y el jardín. No es consciente de ello, pero sigue siendo guapísima, a pesar de que ha decidido cambiar de carril y pasarse a la vía rápida de la mortalidad. Aunque fuera una anciana con más arrugas que una pasa, la seguiría queriendo.

A menudo piensa en ella como una muñeca rusa. Esta pueblerina carcasa exterior contiene otras Helen, mejores. Lo sabe. La Helen con la que en una ocasión voló sobre el mar, agarrados de la mano, manchada de sangre. Will huele sus ansias de vida, de peligro, eso todavía corre por sus venas. Y sabe que es el momento adecuado para acicatearla, para obligarla a recordar su otro yo, mejor que el actual.

—¿Te acuerdas de París? —pregunta él—. ¿La noche en que fuimos volando hasta allí y aterrizamos en los jardines de Rodin?

—Cállate, por favor —le pide ella—. Rowan está arriba.

—Está escuchando música. No oirá nada. Solo quería saber si alguna vez pensabas en París.

—A veces, sí. Pienso en muchas cosas. Pienso en ti. Pienso en mí, en cómo era. En la gran parte de mi propio ser que he tenido que sacrificar para vivir aquí, con toda esta gente normal. En ocasiones me entran ganas de, no sé, rendirme y salir desnuda a la calle para ver lo que dice la gente. Pero estoy intentando borrar un error, Will. Por eso llevo esta vida. Todo fue error.

Will coge un jarrón, y mira en el oscuro y esculpido hueco interior.

—Esto no es vida, Helen. Este sitio es una morgue. Se pueden oler los sueños muertos.

Helen no alza la voz.

—Estaba con Peter. Estaba comprometida con Peter. Lo amaba. ¿Por qué tuvimos que cambiar eso? ¿Por qué viniste tras de mí? ¿Qué te impulsó a ello? ¿Qué te lleva a presentarte aquí como una pesadilla demoníaca y arruinarlo todo? ¿Se trata de una cuestión de rivalidad fraternal? ¿Aburrimiento? ¿O es la inseguridad de siempre? Tienes que amargarles la existencia a los demás, o acabar con su vida, para que no quede nadie a quien envidiar. ¿Es eso?

Will sonríe. Ve un atisbo de la antigua Helen.

—Venga, la monogamia nunca ha sido lo tuyo.

—Era joven, y estúpida. Muy estúpida, joder. No entendía las consecuencias.

—La estupidez estaba muy de moda ese año. Pobre Pete. Nunca debería haber aceptado ese turno de noche… Nunca se lo has dicho, ¿verdad?

—¿A quién? —pregunta ella.

—Ciñámonos a Pete.

Helen se tapa los ojos con la mano.

—Lo entendiste.

—Mil novecientos noventa y dos —dice Will con cautela, como si la fecha en sí fuera algo delicado y valioso—. Un año de buena cosecha. Conservo nuestro souvenir. Soy un sentimental, ya lo sabes.

—¿Conservas mi…? —Horrorizada, lo mira con ojos desorbitados.

—Pues claro. ¿No habrías hecho tú lo mismo? —Empieza a hablar con gestos muy teatrales—. ¿Acaso no habito en los arrabales de tu placer? —Sonríe—. Es una pregunta retórica. Sé que soy el centro de la ciudad. Soy la torre Eiffel. Pero sí, conservo tu sangre. Y estoy bastante seguro de que Pete la reconocería. Siempre ha sido bastante esnob en cuestiones hemáticas. Ah, y también conservo las cartas…

Will deja el jarrón sobre la mesa con sumo cuidado.

—¿Me estás chantajeando? —susurra Helen.

Will se estremece al oír la acusación.

—No rebajes tus sentimientos, Helen. Me escribiste unas cartas muy bonitas.

—Quiero a mi familia. Eso es lo que siento.

«Familia.»

—Familia —dice él. La palabra en sí suena como algo lleno de avidez—. ¿Incluyes a Pete en eso o te refieres solo a los niños?

Helen lo mira.

—Esto es absurdo. ¿Crees que aún siento algo por ti porque me convertiste antes que él?

Y en el momento en que lo dice, Rowan baja por las escaleras; no lo han oído, pero él sí que los ha oído. No las palabras en sí, pero sí el tono apremiante de su madre. Entonces se detiene para escuchar a Will. Ahora lo oye todo con claridad, pero no le encuentra sentido.

—¿Antes? —dice Will con un tono que raya en la ira—. No te puedes convertir dos veces, Helen. Estás muy oxidada. Quizá te gustaría que te refrescara la memoria…

Rowan apoya el peso de su cuerpo sobre el pie izquierdo y provoca el crujido de una tabla del suelo. Helen y Will callan, y durante un segundo o dos solo se oye el tictac del pequeño reloj de época que hay junto al teléfono.

—¿Rowan?

Es la voz de su madre. Rowan se pregunta si debe responder.

—Tengo dolor de cabeza —dice al final—. Voy a tomarme una pastilla. Y luego saldré un rato.

—Ah —dice su madre tras una larga pausa—. Vale. De acuerdo. ¿Cuándo…?

—Más tarde —la corta Rowan.

—Más tarde, vale. Nos vemos luego.

La voz de Helen ha sonado falsa. Pero ¿cómo puede él discernir aún lo que es falso de lo que no? Todo aquello que siempre ha considerado real, ahora resulta ser ficticio. Y quiere odiar a sus padres por ello, pero el odio es un sentimiento fuerte, para gente fuerte, y él es más débil que nadie.

De modo que recorre el pasillo y se dirige a la cocina. Abre el armario donde sabe que están los medicamentos y saca el ibuprofeno de la caja. Mira con detenimiento el envoltorio de plástico, de un blanco puro.

Se pregunta si hay suficientes pastillas para suicidarse.

Oyen cómo Rowan se dirige a la cocina. Se abre un armario y se cierra. Entonces sale de casa, y en cuanto Helen oye que se cierra la puerta, vuelve a respirar. Pero no es más que un alivio temporal, que dura hasta que Will, aún en el sofá, abre de nuevo la boca.

—Podría haber sido peor —dice—. Podría haber encontrado las cartas. O Peter podría haber estado aquí.

—Calla, Will. Calla de una vez.

Pero la ira de Helen es contagiosa. Will se pone en pie y se acerca a ella, simulando hablar con un Peter que no está ahí.

—Mira, Pete, siempre me ha sorprendido que no te dieras cuenta de nada. Con todos los títulos que tienes. Y, además, eres médico… Ah, claro, seguro que Helen se encargó de ocultar todas las pruebas, y yo me divertí asustando a ese consultor para que mintiera, pero aun así…

—Cállate, cállate, cállate.

Helen no piensa, sino que arremete contra Will, le araña la cara y siente el alivio que le proporciona su reacción. Will se lleva un dedo a la boca y luego se lo enseña. Ella mira la sangre, una sangre que ha probado y le ha gustado más que ninguna. Está ahí, ante ella, el sabor que podría hacerle olvidarlo todo. La única forma de luchar contra sus instintos es huir de la sala, pero casi puede oír la amplia sonrisa de felicidad en las palabras de Will cuando le dice:

—Tal y como te he dicho, Hel, solo es hasta el lunes.

Rowan se sienta en el cementerio, apoyado detrás de un tejo, oculto de la carretera. Se ha tomado todas las pastillas de ibuprofeno, pero se siente exactamente igual que hace media hora, aunque sin el dolor de cabeza.

Se da cuenta de que está viviendo un infierno. Estar atrapado en la larga y horrible frase que es la vida durante unos doscientos años sin llegar al punto y final.

En este momento desearía haberle preguntado a su padre cómo se mata a un vampiro. Le gustaría saber de verdad si es posible suicidarse. Quizá *El manual del abstemio* diga algo. Al final, se pone en pie y se dirige a casa. A medio camino, ve a Eve, que baja de un autobús. Ella camina hacia él, y Rowan se da cuenta de que es demasiado tarde para esconderse.

—¿Has visto a tu hermana? —le pregunta.

Lo mira de forma tan directa, con ese brillo en los ojos tan característico de ella, que apenas puede hablar.

—No —logra decir al final.

—Se ha esfumado cuando estábamos en Topshop.

—Ah. No. No… la he visto.

Rowan se preocupa por su hermana. Tal vez la haya detenido la policía. Por un instante, esta preocupación sustituye al estado de ansiedad general que padece cuando habla con Eve. Y esta preocupación por su hermana provoca que el sabor químico que nota en la lengua le sepa a culpabilidad, ya que hace tan solo media hora quería abandonar a su hermana junto con el resto del mundo.

—Bueno, ha sido raro —dice Eve—. Estaba conmigo y, al cabo de un minuto, se ha…

—¡Eve! —grita alguien que corre hacia ellos—. Eve, te he buscado por todas partes.

Eve pone los ojos en blanco y le lanza un gruñido a Rowan, como si fuera su amigo.

Un motivo para estar vivo.

—Lo siento, es mejor que me vaya. Es mi padre. Nos vemos.

Rowan reúne el valor necesario para devolverle la sonrisa, pero lo hace cuando ella se ha dado la vuelta.

—Gracias —dice él—. Nos vemos.

Al cabo de unas horas, mientras está en su habitación escuchando su disco favorito de los Smiths, *Meat is Murder*, pasa las páginas del *Manual del abstemio* hasta llegar al índice y encuentra la siguiente información acechando en la página 140.

Nota sobre el suicidio

La depresión suicida es una lacra que afecta habitualmente a los abstemios.

Sin un consumo regular de sangre de vampiro o humana, los procesos químicos de nuestro cerebro se pueden ver afectados de forma grave. Los niveles de serotonina acostumbran a ser muy bajos, mientras que los de cortisol pueden subir de forma alarmante en épocas de crisis. Asimismo, es probable que actuemos con precipitación, sin reflexionar.

A todo esto hay que añadir el desprecio por uno mismo que se deriva del hecho de saber lo que somos, y la trágica ironía de los abstemios es que detestamos nuestros instintos, en parte porque no los obedecemos. A diferencia de los adictos a la sangre practicantes, cegados por su propia adicción, poseemos la lucidez para ver el monstruo que vive en nuestro interior, y para muchos esta dolorosa visión puede resultar insoportable.

No es objetivo de este manual emitir un juicio moral sobre aquellos que intentan poner fin a su existencia. De hecho, en muchos casos —como cuando los abstemios piensan en recuperar sus hábitos asesinos—, puede incluso resultar aconsejable.

Sin embargo, es importante tener en cuenta los siguientes hechos:

1. Los abstemios pueden vivir como humanos, pero no pueden morir tan fácilmente como ellos.

2. En teoría es posible suicidarse mediante la ingestión de sustancias farmacéuticas, pero la cantidad necesaria es considerablemente superior a la que requiere un mortal humano. Por ejemplo, un vampiro medio necesitaría consumir alrededor de trescientas pastillas de 400 mg de paracetamol.

3. La intoxicación por monóxido de carbono, saltar de un edificio y abrirse las venas son métodos muy poco prácticos. En especial el

último, ya que el mero hecho de ver y oler nuestra propia sangre puede desatar un deseo inmediato de obtener nuevas provisiones de otros seres vivos.

Rowan cierra el libro con una extraña sensación de alivio. Al fin y al cabo, si se hubiera suicidado, no podría ver a Eve de nuevo y ese pensamiento lo horroriza todavía más que la idea de seguir con vida.

Cierra los ojos, se tumba en la cama y oye el ruido proveniente de las otras habitaciones. Su madre utilizando la licuadora en la cocina. Su padre resollando mientras hace ejercicio en la máquina de remo. Pero los más escandalosos son Clara y Will, que se ríen y escuchan unas guitarras chirriantes.

Rowan deja que los demás ruidos se fundan en uno en su mente, mientras se concentra en la risa de su hermana. Parece incuestionable y verdaderamente feliz. «Sin un consumo regular de sangre de vampiro o humana, los procesos químicos de nuestro cerebro se pueden ver afectados de forma grave.»

¿Y ello qué provoca?

Rowan cierra los ojos e intenta no pensar en la incuestionable y verdadera felicidad que él también podría sentir.

Niega con la cabeza e intenta olvidar ese pensamiento, que, sin embargo, permanece ahí, persistente, como el sabor agridulce que nota en la lengua.

AGUA

Peter está en la máquina de remo, esforzándose más de lo habitual. Quería llegar a los 5.000 metros en menos de veinte minutos, pero va por delante de sus propios cálculos. Echa un vistazo a la pantalla: 4.653 metros en quince minutos y cinco segundos. Es un ritmo mucho más rápido de lo habitual, y está claro que es una consecuencia de la sangre que consumió anoche.

Aunque con alguna dificultad, puede oír la música que suena en la habitación de Clara.

Hendrix.

Es una música sangrienta de la década de los sesenta, absurda, y que, según parece, a Will aún le gusta tanto como cuando tenía siete años y bailaba en la gabarra con su padre al son de «Crosstown Traffic».

Oye a Clara riéndose con su tío.

Pero no permite que eso lo distraiga. Tan solo mira los botones que hay bajo la pantalla: «CAMBIAR UNIDADES. CAMBIAR VISUALIZACIÓN».

Sea quien sea el que diseñó la máquina, conoce el poder de esa palabra. «CAMBIAR.»

Piensa en Lorna y masculla palabras al ritmo de la máquina, mientras llega a los últimos cien metros y se esfuerza cada vez más y más.

—Jazz. Jazz. Jazz... Joder.

Se detiene y observa cómo sube la cifra total de metros, mientras la rueda sigue girando. Al final se detiene en 5.068 metros. Completados en diecisiete minutos y veintidós segundos.

Es impresionante.

Ha rebajado su mejor marca, que era unos cuatro minutos superior a la actual. Sin embargo, ahora está demasiado cansado para bajar de la máquina.

Con una increíble sed, mira las venas hinchadas de su antebrazo. «No —se dice a sí mismo—. Con el agua basta.»

Agua.

En eso consiste su vida ahora. En agua clara e insípida.

Y uno puede ahogarse en ella tan fácilmente como si fuera sangre.

Clara escucha la antigua música de guitarra que acaba de descargarse por recomendación de Will y ni siquiera finge que le gusta.

—No —dice entre risas—. Esto es horrible.

—Esto es Jimi Hendrix —dice su tío como si eso lo explicara todo—. ¡Es uno de los mayores adictos a la sangre que ha existido jamás! Es el hombre que tocaba la guitarra con los colmillos. En el escenario. Y nadie se dio cuenta. —Se ríe—. Me lo contó nuestro padre antes de... —Will deja la frase a medias y Clara siente la tentación de preguntarle por su padre, pero ve el dolor que se refleja en sus ojos. Deja que siga hablando de Jimi Hendrix—. Los exangües creían que era por el ácido que tomaban. Nunca se preguntaron: ¿por qué es de color púrpura la bruma de la que habla «Purple Haze»? Aunque, en realidad, nunca fue una «bruma». «Venas púrpuras» le pareció un poco excesivo. Prince tuvo el mismo problema. Pero entonces se hizo abstemio, se convirtió en testigo de Jehová y todo empezó a ir de mal en peor. No como Jimi. Tan solo fingió su muerte y siguió con lo suyo. Ahora se llama Joe Hayes. H. A. Y. E. S. Dirige un club de rock y sangre llamado Ladyland en Portland, Oregón.

Clara se apoya en la pared de su dormitorio, dejando que los pies le cuelguen por el lateral de la cama.

—Bueno, es que aún no me van mucho los solos de guitarra que duran cinco siglos. Es como esos cantantes a los que les gusta destacar y cantan varias escalas antes de acabar con un monosílabo. Es que me entran ganas de decirles: «Venga, ve al grano».

Will niega con la cabeza, en un gesto casi de compasión, y le echa un trago a una botella de sangre que ha cogido de su furgoneta.

—Mmm… Había olvidado lo bien que sabe.

—¿Quién?

Le enseña la etiqueta escrita a mano. Es la segunda botella de la noche. La primera, «ALICE», se la ha tomado de un trago en pocos segundos, y ahora está tirada bajo la cama de Clara.

ROSELLA — 2001.

—Esta… era una belleza. —Y añadió en español—: Una guapa.

Clara apenas parece preocupada.

—Entonces, ¿mataste a estas personas?

Su tío finge escandalizarse.

—¿Por quién me tomas?

—Por un vampiro chupasangre y asesino.

Will se encoge, como dando a entender «Tienes razón».

—La sangre humana envejece mal —explica—. Adquiere un sabor metálico, por lo que no tiene sentido embotellarla. La hemoglobina de la sangre de los vampiros nunca cambia. Y en eso consiste su magia, en la hemoglobina. Pero bueno, la cuestión es que Rosella es una vampira. Española. La conocí en una visita relámpago a Valencia. Ciudad de vampiros. Es como Manchester. Salimos. Intercambiamos souvenirs. Pruébala.

Will le ofrece la botella a Clara, y la mira fijamente de forma deliberada durante un segundo.

—Sabes que quieres.

Al final, Clara sucumbe y coge la botella, se la pone bajo la nariz y huele lo que está a punto de probar.

A Will le resulta divertido.

—Un ligero gusto cítrico, un leve aroma a roble, y una pizca de vida eterna.

Clara toma un trago y cierra los ojos mientras disfruta del dulce subidón que le proporciona la sangre. Luego se ríe, y la risita se convierte en unas carcajadas escandalosas.

Entonces Will ve la fotografía del tablón de corcho de Clara. Ve a una chica rubia y guapa junto a su sobrina. Y lo embarga un pensamiento perturbador, ya que le suena de algo.

—¿Quién es?

—Quién es ¿quién? —pregunta Clara, tranquilizándose.

—Olivia Newton-John.

—Ah, Eve. Es una estrella. Hoy la he puesto en un pequeño aprieto. La he dejado tirada cuando estábamos en Topshop. Me ha entrado miedo cuando he pensado que podría hacerle algo, mientras estábamos en los probadores.

Will asiente.

—Un ataque de ISS. Te acostumbrarás.

—¿ISS?

—Irresistible Sed de Sangre. Pero bueno, decías…

—Sí. Es nueva. Acaba de trasladarse aquí. —Clara toma otro trago. Se limpia la boca y se ríe de nuevo mientras piensa en algo—. Es el sueño húmedo de Rowan. Va a su mismo curso en el instituto, pero ni siquiera es capaz de dirigirle la palabra. Es bastante trágico. Pero su padre es un tipo problemático. Ella tiene diecisiete años y tiene que pedirle permiso cada vez que quiere salir de casa. Antes vivían en Manchester.

Clara apenas repara en el semblante serio de Will.

—¿Manchester?

—Sí, llevan aquí muy pocos meses.

—Entiendo —dice Will, mirando hacia la puerta.

Al cabo de un segundo se abre y aparece Helen, con delantal y furiosa. Su malhumor enrarece el ambiente cuando entra en el dormitorio, y aprieta la mandíbula con fuerza al ver la botella de sangre.

—Por favor, coge eso y sal de la habitación de mi hija.

Will sonríe.

—Ah, qué bien. Estás aquí. Empezaba a preocuparnos que nos lo pudiéramos estar pasando un poco bien.

Clara, todavía algo aturdida, reprime una risa.

Su madre no dice nada, pero su rostro refleja claramente que no va a tener paciencia con ninguno de los dos. Will se levanta del suelo. Al pasar junto a Helen, se inclina hacia delante para susurrarle algo al oído que Clara no puede oír.

Algo que hace que Helen adopte un semblante de profunda preocupación.

−¡Eh −dice Clara−, nada de secretos!

Pero no obtiene respuesta. Will ya ha salido del cuarto y Helen tiene la mirada clavada en la alfombra, como una figura de cera de sí misma.

Tras ella, Clara ve a Will, que habla con su padre. Está sudando y tiene la cara congestionada después de hacer ejercicio, y su hermano le ofrece una botella de sangre.

−Voy a darme una ducha −replica Peter agriamente, y se dirige al baño, muy enfadado.

−¡Cielos! −le dice Clara a la figura de cera de su madre−. ¿Qué problema tiene?

NUBES CARMESÍ

Uno de los problemas de Peter es el siguiente.

Cuando tenía ocho años, en la década de los setenta, Will le salvó la vida. Dos hombres, cuyas identidades y motivos de resentimiento nunca conocieron, habían irrumpido en la gabarra en la que vivían con la deliberada intención de clavar unos pedazos de madera de espino especialmente afilados en los corazones de sus padres.

Peter se había despertado a causa de sus angustiosos gritos y permaneció bajo las sábanas, empapado en su propia orina. Los hombres entraron en la minúscula habitación de Peter, no con las estacas, sino con una espada de estilo oriental.

Aún puede verlos ahora: el alto y flaco con chaqueta de cuero marrón y espada, y el gordo y grasiento con una camiseta de *Operación Dragón*.

Aún recuerda el terror absoluto que sintió al saber que iba a morir, y el absoluto alivio cuando vio el motivo por el que el más alto empezó a aullar de dolor.

Will.

El hermano, que tenía diez años, le saltó a la espalda, se aferró a él como un murciélago, lo mordió y manchó de sangre los elepés de Hendrix y los Doors que había en el suelo.

En la segunda muerte fue donde Will demostró de verdad su amor fraternal. El gigantesco fan de Bruce Lee había cogido la espada de su amigo y apuntaba con ella al niño de diez años que surcaba el aire por encima de él.

Will le estaba haciendo gestos a Peter. Intentaba que se dirigiera hacia la puerta para que pudieran salir de allí sin que Will tuviera que arriesgarse y enfrentarse al tipo de la espada. Pero el miedo se aferró a Peter como unas sábanas mojadas, y no hizo nada. Se quedó quieto y observó cómo Will revoloteaba como una mosca ante la cara de un rechoncho samurái, recibía un corte profundo en el brazo y, al final, clavaba los colmillos en la cara y el cráneo del hombre.

Entonces fue Will quien sacó a Peter de la cama, lo condujo por el suelo cubierto de sangre, por encima de los cuerpos, cruzaron la estrecha cocina y subieron las escaleras. Le dijo a Peter que esperara en la orilla. Y Peter obedeció, mientras las lágrimas empezaban a correrle por las mejillas al darse cuenta de que sus padres habían muerto.

Will prendió fuego a la gabarra y lo sacó volando de allí.

Fue también Will quien, al cabo de una semana, se puso en contacto con la mujer de la Agencia de Vampiros Huérfanos para que les encontrara una casa. Arthur y Alice Castle: dos abstemios de clase media, de carácter afable y amantes de los crucigramas. Will y Peter juraron que jamás se convertirían en alguien así.

Aunque, claro está, Will no era la mejor influencia.

Pasó sus años de adolescente corrompiendo a su hermano menor, incitándolo para que le diera un mordisco a una estudiante francesa de intercambio llamada Chantal Feuillade, una chica a la que odiaban y adoraban por igual. Y también hubo los viajes a Londres para disfrutar de la hora roja. Vieron conciertos de punk vampiro en el Stoker Club. Fueron de compras a tiendas de vampiros como Bit en King's Road o Rouge en el Soho, donde eran los clientes más jóvenes con diferencia. Tocó la batería con su hermano en los Hemato Critters. (Y juntos, como Lennon y McCartney, escribieron la letra de la única canción que compusieron ellos mismos: «Cuando te saboreo, pienso en cerezas».) Secaban su propia sangre, luego se la fumaban, y cogían un colocón envueltos en una nube carmesí antes de ir al instituto.

Sin duda, Will lo había llevado por el mal camino, pero le había salvado la vida, y eso tenía que valer algo.

Peter cierra los ojos bajo la ducha.

Él mismo aparece en el recuerdo.

Ve una gabarra en llamas en el agua, a varios kilómetros por debajo de él, que se aleja más y más a medida que ganan altura. La embarcación se va haciendo cada vez más pequeña hasta desaparecer. Como la luz dorada de la infancia en la oscuridad que todo lo engulle.

CRIATURA DE LA NOCHE

Helen está cada vez más preocupada. Mañana empezarán la búsqueda con los perros. Podrían disponer de varias unidades de búsqueda, para rastrear todos los campos que hay entre el pueblo y Farley.

Podrían encontrar sangre y rastros en la tierra. E incluso antes de que lo hagan, quizá mañana por la mañana, la policía irá a preguntarle a Clara lo que sabe. También preguntarán a los demás asistentes a la fiesta, y Helen no ha logrado que su hija le explique lo que podrían saber.

Solo tres cosas la consuelan.

Una: nadie en su sano juicio consideraría a una vegana de quince años, delgada y menuda, que nunca ha sido castigada en el instituto, como sospechosa del asesinato de un chico el doble de grande que ella.

Dos: ayer vio a su hija desnuda en la ducha y sabe que no tenía ni un rasguño. Si encuentran la sangre de alguien, no será la de Clara. Es cierto, habrá restos de ADN, y sin duda habrá restos de su saliva mezclada con la sangre de la víctima, pero solo una mente muy imaginativa podría creer que Clara mató a ese chico sin ningún tipo de arma y sin sangrar ni una gota.

Y tres: el cuerpo del chico, la única prueba definitiva de lo que ha sucedido, nunca será encontrado, ya que Peter le aseguró que voló mar adentro un buen rato antes de dejarlo caer.

Es de esperar que la combinación de estas tres cosas impida que la policía sospeche que Clara es una vampira.

Sin embargo, Helen no puede evitar pensar que se trata de una situación muy compleja. Anoche no tuvieron tiempo de limpiar las huellas de los neumáticos, algo que no se les habría pasado por alto en los viejos tiempos. Tal vez Peter debería haber regresado más tarde, de madrugada, y eliminar las marcas que dejó al arrastrar el pesado cuerpo. Quizá deberían hacerlo ahora, antes de que sea demasiado tarde. Quizá debería dejar de rezar para que cayera una gran tormenta y ponerse manos a la obra.

Por supuesto, sabe que si anoche hubiera probado la sangre mostraría una actitud tan relajada con respecto al tema como la de su marido y su hija. La copa estaría medio llena en lugar de medio vacía, y creería que, con Will a su lado, podrían salir airosos de cualquier situación gracias al poder de persuasión de la sangre. Ningún agente de policía del norte de Yorkshire creería que su hija era una asesina, y menos aún una verdadera criatura de la noche.

Sin embargo, Helen no ha bebido sangre en los últimos tiempos, y sus preocupaciones revolotean y picotean su cabeza como una bandada de cuervos hambrientos.

Y el cuervo más grande y más hambriento de todos es el propio Will. Cada vez que mira por la ventana y ve su furgoneta, no puede evitar ver un anuncio que proclama la culpabilidad de Clara, la culpabilidad de todos y cada uno de ellos.

Después de la cena, Helen intenta expresar estas preocupaciones. Recordarle a todo el mundo que están a punto de cumplirse veinticuatro horas desde la desaparición del chico y que la policía no tardará en empezar a hacer preguntas, por lo que deberían ponerse de acuerdo en la historia que van a contar. Pero nadie la escucha, salvo Will, que no se preocupa por nada.

Les cuenta a Helen y a Peter lo mucho que han cambiado las cosas con la policía.

—Los vampiros se mostraron muy activos a mediados de los noventa. Se movilizaron. Crearon una sociedad para tratar con la policía. Tienen una lista de gente a la que no se puede tocar. Ya conocéis a los vampiros. Les encantan las jerarquías. Bueno, la cuestión es que yo estoy en esa lista.

La explicación no consuela a Helen.

—Pero Clara no. Y nosotros tampoco.

—Ya. Y la Sociedad Sheridan solo te permite ser miembro si eres del ala dura, pero, eh, la noche es joven. Podríamos salir a darnos un banquete.

Helen frunce el entrecejo.

—Oye —le dice Will—, no es la policía la que debe preocuparte. Bueno, no solo la policía. También hay que tener en cuenta a la gente a la que has herido. A la que le importa mucho lo sucedido. Me refiero a las madres, a los padres, a los esposos y esposas. Es mucho más difícil hacerles cambiar de opinión. —Sostiene la mirada de Helen y le lanza una sonrisa tan cómplice que ella tiene la sensación de que los secretos rezuman por sus poros e inundan la estancia—. Mira, Helen, cuando juegas con las emociones de la gente es cuando tienes que preocuparte.

Se repantiga en el sofá, bebiendo un vaso de sangre, y Helen recuerda aquella noche en París. Cuando lo besó en el tejado del Museo de Orsay. Cuando le agarró la mano y juntos se acercaron a la recepcionista de aquel lujoso hotel de la avenida Montaigne, y cuando la convenció gracias al poder de la sangre para que les ofreciera la suite presidencial. Tiene exactamente el mismo aspecto que entonces, y los recuerdos que le trae su rostro son tan frescos y maravillosos y aterradores como entonces.

Esos recuerdos le hacen perder el hilo, y ya no recuerda lo que está diciendo. ¿Lo había hecho Will de forma deliberada? ¿Acababa de meterse en su mente y se la había puesto patas arriba? Tras perder la concentración, Helen se siente frustrada al comprobar que la velada se está convirtiendo en *Entrevista con el vampiro*, ya que Will se está recreando en su papel de chupasangre en jefe mientras Clara le formula una pregunta tras otra. Y Helen no puede evitar darse cuenta de que incluso Rowan parece más comprometido con Will, más interesado en lo que pueda decirle. Tan solo su marido parece mostrarse indiferente. Está arrellanado en su sofá de cuero, viendo un documental sobre Louis Armstrong en el canal 4 de la BBC, sin volumen, perdido en su propio mundo.

—¿Has matado a mucha gente? —pregunta Clara.

—Sí.

—Entonces, ¿tienes que matar a alguien para beberte su sangre?

—No, puedes convertirlo.

—¿Convertirlo?

Will hace una pausa y mira a Helen.

—Pero tampoco puedes convertir a cualquiera. Es una cuestión muy seria. Te bebes su sangre y ellos se beben la tuya. Es algo recíproco. Y es un compromiso. Si conviertes a alguien, esa persona te anhelará. Te amará mientras vivas. Por mucho que sepa que amarte es lo peor que podría hacer. No puede evitarlo.

Incluso Rowan parece fascinado por esta revelación. Helen se da cuenta de cómo se le iluminan los ojos mientras piensa en un amor de ese tipo.

—O sea, ¿aunque tú no le gustes a esa persona? —pregunta—. Si la conviertes, ¿te amará?

Will asiente.

—Así funciona.

Helen está segura de que oye murmurar algo a su marido. ¿Jazz? ¿Ha sido eso?

—¿Has dicho algo, Peter?

Su marido alza la vista, como un perro que, por un instante, ha olvidado que tiene amos.

—No —responde, preocupado—. No lo creo.

Clara prosigue con su interrogatorio.

—Entonces, ¿alguna vez has convertido a alguien? —pregunta a su tío.

Will mira fijamente a Helen mientras responde. Su voz hace que ella sienta un hormigueo de inquietud y de la emoción involuntaria causada por los recuerdos.

—Sí. En una ocasión. Hace una eternidad. Uno cierra los ojos e intenta olvidarlo. Pero todo sigue ahí. Ya sabes, como una vieja canción que no puedes quitarte de la cabeza.

—¿Fue tu mujer?

166

—Clara —dice Helen con un tono de voz más alto y firme de lo deseado—, ya basta.

Will siente que ha obtenido un pequeño triunfo al ver lo incómoda que se siente ella.

—No, fue otra persona.

BLACK NARCISSUS

Al cabo de unas horas, cuando los demás Radley están en la cama, Will echa a volar hacia el sudoeste, en dirección a Manchester. Se dirige al lugar al que va a menudo los sábados por la noche, al Black Narcissus, y se abre paso en un mar de chupasangres y aspirantes, de viejos góticos, de chicos emo jóvenes y de vampiros de la Sociedad Sheridan. Cruza la pista de baile llena de *cry-boys* y *sylvies* y sube al piso de arriba, y pasa junto a Henrietta y al pequeño cartel rojo que hay en la pared: «SALA VIB».

—Henrietta —dice él, pero ella le ignora, actitud que a Will le parece bastante extraña.

Hay chupasangres de todo tipo repantigados en sofás de cuero; escuchan a Nick Cave y beben de diversas botellas y del cuello de otros. En una de las paredes se proyecta una vieja película de terror alemana, toda gritos ahogados y ángulos de cámara inquietantes.

Todo el mundo sabe que Will está ahí, pero hoy las vibraciones no transmiten tan buen rollo como es habitual. Nadie se detiene a hablar con Will. Pero a él le da igual. Sigue avanzando hasta que llega a la cortina. Le lanza una sonrisa a Vince y Raymond, pero no se la devuelven. Él mismo aparta la cortina.

En el interior ve a alguien que sabe que estaría allí: Isobel, acompañada por unos cuantos amigos, dándose un banquete con dos cadáveres que yacen en el suelo.

—Eh, creía que no vendrías —dice ella cuando alza la cabeza.

Al menos parece alegrarse de verlo. Will la mira fijamente, intentando apelar a su lujuria mientras observa el tatuaje que dice «MUERDE AQUÍ», aún visible a pesar de la sangre. Parece una chica atractiva, un poco retrovamp estilo años setenta, y un poco Pam Grier en *Scream Blacula Scream*. Y, a decir verdad, dado el aspecto de la mujer, Will debería sentir un anhelo más fuerte del que experimenta.

—Está buena —dice ella—. Venga, pruébala tú mismo.

Los cuerpos que yacen en el suelo no parecen tan apetecibles como deberían en circunstancias normales.

—Estoy bien —dice él.

Algunos de los amigos de Isobel lo miran con el rostro ensangrentado y mirada fría, sin decir nada. «Zorras ávidas de sangre Sheridan.» El hermano de Isobel, Otto, está entre ellos. Will nunca le ha caído bien, al igual que cualquier otro hombre que se haya ganado el corazón de su hermana, pero esta noche el odio de sus ojos refulge con más fuerza que nunca.

Will le hace un gesto con la cabeza a Isobel para charlar en un rincón más tranquilo, donde se sientan en un cojín enorme de color púrpura oscuro. Es la segunda mujer más deliciosa que ha probado. Mejor que Rosella. Mejor que miles de otras. Y quiere saber que será capaz de olvidar a Helen de nuevo. De alejarse de ella, si es necesario.

—Quiero degustarte —dice Will.

—Te pueden dar una botella de mi sangre abajo.

—Sí, lo sé. Iré a pedirla. Pero quiero sangre fresca.

A Isobel parece entristecerle su petición, como si le preocuparan los anhelos que Will despierta en ella. Sin embargo, le ofrece el cuello y él acepta, cierra los ojos y se concentra en su sabor.

—¿Disfrutaste anoche?

Sin dejar de chupar, Will se pregunta a qué se refiere.

—Alison Glenny ha estado indagando. Sobre la chica del supermercado.

Recuerda a la chica gótica —Julie o comoquiera que se llamase— gritando y tirándole del pelo. Se aparta del cuello de Isobel.

—¿Y qué pasa? —pregunta Will señalando a la pareja muerta, medio devorada, que hay al otro lado de la sala.

—Pues pasa que una cámara de seguridad grabó imágenes de tu furgoneta. Era el único vehículo del aparcamiento.

Will lanza un suspiro. Si estás ejerciendo, se supone que debes atenerte a las reglas del juego. Debes ir a por las desapariciones que sean fáciles de explicar: las suicidas, las sin techo, las fugitivas, las ilegales.

Will nunca había seguido las reglas del juego. ¿Qué sentido tenía seguir tus instintos si no podías, bueno, «seguir tus instintos»? Le parecía muy artificial, muy poco romántico, limitar tus deseos a un tipo de víctimas seguras. Sin embargo, era cierto que en el pasado había ocultado a sus víctimas con más cuidado.

—A la gente le preocupa que te hayas vuelto descuidado.

Sin duda, Isobel sabía cómo aguarle la fiesta.

—¿La gente? ¿Qué gente? —Will ve a Otto, con su cara de rata astuta, que lo mira desde uno de los cadáveres—. Te refieres a que Otto quiere quitarme de la lista.

—Tienes que ir con cuidado. Es lo único que digo. Si no, podrías meternos a todos en problemas.

Will se encoge de hombros.

—A la policía no le importan las listas, Isobel —dice, a sabiendas de que es una mentira—. Si quisieran, me detendrían. Les da igual quién sea amigo de quién.

Isobel le lanza una mirada adusta, de las que acostumbran a poner los exangües, confundidos por sus principios morales.

—Confía en mí, a Glenny le importa.

—Tengo que decirte, Isobel Child, que tus conversaciones de alcoba ya no son lo que eran.

Ella le acaricia el pelo.

—Me preocupo por ti. Eso es todo. Me da la sensación de que quieres que te pillen.

Mientras Isobel le besa, Will piensa en darle otro mordisco.

—Venga —dice ella, adoptando de nuevo un seductor tono de voz—. Déjame seca.

Sin embargo, sucede lo mismo que hace cinco minutos. Will no siente nada.

−Eh −dice Isobel acariciándole la cabeza−. ¿Cuándo vamos a ir a París? Hace años que me lo prometes.

París.

¿Por qué ha tenido que decirlo? Ahora solo puede pensar en besar a Helen en el tejado del Museo de Orsay.

−No, París no.

−Bueno, pues otro lugar −dice Isobel, preocupada por él, como si supiera algo que él desconoce−. Venga. Podríamos ir a cualquier parte. Tú y yo. Sería divertido. Podríamos dejar atrás este país de mierda y vivir en otro lugar.

Will se pone en pie.

En su momento ya vio el mundo entero. Ha pasado semanas en la orilla helada y prístina del lago Baikal en Siberia. Se ha puesto ciego en los burdeles de sangre de cuentos de hadas del casco antiguo de Dubrovnik, ha holgazaneado en antros llenos de humo rojo en Laos, ha disfrutado del apagón de Nueva York de 1977 y, en épocas más recientes, se ha corrido unas buenas juergas con coristas de Las Vegas en la suite Dean Martin en el Bellagio. Ha visto a abstemios hindúes lavar sus pecados en el Ganges, ha bailado un tango a medianoche en un paseo de Buenos Aires y ha mordido a una falsa geisha bajo la sombra de un pabellón shogun en Kioto. Pero ahora mismo solo tiene ganas de estar en el norte de Yorkshire.

−¿Qué pasa? Apenas has abierto la boca −dice Isobel pasándose un dedo por el cuello, que ya se está curando.

−Es que esta noche no tengo sed −dice Will−. De hecho, tengo que irme. Voy a pasar el fin de semana con unos familiares.

Isobel se siente dolida.

−¿Familiares? −dice−. ¿Qué tipo de familiares?

Will duda. No cree que Isobel pudiera entenderlo.

−Solo… familiares.

Y la deja arrellanada en el mullido cojín de terciopelo.

−Will, espera…

−Lo siento, tengo que irme.

Baja las escaleras y se dirige al guardarropa, donde agarra una botella de sangre que aún le sabe a fresca.

—Está arriba, ¿lo sabes? —pregunta el escuálido y calvo encargado del guardarropa, confundido por la elección de Will.

—Sí, Dorian, lo sé, pero esta es para compartir.

PINOT ROUGE

En Manchester, Will Radley ha sido durante meses la comidilla de la considerable población de vampiros. Y lo que se ha dicho no ha sido muy bueno.

Mientras que en el pasado había sido muy respetado como un buen ejemplo de cómo los hemoadictos podían quedar impunes tras cometer un asesinato gracias a la elección de un exangüe del tipo adecuado, ahora corría más riesgos, riesgos innecesarios.

Todo empezó con la estudiante madura que había sido esposa de un agente de policía. A la sazón salió indemne, por supuesto. La Unidad de Depredadores No Identificados, esa rama en teoría no existente de la policía del condado de Greater Manchester, había asegurado que, a pesar de que un inspector había presenciado el asesinato de la esposa, que hicieron pasar como un caso de persona desaparecida, nunca se habría tomado al agente en serio.

Sin embargo, las cuidadosas relaciones que se habían forjado entre la policía y la comunidad vampírica –unas relaciones basadas en el diálogo entre la UDNI y el ala británica, con sede en Manchester, de la Sociedad Sheridan, la organización de estructura poco definida que velaba por los derechos de los vampiros– se vieron sometidas a una gran presión como resultado del asunto Copeland.

A pesar de todo, durante un tiempo Will siguió recibiendo el apoyo sin reservas de sus compañeros chupasangres, y ninguno había cedido a la presión de la policía para delatarlo. Sus habilidades para la hemopersuasión eran legendarias, y sus perspicaces estudios de los poetas vampiros Lord Byron y Elizabeth Barrett Browning (publicados en el mercado negro por Christabel Press) fueron bien recibidos por los miembros de la Sociedad Sheridan.

No obstante, después de dimitir de su cargo en la Universidad de Manchester, su comportamiento resultó más difícil de defender. Cada vez mataba a más personas en las calles de Manchester. Y aunque varios de esos asesinatos simplemente pasaron a engrosar el registro de personas desaparecidas, la cantidad total resultaba alarmante.

Parecía que Will tenía algún problema psíquico.

Ni que decir tiene que la mayoría de los vampiros le chupan la vida a algún exangüe de vez en cuando, pero, por lo general, se aseguran de que exista un equilibrio entre el número de víctimas y el consumo seguro de sangre vampírica. A fin de cuentas, en lo que a calidad se refiere, la sangre de vampiro acostumbra a ser más satisfactoria, más compleja y fuerte de sabor, que la de un ser humano normal, no converso. Y la sangre más deliciosa de todas, el mejor Pinot Rouge que existe y que todo buen entendido en cuestiones hemáticas conoce, es la sangre extraída de las venas de alguien justo después de su conversión.

Aun así, Will no parecía tener el más mínimo interés en convertir a nadie. De hecho, corría el rumor de que Will solo había convertido a una persona en toda su vida y, por el motivo que fuera, era incapaz de convertir a nadie más. A pesar de todo, seguía bebiendo sangre de vampiro normal. De hecho, bebía una botella tras otra, y al mismo tiempo le clavaba los colmillos a Isobel Child, su amiga con derecho a roce.

Su sed, sin embargo, se estaba volviendo insaciable. Salía por las noches y le daba un mordisco a quien le gustara, ya fuera vampiro o no. Sin un trabajo fijo de día, podía dormir más y tener más energía para hacer lo que quisiera e ir a donde le viniese en gana. Pero no era una cuestión de energía. El comportamiento temerario de Will —el hecho de que le trajera sin cuidado que lo pudiera grabar una cámara en mitad de un asesinato, por ejemplo— era visto por muchos como un claro síntoma de un estado mental autodestructivo.

«Como le ocurra algo –decía la gente–, será culpa suya.»

No obstante, a pesar de que la presión policial no hacía sino aumentar, la mayoría de los miembros de la Sociedad Sheridan creían que Will sería protegido por ellos debido al gran afecto que Isobel Child sentía por él. Al fin y al cabo, Isobel gozaba de un gran prestigio en la comunidad, y su hermano no era otro que Otto Child, supervisor de la lista.

Había una lista de intocables: de hemoadictos asesinos y practicantes a los que la policía no podía tocar sin perder la confianza de la sociedad y romper relaciones con ella y, por lo tanto, con la comunidad vampírica entera.

Obviamente, ninguna muerte relacionada con un vampiro había desembocado en un juicio oficial, y menos aún en una condena. Desde la reciente creación de la fuerza policial se habían encubierto todos los casos necesarios por el bien general. Sin embargo, incluso entonces se habían tomado las medidas necesarias. Tradicionalmente, tales medidas habían sido llevadas a cabo por unos cuantos agentes de policía adiestrados en el manejo preciso y experto de la ballesta, el arma necesaria para exterminar a los culpables. Los vampiros simplemente desaparecían del mapa. Pero la táctica de la tolerancia cero solo había logrado aumentar de forma rápida las tasas de conversión, y la policía empezó a temer que estallara una incontrolable batalla pública.

Por lo tanto, la autoridad policial ofreció una zanahoria y un palo: protección a ciertos vampiros siempre que se atuvieran a ciertas reglas. Esta regulación, por supuesto, estaba sometida a un dilema ético. Al fin y al cabo, al cooperar con la Sociedad Sheridan la policía estaba recompensando a los vampiros más famosos y sanguinarios, mientras que los abstemios y los pequeños consumidores quedaron desprotegidos. No obstante, la lógica que siguió la policía fue que, al garantizar inmunidad a algunos de los más depravados, eran capaces de ejercer cierta influencia en ellos y poner freno a algunas de sus actividades.

Esto significaba que un asesinato legítimo era aquel que no quedaba recogido por una cámara, y que no permitía que el cadáver apareciera en cualquier parte, y cuya víctima tenía pocas probabilidades de ganarse la compasión de los directores de los periódicos sensacionalistas ni de suscitar demasiados interrogantes entre las masas de contribuyentes. Las prostitutas, los drogadictos, los sintecho, los inmigrantes que no habían logrado asilo y los pacientes ambulatorios con trastornos bipolares constituían los ingredientes seguros del menú. Las esposas de los agentes del Departamento de Investigación Criminal, las participantes en reuniones de citas rápidas e incluso las cajeras de supermercados con sueldos miserables, no.

El problema era que, a pesar de que era un miembro muy antiguo de la Sociedad Sheridan, Will nunca había seguido las reglas. No podía moldear su lujuria para que encajara en un marco aprobado por la policía y que resultara aceptable desde el punto de vista social. Pero la dejadez que había mostrado en sus últimos asesinatos había sometido a la Sociedad Sheridan a una gran presión.

Quince días antes, la comisaria de la policía del condado de Greater Manchester, Alison Glenny, recibió una llamada mientras le daba órdenes a un agente nuevo de la UDNI. La llamada era de un hombre que en un susurro confiado, frío y cansino le dijo que Will Radley ya no estaba en la lista.

—Creía que era un buen amigo —dijo Alison, con la mirada fija en el tráfico de hora punta desde su ventana del sexto piso de Chester House. Los coches se deslizaban y detenían como las bolas de un ábaco—. Amigo de tu hermana, al menos.

—No es amigo mío.

Alison percibió cierto deje de amargura en aquella voz. Sabía que entre los vampiros no imperaba un gran sentimiento de lealtad, pero aun así la desconcertó aquella clara muestra de desdén hacia Will.

—De acuerdo, Otto, es que creía…

Él la interrumpió.

—Confía en mí: a nadie le importa ya lo que le suceda a Will Radley.

DOMINGO

Nunca hables de tu pasado con tus amigos y vecinos exangües, ni reveles las peligrosas emociones del vampirismo a nadie que no las conozca ya.

El manual del abstemio (2.ª ed.), p. 29

BICHOS RAROS

Es perfectamente posible vivir en la casa de al lado de una familia de vampiros y no tener ni la más mínima idea de que esas personas a las que tú llamas vecinos podrían desear chuparte la sangre, sin haber dado jamás muestras de ello.

Esto es más probable aún si la mitad de los miembros de la susodicha familia tampoco son conscientes de su condición. Y aunque es cierto que ninguno de los ocupantes del 19 de Orchard Lane había caído en la cuenta de quiénes eran en realidad sus vecinos, había ciertas notas discordantes que habían sonado con los años y que habían hecho que los Felt se plantearan ciertas preguntas.

Hubo una ocasión, por ejemplo, en la que Helen pintó un retrato de Lorna –un desnudo, a petición de Lorna–, y tuvo que salir corriendo de la habitación al cabo de unos segundos de ayudar a Lorna a desabrocharse el sujetador. Balbució como excusa: «Lo siento mucho, Lorna, a veces la vejiga no me aguanta nada».

En otra ocasión, en una barbacoa que organizaron los Felt, Mark fue a la cocina y se encontró a Peter, que, en lugar de unirse a las conversaciones de deportes de los vecinos, estaba lamiendo un solomillo crudo en la cocina. «Oh, Dios, lo siento, pero si está crudo. ¡Qué tonto soy!»

Y meses antes de que Peter se ahogara con la ensalada tailandesa aliñada con ajo de Lorna, los Felt habían cometido el error de llevar a su perro nuevo, Nutmeg, a casa de sus vecinos del número 17. Sin embargo, el susodicho can huyó a toda prisa de la galletita que Clara le ofreció y chocó con la cabeza contra las puertas del patio. («Se recuperará –dijo Peter con autoridad médica, mientras todo el mundo se arrodillaba alrededor del setter rojo que yacía sobre la moqueta–. Tan solo ha sufrido una leve conmoción.»)

Hubo también otros detallitos.

¿Por qué, por ejemplo, los Radley siempre tenían las persianas bajadas los días soleados? ¿Por qué, por poner otro ejemplo, nunca pudieron engatusar a Peter para que se hiciera socio del Club de Críquet de Bishopthorpe, ni para que fuera a jugar una partida de golf con Mark y sus amigos? ¿Y por qué, si el jardín de los Radley no era ni un tercio del de los Felt, que era inmenso y cuyo césped cortaban ellos mismos, Peter y Helen habían decidido contratar a un jardinero?

Tal vez las sospechas de Mark siempre fueron un poco más fuertes que las de su esposa, pero aun así nunca fueron más allá de pensar que los Radley eran un poco raros. Y Mark achacaba su comportamiento al hecho de que habían vivido en Londres, probablemente votaban al partido demócrata liberal e iban muy a menudo al teatro a ver obras que no eran musicales.

Solo su hijo, Toby, recelaba abiertamente de los Radley, y cada vez que Mark los mencionaba, murmuraba: «Son unos bichos raros», pero nunca se explayaba en los motivos que se ocultaban tras su prejuicio. Mark estaba de acuerdo con la teoría de Lorna según la cual su hijo no podía confiar en nadie desde que él y la madre de Toby se habían divorciado cinco años antes. (Mark pilló a su entonces esposa en la cama con su profesor de pilates, y aunque Mark no se mostró muy disgustado –ya que él mismo ya mantenía una aventura con Lorna y buscaba una forma de poner fin a su matrimonio–, Toby, que solo tenía once años, reaccionó a la noticia de la separación de sus padres orinando contra la pared de su dormitorio en repetidas ocasiones.)

Pero este domingo por la mañana, las dudas de Mark empiezan a adquirir consistencia. Mientras Lorna pasea a su perro, él desayuna apoyado en el frío y pulido granito de la encimera. Mientras da buena cuenta de la tostada con mermelada de lima, oye a su hijo hablar por teléfono.

—¿Qué...? ¿Aún...? No, no tengo ni idea... Estaba con una chica. Clara Radley... No lo sé, supongo que le gustaba... Sí, lo siento... De acuerdo, señora Harper... Sí, se lo diré...

Al cabo de un rato, finaliza la llamada telefónica.

—¿Toby? ¿Qué pasa?

Toby entra en la cocina. A pesar de que tiene la constitución de un hombre, su cara aún es la de un niño caprichoso.

—Harper ha desaparecido.

Mark intenta pensar. ¿Se supone que debería conocer a Harper? Siempre tenía muchos nombres en la cabeza.

—Stuart —le aclara Toby en tono severo—. Ya sabes, Stuart Harper. Mi mejor amigo.

«Ah, sí —piensa Mark—, ese animal monosilábico de las manos enormes.»

—¿A qué te refieres con que ha desaparecido?

—Pues que ha desaparecido. Que no ha regresado a su casa desde el viernes por la noche. Ayer su madre no estaba muy preocupada porque a veces va a casa de su abuela en Thirsk sin decirle nada.

—¿Y no está en casa de su abuela?

—No, no lo encuentran por ningún lado.

—¿Por ningún lado?

—Nadie sabe dónde está.

—Has dicho algo sobre Clara Radley.

—Fue la última persona que lo vio.

Mark recuerda la cena del viernes por la noche en casa de los Radley y cómo finalizó de forma brusca. Clara. «Cosas de adolescentes.» Y la cara de Helen cuando se lo dijo.

—¿La última persona?

—Sí, seguro que sabe algo.

Oyen que Lorna regresa con el perro. Toby sube a su habitación, como acostumbra a hacer cuando aparece su madrastra. Pero los ve al mismo tiempo que Mark, detrás de Lorna. Un hombre y una mujer jóvenes vestidos de uniforme.

—Es la policía —dice Lorna, que se esfuerza por lanzarle a Toby una mirada de maternal preocupación—. Quieren hablar contigo.

—Hola —dice el joven policía—. Soy el agente Henshaw. Esta es la agente Langford. Solo hemos venido a hacerle unas cuantas preguntas de rutina a su hijo.

GAME OVER

—¿Papá? ¿Papaaá?

Eve recorre la sala con la mirada, pero no ve a su padre por ninguna parte.

El televisor está encendido, pero nadie lo mira.

Hay una mujer en la pantalla que aprieta el botón de un ambientador eléctrico para soltar una lluvia de flores animadas en su sala de estar.

Son las nueve y cuarto de un domingo por la mañana.

Su padre no va a la iglesia. No ha salido a correr desde que murió su madre. Entonces, ¿dónde está? Tampoco es que le importe demasiado, salvo por una cuestión de principios. Él puede salir sin rendir cuentas, ¿por qué ella no?

Como se siente justificada para hacerlo, sale del piso y se dirige al pueblo en dirección a Orchard Lane. A la puerta de la tienda de periódicos, hay dos hombres hablando en voz baja y grave: «Al parecer, no lo han visto desde el viernes» es todo lo que logra oír al pasar junto a ellos.

Cuando llega a Orchard Lane tiene la intención de ir directamente a casa de Clara, pero entonces ve una serie de cosas que la hacen cambiar de opinión. La primera es el coche patrulla, aparcado entre los números 17 y 19, y al otro lado de la acera hay una vieja furgoneta. Toby está en el umbral de la puerta, cuando dos policías uniformados salen de su casa. Eve, moteada por la sombra y medio oculta por los arbustos, ve cómo el chico señala hacia la casa de Clara.

—Es esa —dice—. Ahí es donde vive.

185

Y los policías se van, pero echan un vistazo a la furgoneta antes de dirigirse a la casa de al lado. Toby regresa al interior del número 19. Eve permanece inmóvil. Se encuentra a mitad de camino, y los pájaros cantan alegremente en los árboles. Observa a los policías cuando llaman a la puerta y ve que la madre de Clara les abre con cara de gran preocupación. Al final, los invita a pasar.

Eve sigue caminando y decide hacer una visita rápida a Toby y preguntarle qué pasa. Además, quiere hablar con él antes de ir al instituto para pedirle disculpas por lo sucedido el viernes y por el modo en que se la llevó su padre.

Por suerte, la madrastra de Toby abre la puerta, por lo que no tiene que hablar sobre el alquiler con el señor Felt. La señora Felt agarra del collar al setter rojo, que jadea alegremente ante Eve.

—Hola. ¿Está Toby?

—Sí —responde la mujer con un tono que parece bastante distendido teniendo en cuenta que la policía acaba de estar en su casa—. Está aquí. Ha subido a su habitación. Es la primera puerta a la derecha.

Eve lo encuentra sentado de espaldas a ella, gruñendo y agitando los brazos de forma algo violenta. Ella se da cuenta, aliviada, de que se trata de un juego de Xbox. Toby a duras penas reacciona a su presencia cuando Eve se sienta en su cama. Se queda quieta, observando la galería de pósters que hay en la pared: Lil Wayne, Megan Fox, varios tenistas, Christian Bale.

—¡Lanzallamas! ¡Lanzallamas! Muere… sí.

—Mira —dice Eve cuando ve que está entre niveles—. Siento mucho lo que pasó el viernes por la noche. A mi padre no le hace mucha gracia que salga hasta tarde.

A modo de confirmación, Toby lanza una especie de gruñido desde lo más profundo de su garganta, y sigue chamuscando lagartos andantes.

—¿Por qué ha venido la policía?

—Harper ha desaparecido.

Eve tarda unos instantes en asimilarlo. Pero entonces recuerda a los hombres que hablaban a la puerta de la tienda de periódicos.

—¿Que ha desaparecido? ¿A qué te refieres con eso? —Conoce demasiado bien el horror que alberga esa palabra.

—El viernes no regresó a casa. Ya sabes, después de la fiesta.

Harper es un animal de bellota, pero es el amigo de Toby y podría estar en grave peligro.

—Oh, Dios —dice Eve—. Es horrible. Mi madre desapareció hace dos años. Aún no…

—Clara sabe algo —dice Toby, cortándola de forma agresiva—. Estúpida zorra. Sé que sabe algo.

—Clara no es una zorra.

Toby arruga el entrecejo.

—Entonces, ¿qué es?

—Es mi amiga.

La puerta se abre de repente y el enérgico setter rojo irrumpe en el dormitorio meneando la cola. Eve lo acaricia y deja que le lama su mano salada mientras Toby sigue hablando.

—No. Solo ibas con ella porque eras nueva aquí. Así es como funcionan las cosas. Llegas a una escuela nueva y tienes que andar con la chica de gafas, el bicho raro. Pero ahora ya llevas varios meses aquí. Deberías buscar a alguien… no sé, como tú. No una zorra con un hermano que es un bicho raro.

El setter rojo se acerca a Toby, le acerca el morro a la pierna, y el chico hace un movimiento brusco para apartar al animal.

—Imbécil.

Eve mira la pantalla en la que estaba jugando. «GAME OVER.»

Tal vez sí se haya acabado la partida.

Eve lanza un suspiro.

—Creo que debería irme —dice poniéndose en pie.

—No os queda mucho tiempo.

—¿Qué?

—Mi padre quiere el dinero. El alquiler.

Eve lo mira fijamente. Otro cerdo egoísta que añadir a su catálogo de cerdos egoístas.

—Gracias —dice ella, resuelta a no dejar entrever el menor atisbo de emoción—. Ya le transmitiré el mensaje.

POLICÍA

En circunstancias normales, a Clara Radley le resultaría aterrador estar sentada en el sofá de su sala de estar, entre sus padres, mientras dos agentes de policía la interrogan en relación con el chico al que asesinó. Sobre todo cuando el vecino de la casa de al lado parece haber hecho todo lo que está al alcance de su mano para incriminarla. Sin embargo, lejos de resultar una experiencia estresante, y por extraño que parezca, sucede justo lo contrario. Es una experiencia tan traumática como un paseo hasta la oficina de correos.

Sabe que debería estar preocupada, e incluso está haciendo un esfuerzo por compartir los nervios de su madre, pero es incapaz de lograrlo. O no en el grado necesario. En cierto modo, resulta bastante divertido.

—¿Por qué te siguió Stuart? Si me permites que te lo pregunte —dice uno de los agentes de policía.

Es el hombre, Hen no sé qué. Sonríe educadamente, como la mujer que está a su lado. Todo es muy amigable.

—No lo sé —dice Clara—. Supongo que lo incitó Toby. Tiene un sentido del humor cruel.

—¿A qué te refieres con eso?

—Bueno, no es una persona muy agradable.

—Clara… —dice Helen a modo de leve reprimenda.

—No pasa nada, Helen —dice Peter—. Déjala que hable.

—Bueno —dice el agente de policía, que mira fijamente la moqueta de tonos pajizos y toma otro sorbo de café—. Tienen una casa preciosa, por cierto. De hecho, se parece un poco a la de mi madre.

—Gracias —dice Helen con un gorjeo nervioso—. El verano pasado redecoramos esta sala. Tenía un aspecto algo avejentado.

—Es preciosa —añade la agente.

«No es precisamente un cumplido viniendo de ti», piensa Clara, fijándose en el pelo crespo de la mujer, recogido en el típico moño de agente de policía, y con un flequillo rectangular sobre la frente que parece el faldón de un guardabarros.

«¿De dónde salen todos estos pensamientos tan maliciosos?» Ahora, todo y todos parecen objeto de burla, aunque solo sea en la cabeza de Clara. La falsedad de todo: incluso esta sala de estar, con sus jarrones vacíos sin sentido y su pequeño televisor de buen gusto, parece tan artificiosa como un anuncio.

—Bueno —dice el agente, que intenta encauzar de nuevo la conversación—, te siguió. ¿Y qué le dijiste? ¿Te dijo algo él?

—Bueno, sí.

—¿Qué? ¿Qué te dijo?

Clara decide divertirse.

—Me dijo: «Clara, espera».

Hay una pausa. Los agentes intercambian una mirada.

—¿Y?

—Y entonces me dijo que le gustaba, lo cual fue raro, porque los chicos no suelen acercarse para decirme esas cosas. En fin, la cuestión es que estaba borracho y que iba en serio, así que intenté rechazarlo de buenas maneras, pero entonces se puso… No me gusta decir esto, pero… se puso a llorar.

—¿A llorar?

—Sí. Estaba borracho. Apestaba a alcohol. Pero aun así fue raro verlo llorar, porque no es su estilo, para nada. Nunca habría dicho que era un chico sensible, pero, bueno, nunca se sabe, ¿verdad?

—Sí. ¿Qué ocurrió luego?

—Nada. O sea, siguió llorando. Y supongo que debería haberlo consolado, pero no lo hice. Y ya está.

La agente le lanza una mirada seria desde su flequillo de guardabarros. De pronto parece más cortante.

—¿Ya está?

—Sí, se fue.

—¿Adónde?

—No lo sé. Regresó a la fiesta.

—Nadie lo vio en la fiesta desde que te fuiste.

—Bueno, pues entonces debió de irse a otra parte.

—¿Adónde?

—No lo sé. No se encontraba muy bien, ya se lo he dicho.

—Se encontraba mal y se marchó… ¿así, por las buenas?

Helen se pone tensa.

—Está bastante disgustada por la desaparición del pobre Stuart y…

—¡No! —exclama Clara, lo que provoca que los agentes dejen de garabatear en sus libretas, estupefactos, durante un momento—. No estoy disgustada porque haya desaparecido. No sé por qué la gente hace siempre eso cuando muere alguien. Todos debemos fingir que esa persona era un santo, cuando en realidad la odiábamos cuando estaba viva.

La mujer policía pone cara de haber encontrado algo.

—Acabas de decir «muere».

Al principio Clara no entiende la importancia de aquello.

—¿Qué?

—Acabas de decir «cuando muere alguien». Por lo que sabemos, Stuart ha desaparecido. Eso es todo. A menos que tú sepas algo más.

—Solo era una forma de hablar.

Peter carraspea y pasa el brazo por encima de su hija para darle disimuladamente un golpecito en el hombro a su mujer.

Los agentes miran fijamente a Clara. Una leve sensación de incomodidad se apodera de todos.

—Mire, solo era un comentario. —Se sorprende al ver que su madre se pone en pie—. ¿Mamá?

Helen sonríe forzadamente.

—Tengo que ir a sacar la ropa de la secadora. Está pitando. Lo siento.

Los agentes están tan desconcertados como Clara. Nadie oye ningún pitido.

Will no está durmiendo cuando Helen llama a la ventanilla de la furgoneta. Está observando las gotas secas y viejas del techo. Es una especie de mapa estelar que traza su libertina historia. Una historia sobre la que también está tumbado, detallada en los siete diarios encuadernados en piel que hay bajo su colchón. Todas esas desenfrenadas noches de banquetes salvajes.

Alguien llama a su furgoneta. Corre la cortina y ve a una Helen exasperada.

—¿Te apetece un viaje a París esta noche? —le pregunta—. Un paseo nocturno por la ribera del Sena en domingo. Solos tú, yo y las estrellas.

—Will, ha venido la policía. Están interrogando a Clara. La cosa no va muy bien. Tienes que entrar ahí y hablar con ellos.

Will sale de la furgoneta y ve el coche patrulla. Incluso a plena luz del día, se siente bien. Helen le está pidiendo que haga algo. Necesita que haga algo.

Decide sacarle todo el jugo posible a la situación.

—Creía que querías que me fuera.

—Will, lo sé. Pensaba que podríamos manejar la situación, pero ahora ya no estoy tan segura. Peter tenía razón.

—De modo que quieres que entre ahí y ¿qué debo hacer exactamente?

Él ya sabe qué quiere que haga, por supuesto. Pero desea oírselo decir a ella.

—¿Que hables con ellos?

Will respira hondo y se embebe del aroma de su sangre, que flota en el aire campestre.

—¿Que hable con ellos? ¿No querrás que los persuada utilizando el poder de la sangre?

Helen asiente.

No puede evitar provocarla.

—¿No sería un comportamiento poco ético? ¿Hemopersuadir a agentes de policía?

Helen cierra los ojos. Una pequeña arruga vertical aparece entre sus cejas.

«La necesito –piensa Will–. Quiero estar con la mujer que creé.»

–Por favor, Will –le suplica ella.

–De acuerdo, dejemos la ética a un lado. Manos a la obra.

Los agentes de policía parecen sorprenderse cuando llega Will. Peter, sin embargo, asiente y le lanza una sonrisa a Helen, contento de que entendiera el significado del golpecito en el hombro.

–Es mi tío –explica Clara.

Helen se queda junto a Will, esperando a que empiece la función.

–Le estábamos haciendo unas preguntas a Clara –dice el agente, que enarca las cejas para recrear una expresión de autoridad que habrá visto en algún drama policíaco de la televisión.

Will sonríe. Podrá persuadir a los dos de forma bastante fácil, incluso a esa hora del día. Dos jóvenes policías, obedientes y exangües, adiestrados y sumisos. Bastará con una frase, tal vez dos, y sus palabras empezarán a borrar y reescribir sus mentes débiles y serviles.

Lo intenta, solo para demostrarle a Helen que no ha perdido la magia. De forma sutil, se pone a hablar con voz profunda y lenta, dejando un prudente espacio entre palabras, y recurre al sencillo truco de no hacer caso de las caras y hablar directamente a la sangre. Y como está lo bastante cerca para oler la sangre que corre por sus venas, empieza de inmediato.

–*Ah, bueno, no se preocupen por mí –dice–. Sigan con el interrogatorio. Sigan preguntando y averiguarán la verdad: que la chica que tienen ante ustedes tiene una mente tan pura e inconsciente como un manto de nieve virgen y no sabe absolutamente nada de lo que le sucedió a ese muchacho el viernes por la noche. Así que no tiene sentido que tomen nota de nada en esas libretitas.*

Se acerca a la mujer policía y le tiende la mano. Con semblante inexpresivo, y con un gesto de disculpa, ella le entrega la libreta. Antes de devolvérsela, Will arranca las hojas en las que ha escrito.

—Y lo demás que hayan oído son mentiras. Clara no sabe nada. Mírenla, mírenla de verdad…

Ambos obedecen.

—¿Alguna vez han visto a alguien más puro e inocente? ¿No se avergüenzan de haber dudado, por un instante, de esa inocencia?

Ambos asienten con la cabeza, como dos niños pequeños frente a un profesor estricto. Están muy avergonzados. Will repara en los ojos de Clara, abiertos de par en par a causa del asombro.

—Ahora se irán. Se irán y se darán cuenta de que aquí ya no tienen nada más que hacer. El muchacho ha desaparecido. Se trata de otro misterio sin resolver en un mundo lleno de misterios sin resolver. Ahora pónganse en pie y salgan por donde han venido, y en cuanto el aire fresco les acaricie la cara se darán cuenta de que eso es lo que convierte el mundo en un lugar tan bello. Todos esos misterios sin resolver. Y no volverán a tratar de interferir en toda esa belleza.

Will percibe que incluso Peter y Helen se quedan impresionados cuando los agentes se levantan y abandonan la sala de estar.

—Adiós. Y gracias por su visita.

JAMÓN

Clara está sentada en su habitación, comiéndose el jamón de su hermano de la tienda gourmet, cuando llega Eve. Clara intenta ofrecerle una explicación por el incidente del día anterior en Topshop. Le dice que sufrió un ataque de pánico y tuvo que salir. Una media verdad. O una cuarta parte. Pero no una mentira rotunda.

Sin embargo, Eve apenas la escucha.

—¿Ha venido a verte la policía? —pregunta—. ¿Por lo de Harper?

—Sí —responde Clara.

—¿Qué querían saber?

—Ah, pues un poco de todo. Si Harper tenía tendencias suicidas. Y cosas por el estilo.

—Clara, ¿qué sucedió la otra noche?

Clara mira a los ojos a su amiga e intenta parecer convincente.

—No lo sé. Le vomité en las zapatillas y entonces se fue.

Eve asiente. No tiene ningún motivo para creer que su amiga miente. Echa un vistazo a la habitación y se da cuenta de que los pósters han desaparecido.

—¿Qué ha pasado con los monos tristes enjaulados? —pregunta.

Clara se encoge de hombros.

—Comprendí que, por muchas imágenes que colgara en la pared, los animales seguirían muriendo.

—Vale. ¿Y quién vive en esa furgoneta que hay ahí fuera?

—Es de mi tío. Mi tío Will. Es bastante guay.

—¿Y dónde está ahora?

Clara empieza a exasperarse con tanta pregunta.

—Ah, pues durmiendo, seguramente. Duerme todo el día.

A Eve le extraña un poco la respuesta.

—Ah, qué…

Entonces oyen algo.

Alguien que grita abajo.

—¡Eve!

Clara ve la mueca de pánico que crispa el rostro de su amiga.

—Aquí no —susurra para sí. Y se dirige a Clara—: Dime que no lo has oído. Dime que he empezado a oír voces y que necesito tratamiento psiquiátrico.

—¿Qué? ¿Ese es tu…? —pregunta Clara.

Oyen unos pasos muy pesados que suben por las escaleras. Entonces Clara ve a un hombre alto, con aspecto de armiño y una camiseta del Manchester United, que irrumpe en tromba en la habitación.

—Eve, vete a casa. Ahora mismo.

—¿Papá? No me lo puedo creer. ¿Por qué te comportas así delante de mi amiga? —pregunta Eve.

—No es tu amiga. Y vas a venir conmigo.

La agarra del brazo. Clara lo mira.

—Eh, déjala en paz. Es…

Se detiene. Hay algo en su contundente mirada que la obliga a retroceder.

«Sabe algo. Está claro que sabe algo.»

—¡Déjame en paz! ¡Por Dios! —exclama Eve forcejeando.

Entonces, a pesar de lo avergonzada que está, acaba cediendo, ya que su padre la arrastra, literalmente, para sacarla de la habitación y tira al suelo la papelera llena de pósters.

Rowan oye el alboroto que se está produciendo en el pasillo. Deja el bolígrafo y abandona el poema que intenta acabar: «La vida, y otros infiernos infinitos». Sale de su habitación y ve a Eve, que intenta zafarse de las garras de su padre.

—Suéltame, papá.

Rowan está detrás de ellos mientras se dirigen hacia las escaleras. No lo han visto. Se arma de valor para hablar. Lo logra en el último instante.

—Suéltela —dice con calma.

Jared se detiene, y acto seguido se vuelve. Sin soltar el brazo de su hija, lanza una mirada iracunda a Rowan.

—¿Cómo dices?

Rowan no se puede creer que sea el padre de Eve. El único parecido que guarda con su hija es el pelo rubio claro. Sus ojos saltones albergan suficiente odio para un ejército entero.

—Le está haciendo daño. Suéltela, por favor.

Eve niega con la cabeza, quiere que el joven pare por su propio bien. Mientras lo mira, se da cuenta de que Rowan se preocupa por ella de verdad, por alguna razón absurda. Estaba acostumbrada a gustar a los chicos, pero jamás había visto en su mirada lo que veía ahora en la de Rowan. Una verdadera preocupación por ella, como si ella fuera una parte externa de él. Durante unos instantes se queda tan desconcertada que no se percata de que su padre le ha soltado el brazo.

Jared se abalanza sobre Rowan.

—¿Que le estoy haciendo daño? ¿Que le estoy haciendo daño? Es genial. Sí, es genial. ¿Tú eres el bueno? E intentas llevar a cabo una buena acción. Bueno, pues como vuelva a verte a ti o algún miembro de tu familia cerca de ella, iré a buscarte con un hacha. Porque sé lo que eres. Lo sé.

Hurga debajo de la camiseta de fútbol, saca un pequeño crucifijo y se lo planta en la cara a Rowan.

Clara permanece en la puerta de su habitación observando la escena, desconcertada.

Ahora Jared se dirige a ambos.

—Un día de estos le contaré lo que sois. Le hablaré del pequeño secreto de los Radley. Haré que os tenga miedo. Haré que le entren ganas de huir corriendo y gritando si vuelve a veros.

El crucifijo no le hace nada, por supuesto, pero las palabras sí que le afectan, a pesar de ver que Eve se muere de vergüenza por todo lo que dice Jared, y piensa que su padre es un chalado. Huye corriendo y pasa junto a alguien que sube las escaleras.

—¡Eve! —grita Jared—. ¡Vuelve! ¡Eve!

—¿Qué pasa? —pregunta Peter al llegar al rellano.

Jared intenta pasar por su lado, pero, al parecer, le da miedo establecer contacto físico con él.

—¡Déjame pasar!

Peter se echa contra la pared para dejar vía libre a Jared, que se precipita por las escaleras con desesperada determinación, pero Eve ya ha salido de la casa.

Peter mira a Clara.

—¿Qué demonios sucede? ¿Qué le pasa?

Clara no abre la boca.

—No quiere que su hija vaya por ahí con asesinos —dice Rowan—. Está un poco chapado a la antigua.

Peter lo entiende todo.

—¿Sabe lo nuestro?

—Sí —responde Rowan—. Sabe lo nuestro.

Guía del abstemio para el cuidado de la piel

Llevar una vida normal, sin consumir sangre, y sin exponerse a la luz del sol es casi una quimera. Aunque el sol implica los mismos riesgos para la salud de los abstemios y la de los vampiros practicantes, existen una serie de medidas que puedes tomar para reducir el riesgo de sufrir daños y enfermedades de la piel.

Estos son nuestros principales consejos para cuidar de tu piel durante el día:

1. Busca la sombra. Cuando estés fuera, intenta evitar, en la medida de lo posible, la luz directa del sol.

2. Utiliza protector solar. Deberías untarte todo el cuerpo con un protector solar de factor 60, como mínimo. Sin importar el tiempo que haga, ni la ropa que lleves, hay que cumplir esta norma a rajatabla.

3. Come zanahorias. Las zanahorias favorecen la reparación de los tejidos de la piel, ya que son una fuente importante de vitamina A. Son ricas en antioxidantes, incluidos los elementos fotoquímicos que ayudan a reducir la fotosensibilidad y permiten la renovación de la piel.

4. Modera la exposición exterior. Nunca pases más de dos horas al aire libre.

5. Nunca tomes el sol. Si quieres estar moreno, utiliza crema autobronceadora.

6. Actúa con rapidez. Si te sientes mareado, o te sale un sarpullido, es importante que te metas en casa cuanto antes, a ser posible en una habitación a oscuras.

Sé positivo. Se ha demostrado que el estrés agrava los problemas dermatológicos que sufren los abstemios. Intenta seguir unos hábitos saludables. Recuerda: por mucho que te pique o escueza la piel, estás haciendo lo adecuado.

El manual del abstemio (2.ª ed.), pp. 117-118

EL SOL SE HUNDE TRAS UNA NUBE

Rowan está demasiado alterado por el incidente de Eve para quedarse en casa.

¿Cuánto tiempo tiene?

¿De cuánto tiempo dispone para alcanzar los extraordinarios niveles de coraje necesarios para decirle lo que siente?

¿Cuándo averiguará ella que es un monstruo?

Empieza a cansarse de caminar por la calle principal, mientras el sol asoma tras las nubes. Con fuerza, deslumbrante. Se siente tan incapaz de enfrentarse a él como a la verdad. Mientras sigue caminando, empieza a picarle la piel y las piernas amenazan con ceder bajo su peso. Se da cuenta de que no se ha puesto suficiente protector solar y de que debería volver a casa, pero en lugar de eso se dirige al banco que hay frente al monumento a la guerra, y que está medio cubierto por la sombra. Lee las palabras «LOS GLORIOSOS MUERTOS» grabadas en la piedra. «¿Qué sucede —se pregunta— cuando muere un vampiro? ¿Hay espacio en la otra vida para que los chupasangres se sienten junto a los héroes de guerra?» Cuando está a punto de irse, oye a alguien detrás de él; es la voz que ama más que ninguna otra.

—¿Rowan?

Se vuelve y ve a Eve acercándose a él. Acaba de salir de la marquesina del autobús en la que se había ocultado.

Ella lo está mirando, y Rowan es presa de esa extraña sensación de incomodidad que se apodera de él cada vez que es consciente de que se encuentra en su campo de visión. De que es la imperfección observada por la perfección.

Se sienta junto a él. Permanecen en silencio durante un rato, y Rowan se pregunta seriamente si ella puede oír los latidos de su corazón desbocado.

—Lo siento —dice Eve tras un largo silencio—. Lo de mi padre. Es que es... —Se detiene. Rowan se da cuenta de que está intentando encontrar las palabras. Entonces ella se lo cuenta—: Mi madre desapareció hace unos años. Antes de que nos trasladáramos aquí. Simplemente desapareció. No sabemos lo que le sucedió. No sabemos si sigue viva.

—No lo sabía. Lo siento.

—Bueno, para serte sincera, no suelo hablar del tema.

—No, debe de ser duro —dice Rowan.

—Por eso mi padre se comporta así. Nunca lo ha asumido. Cada uno nos enfrentamos a ello de modo distinto. Él se vuelve paranoico, yo intento tomármelo todo en broma. Y salgo con idiotas.

Mira a Rowan y comprende que se equivocó al verlo como el hermano tímido y raro de Clara. Por un instante se da cuenta de lo agradable que resulta estar sentada a su lado, hablando con él. Es como si lograra sacar algo de ella. Y Eve no se ha sentido mejor en muchos años.

—Mira, Rowan, si quieres decirme o preguntarme algo, hazlo, no te cortes. No pasa nada.

Quiere oír cómo sale de sus labios lo que ya sabe; Clara le ha dicho que él murmura su nombre cuando se queda dormido en clase.

El sol se hunde tras una nube.

La sombra se oscurece.

Rowan siente que ha llegado la oportunidad con la que ha soñado desde que oyó reír por primera vez a Eve en el autobús, cuando se sentó junto a Clara; era su primer día aquí.

—Bueno, es que... —Se le seca la boca. Piensa en Will. En lo fácil que le resulta ser él mismo, y Rowan no puede reprimir el deseo de ser su tío durante cinco segundos para poder acabar la frase—. Yo... Yo... Creo que eres... lo que intento decir es que... bueno, no te pareces a ninguna de las chicas que he conocido hasta ahora... No te importa lo que la gente piense de ti y… yo… cuando no estoy contigo, que, obviamente, es lo que ocurre la mayor parte del tiempo, pienso en ti y…

Eve aparta la mirada. «Cree que soy un bicho raro.» Pero entonces oye y ve lo que ella ya ha visto y oído.

El coche de sus vecinos. Se detiene ante ellos. Reluciente y plateado como un arma. Mark Felt baja la ventanilla.

—Oh, Dios —dice Eve.

—¿Qué?

—Nada. Es que…

Mark lanza una mirada recelosa a Rowan, y se dirige a Eve.

—Toby me ha dicho que tu padre está intentando hacerme una jugarreta. Dile que, si no me paga, el lunes empezaré a enseñar el piso a otra gente. Si no me paga todo. Las setecientas libras.

Eve parece avergonzada, aunque Rowan no tiene ni idea de qué sucede.

—Vale —dice ella—. Vale.

Entonces Mark se dirige a Rowan.

—¿Cómo está tu hermana?

—Está… bien.

Mark lo observa un instante, como si intentara averiguar algo. Sin embargo, al final vuelve a subir la ventanilla y se va.

Eve se queda mirando la hierba.

—Es nuestro casero.

—Ah.

—Y no podemos pagarle porque… bueno, cuando nos mudamos aquí mi padre no tenía trabajo. Durante bastante tiempo, ni siquiera lo intentó.

—Lo entiendo.

Eve mira hacia el monumento y sigue hablando.

—Además, ya arrastrábamos muchas deudas de la época en que vivimos en Manchester. Mi padre era una persona muy cauta, tanto él como mi madre. Tenía un buen trabajo. Era policía. Pertenecía al cuerpo de policía. Al Departamento de Investigación Criminal. Era un buen trabajo.

—¿De verdad? —pregunta Rowan, preocupado por la información—. ¿Qué ocurrió?

—Cuando mamá desapareció, sufrió una depresión. Se volvió loco. Empezó a elaborar unas teorías de lo más estrafalarias. En fin, la policía firmó una serie de formularios para decir que estaba loco, y se pasó dos meses en el hospital, así que yo viví con mi abuela durante una temporada. Pero ahora ya está muerta. Cuando salió, nada volvió a ser como antes. No paraba de tomar pastillas, de beber, y perdió el trabajo. Se pasaba todo el día por ahí, haciendo Dios sabe qué. —Se sorbe la nariz y hace una pausa—. No debería contarte todo esto. Es raro, nunca se lo había contado a nadie.

Rowan comprende que haría cualquier cosa para borrar esa expresión de tristeza del rostro de Eve.

—No pasa nada —dice él—. Quizá sea bueno hablar de ello.

Y eso hace ella, como si Rowan no estuviera allí, como si fuera algo que tiene que sacar.

—No podíamos permitirnos la casa de Manchester, y eso fue lo peor, porque siempre creí que, si nos quedábamos allí, al menos mamá sabría dónde estábamos si alguna vez quería regresar a casa. —Se enfada al recordarlo.

—Lo entiendo.

—Pero ni tan siquiera nos quedamos cerca de nuestra antigua casa. Mi padre quería trasladarse aquí. A un piso pequeño, como de abuelita. Pero no podemos permitírnoslo. Y me parece que, como no solucione el problema, nos vamos a trasladar de nuevo. Y no quiero mudarme otra vez porque ya estoy instalada aquí, y cada vez que nos vamos de un sitio, hace que el pasado sea más pasado. Como si perdiéramos una parte de mamá cada vez que lo hacemos.

Sacude la cabeza con un leve gesto, como si se hubiera sorprendido a sí misma.

—Lo siento. No quería soltarte este rollo. —Entonces mira la hora en su teléfono—. Es mejor que me vaya a casa antes de que papá me encuentre aquí. No tardará en aparecer.

—¿Estarás bien sola? Quiero decir que, si quieres, te acompaño.

—No creo que sea muy buena idea.

—No.

Eve le agarra la mano y se la aprieta suavemente, a modo de despedida. El mundo se detiene durante un segundo. Rowan se pregunta cómo habría reaccionado Eve si él hubiera logrado decir lo que tenía en la cabeza, presionando las compuertas del dique de sus nervios.

—Está todo muy tranquilo, ¿verdad?

—Supongo —dice Rowan.

—No hay pájaros ni nada.

Rowan asiente, consciente de que sería incapaz de confersarle que solo ha oído cantar a los pájaros en internet, o que, una vez, Clara y él se pasaron una hora entera viendo, al borde de las lágrimas, el vídeo de unas currucas y unos pinzones cantando en unos juncos.

—Nos vemos en el instituto —dice ella al cabo de un rato.

—Sí —dice Rowan.

Rowan no deja de mirarla mientras se aleja. Al final se acerca al cajero que hay en la oficina de correos y comprueba su saldo: 353,28 libras.

El sueldo de un año de trabajo los sábados por la tarde en el hotel Willows, soportando unos servicios de guante blanco en lo que parecieron cuarenta y ocho versiones del mismo banquete de bodas lleno de borrachos; y esto es todo lo que le queda.

Retira todo el dinero que puede y luego coge su tarjeta Nat-West para sacar dinero de la cuenta de ahorros para cuando «abandone el nido», en la que sus padres realizan ingresos una vez al mes y que no puede tocar hasta que vaya a la universidad. Tiene que esforzarse por recordar el número secreto, pero al final lo consigue y saca el dinero que necesita.

Al llegar a casa mete todos los billetes de veinte libras en un sobre y escribe en él: «Alquiler del 15B de Lowfield Close».

CUANDO ALGUIEN SE CAYÓ DE UNA
BICICLETA EN 1983

A las cuatro de la tarde, los Radley están sentados a la mesa, dando buena cuenta de la comida. A Peter, que mira fijamente el trozo de cordero de su plato, no le sorprende la determinación de su mujer para que todo siga su curso habitual. Sabe que, para Helen, la rutina es una especie de terapia. Algo que la ayuda a guardar las apariencias. Pero, a juzgar por las manos temblorosas que reparten las patatas asadas, la terapia no funciona.

Tal vez sea por Will.

No ha cerrado la boca en los últimos cinco minutos y tampoco muestra la menor intención de hacerlo, mientras se dispone a responder otra de las preguntas de Clara.

—… mira, no tengo que persuadirme a mí mismo. Estoy protegido. La policía no puede hacer nada para pararme. En Manchester existe una asociación llamada la Sociedad Sheridan. Es un colectivo de vampiros practicantes que cuidan unos de los otros. Se trata de una especie de sindicato, pero con unos representantes más atractivos.

—¿Quién es Sheridan?

—Nadie. Sheridan Le Fanu. Un antiguo escritor sobre vampiros. Hace mucho que murió. La cuestión es que la sociedad envía cada año una lista a la policía, y la policía no toca a esas personas. Y yo siempre estoy en los primeros puestos de la lista.

—¿La policía? —pregunta Rowan—. ¿De modo que la policía conoce la existencia de los vampiros?

Will niega con la cabeza.

—Por lo general, no. Pero hay algunos de Manchester que sí. Todo es muy clandestino.

Rowan parece muy inquieto por esta información y palidece de forma obvia.

Clara tiene otra pregunta.

—De modo que, si nos ponen en la lista, ¿la policía no podría hacernos nada?

Will se ríe.

—Tienes que ser un vampiro que practique de forma habitual, con unos cuantos cadáveres a tus espaldas. Pero quizá, sí. Podría presentarte a la gente adecuada. Mover unos cuantos hilos…

—No lo creo, Will —dice Helen—. No creo que necesitemos ese tipo de ayuda.

Mientras las voces se alzan y callan a su alrededor, Peter mastica la carne poco hecha que, a pesar de todo, está demasiado pasada, tanto que resulta ridículo. Se fija en la mano temblorosa de su mujer mientras llena su copa de Merlot.

—¿Estás bien, Helen? —pregunta.

Ella esboza una débil sonrisa.

—Estoy bien, de verdad.

Sin embargo, le da un vuelco el corazón cuando suena el timbre de la puerta. Peter coge la copa de vino y se dirige a la entrada, rezando, como su mujer, para que no sea una nueva visita de la policía. De modo que, por una vez, resulta un alivio ver a Mark Felt, que sostiene un gran rollo de papel en los brazos.

—Los planos —le explica su vecino—. Ya sabes, te dije que queríamos ampliar el piso de arriba.

—Ah, sí. Aunque ahora estábamos…

—Es que esta noche me voy de viaje de negocios, por eso he pensado que sería un buen momento para enseñártelos.

A Peter la idea no le entusiasma en absoluto.

—Claro, por supuesto. Pasa.

Y al cabo de un minuto está atrapado viendo cómo Mark extiende los planos sobre la encimera de la cocina.

Ojalá hubiera comido más cordero.

Ojalá se hubiera comido un rebaño entero.

Ojalá hubiera probado una única gota de la sangre de Lorna.

En su copa queda un triste resto de Merlot. ¿Por qué se toma tantas molestias con estas cosas? Beber vino no es más que otra de las cosas destinadas a hacer que se sientan como seres humanos normales, cuando, en realidad, tan solo demuestra lo contrario. Helen insiste en que lo beban por el sabor, pero él ni siquiera está seguro de que le guste.

—Estamos tomando un poco de vino, si te apetece —le dice a Mark, educadamente, y toma una de las botellas medio vacías que hay junto a la tostadora.

—De acuerdo —dice Mark—. Gracias.

Peter sirve el vino y, al oír la voz ronca de Will en la sala de estar, se estremece.

—¡... ahogándose en aquello!

Peter se da cuenta de que Mark también lo ha oído y que parece a punto de decir algo que nada tiene que ver con las obras de su casa.

—Mira, Peter —dice en un tono que no presagia nada bueno—, hace unas horas ha venido la policía a vernos. Por ese chico que desapareció en la fiesta. Y salió el nombre de Clara.

—Ah.

—Sí, y si crees que lo que voy a decir está fuera de lugar, dímelo, pero me preguntaba, en fin, ¿qué le ocurrió a Clara esa noche?

Peter ve su reflejo deformado en la tostadora. Sus ojos lo miran desde la superficie cromada, son grandes y monstruosos. De repente, siente ganas de revelar la verdad a gritos. De decirle a su vecino, transformado en un Poirot amateur, que los Radley son unos chupasangres. Se calma justo a tiempo.

—Tomó algo que no debería haber tomado. ¿Por qué?

Se vuelve, con dos copas llenas en las manos.

—Mira, lo siento —dice Mark—. Es que... ese hombre de la furgoneta, ¿quién es?

Peter le ofrece una copa de vino a Mark.

—Es mi hermano. No se va a quedar mucho. Es un poco excéntrico, pero nada más. La familia, ya sabes.

Mark asiente y coge su copa. Tiene ganas de seguir con la conversación, pero se reprime.

—Bueno —dice Peter—, echemos un vistazo a los planos.

Y Mark se pone a hablar, pero Peter solo oye fragmentos sueltos:

—… queremos construir… de la zona de la planta baja… ampliada en los cincuenta… gran riesgo de… derribar la pared existente…

Mientras Peter toma sorbos de la copa, no oye nada. El sabor no se parece en nada al vino que ha tomado hasta entonces. Es tan exquisito y sabroso como la vida en sí.

Mira su copa, horrorizado.

Se da cuenta de que Will ha dejado una botella medio vacía sobre la encimera. Desesperado, se pregunta qué puede decir para quitarle la copa a Mark. Pero ya es demasiado tarde. El marido de Lorna ha tomado un sorbo, y parece haberle gustado tanto que se bebe el resto de un solo trago.

Mark deja su copa vacía sobre la encimera. Su rostro se ha transformado en la viva imagen del abandono desenfrenado.

—Dios, está delicioso.

—Sí. Bueno, a ver los planos —dice Peter, inclinándose sobre los rectángulos y mediciones de las hojas de papel.

Mark no le hace caso. Se acerca a la botella y lee la etiqueta.

—¿Rosella 2007? Pues está muy bueno.

Peter asiente como lo haría un gran entendido en vinos.

—Es español. Un Rioja. De una bodega pequeña. Invierten poco en publicidad. Lo pedimos por internet. —Peter señala los planos—. ¿Los vemos?

Mark agita la mano en un gesto que dice «Olvídalo».

—La vida es muy corta. Debería llevar a Lorna a algún sitio especial. Hace tiempo que no salimos.

«Debería llevar a Lorna a algún sitio especial.»

—Vale —dice Peter mientras los celos le queman las entrañas como el ajo.

Mark le da una palmadita en la espalda a su vecino y, con una sonrisa de oreja a oreja, sale de la cocina.

—¡Adiós, amigo! ¡Hasta luego! —le dice en español.

Peter ve cómo los planos que hay en la encimera se enrollan solos.

—Tus planos —le dice a Mark.

Pero ya se ha ido.

SOMOS MONSTRUOS

Han terminado de comer el cordero, pero Helen no retira los platos porque no quiere dejar a sus hijos a solas con Will. Así que se queda allí sentada, prisionera en su silla, sintiendo el poder que su cuñado ejerce sobre ella.

Es un poder que siempre ha tenido, por supuesto. Pero ahora se ha convertido en un hecho obvio e innegable, reforzado por ella misma, que se ha visto obligada a pedirle ayuda con la policía; ahora, ese poder lo contamina todo. Infecta todo el comedor de modo que todos los objetos —su plato vacío, las copas, la lámpara de Heal que Peter le regaló hace unos años por Navidad—, todas estas cosas parecen, de repente, cargadas con una energía negativa. Como armas secretas de una guerra invisible contra ella, contra todos ellos.

—Somos monstruos —oye decir a su hijo—. No es justo.

Entonces Will sonríe, como si hubiera estado esperando este momento. Una oportunidad para atacar de nuevo a Helen.

—Es mejor ser quien eres que no ser nada. Que vivir sepultado bajo una mentira tan grande, que más te valdría estar muerto.

Se reclina en la silla después de expresar su opinión, y se recrea en la mirada de desdén de Helen, como si fuera de afecto.

Entonces entra Peter, hecho una furia y agitando una botella en el aire.

—¿Qué es esto? —pregunta a su hermano.

Will finge no saberlo.

—¿Jugamos a las advinanzas? Estoy confuso, Pete. ¿Es una pelícu-la? ¿Un libro? —Se rasca la barbilla—. ¿*Días sin huella*? ¿*Acorralado*? ¿*El representante del vampiro*?

Helen nunca ha visto a Peter enfrentarse a su hermano, pero mientras lo hace también reza para que pare. Cada palabra suya es como un pie pisando una trampilla.

—Nuestro vecino, un abogado muy respetado, acaba de beberse una copa de sangre. De sangre de vampiro.

Will suelta una carcajada. No parece preocupado en absoluto.

—Así se relajará un poco.

Clara se ríe mientras Rowan permanece en silencio, pensando en el momento en que la mano de Eve se posó sobre la suya, en lo bien que se sintió.

—Oh, Dios —dice Helen, que cae en la cuenta de la importancia que tiene lo que acaba de decir su marido.

El sentido del humor de Will se empieza a agriar un poco.

—¿Y qué problema hay? Nadie lo ha mordido. No se va a con-vertir. Tan solo regresará a casa y hará muy feliz a su mujer.

Esa idea enfurece a Peter.

—Deberías irte, Will. Mark empieza a desconfiar. La gente em-pieza a desconfiar. Todo el puto pueblo se va a preguntar qué coño hacéis aquí tú y esa furgoneta de mierda que tienes.

—Papá —dice Clara en voz baja.

Will está muy sorprendido por la animosidad que muestra Peter.

—Oh, Petey, te estás enfadando…

Peter deja la botella en la mesa con un golpe, como para demos-trar que su hermano tiene razón.

—Lo siento, Will. No lo vas a lograr. Ahora llevamos una vida distinta. Te llamé porque era una emergencia. Y la emergencia ha acabado. Debes irte. No te necesitamos. No te queremos.

Will, herido, mira fijamente a su hermano.

—Peter, ¿por qué no…? —dice Helen.

Will la mira y sonríe.

—Díselo, Hel.

Helen cierra los ojos. Será más fácil a oscuras.

—Va a quedarse hasta mañana —dice ella.

Entonces se pone en pie y empieza a apilar los platos.

—Creía que eras tú la que…

—Mañana se irá —dice Helen de nuevo, consciente de que Rowan y Clara se están mirando.

Peter sale del comedor hecho una furia, y deja la botella en la mesa.

—Genial. De puta madre.

—Cómo son los padres, ¿eh? —dice Will.

Y Helen se queda junto a la mesa, intentando fingir que no ha visto el guiño con el que Will quiere rubricar su pequeña victoria.

LA NOCHE ANTES DE PARÍS

La noche antes de París lo habían hecho en la furgoneta.

Estaban desnudos, reían como dos tontos y sentían la dulce emoción de la vida al acariciar la piel del otro.

Will recuerda el primer mordisco que le dio, la intensidad, la gran sorpresa que se llevó al darse cuenta de lo bien que sabía. Fue como la primera visita a Roma, cuando caminas por una callejuela modesta y, de repente, el épico esplendor del Panteón te deja sin sentido.

Sí, aquella noche fue perfecta. Toda una relación en un microcosmos. La lujuria, el conocerse el uno al otro, la sutil política de degustar y ser degustado. De secar y luego reponer de nuevo las reservas de sangre del otro.

—Cámbiame —le susurró ella—. Hazme mejor.

Will se sienta en el patio y mira al cielo sin estrellas. Lo recuerda todo: las palabras, los sabores, el éxtasis en el rostro de Helen mientras de su muñeca caían en la botella las gotas de sangre del agujero del tamaño de un colmillo, mientras él le ofrecía su propia sangre y recitaba «Christabel» de Coleridge con una risa delirante.

> *Oh, Geraldine, dama exhausta,*
> *¡os pido que probéis este vino cordial!*
> *Es un vino de virtuosos poderes,*
> *que mi madre hizo con flores silvestres.*

Lo recuerda todo mientras mira el jardín iluminado por la luz de la luna y la valla de madera. Sigue con la mirada la cerca hacia el fondo del jardín, más allá del estanque y del césped, y las siluetas de plumas de dos coníferas. Entre ellas ve el suave brillo de la ventana de un cobertizo, que lo observa como un ojo.

De pronto se da cuenta de algo, de que hay un ser vivo tras el cobertizo. Oye el crujido de una ramita y, al cabo de unos segundos, le llega un aroma de sangre que transporta el aire. Toma un sorbo de su copa de Isobel para agudizar sus sentidos e inhala lentamente el aire. El aroma se funde con los olores verdes de la hierba y le resulta imposible discernir si se trata de sangre vulgar de mamífero —de un tejón, tal vez, o de un gato asustado— o de un animal mayor, de tamaño humano.

Al cabo de un segundo, identifica otro tipo de sangre. La conoce. Es de Peter. Abre las puertas correderas de cristal y sale al patio con su copa de vino.

Intercambian un «Hola» y Peter se sienta en una de las sillas de jardín.

—Oye, mira, lo siento —dice tímidamente—. Me refiero a lo de antes. He reaccionado de forma exagerada.

Will levanta la mano.

—Eh, no, ha sido culpa mía.

—Me alegro de que hayas venido. Y hoy has sido de gran ayuda con la policía.

—No pasa nada —dice Will—. Estaba pensando en ese grupo que tuvimos.

Peter sonríe.

Will se pone a cantar su única canción:

—«Estás muy guapa con tu vestido escarlata. Y esta noche serás toda mía, chata…».

Peter no puede evitarlo, y se ríe de lo absurdo de sus letras.

—«Dejemos aquí a nuestros padres bebiendo ginebra, porque cuando saboreo tu sangre pienso en cerezas…»

Dejan que sus risas se desvanezcan lentamente.

—Podría haber tenido un gran videoclip —dice Peter.

—Bueno, ya teníamos las camisetas.

Hablan un poco más. Will le pregunta si recuerda sus años de infancia en la gabarra. Cómo sus padres hicieron siempre un pequeño esfuerzo adicional para que su infancia fuera especial, como cuando llevaron a casa un Papá Noel de unos grandes almacenes recién muerto para su banquete navideño de medianoche. Luego hablan un poco sobre los años más oscuros, en aquella casa moderna en el aburguesado condado de Surrey, cuando le tiraban piedras a su padre adoptivo abstemio mientras regaba los tomates del invernadero, y les pegaban dentellada a los aterrorizados conejillos de Indias que, tremenda equivocación, habían cometido el error de regalarles como mascotas.

Hablan de los vuelos a Londres para ver grupos punk vampíricos.

—¿Recuerdas la noche que fuimos a Berlín? —pregunta Will—. ¿La recuerdas?

Peter asiente. Fueron a ver a Iggy Pop y David Bowie, un concierto conjunto que dieron en el club Autobahn. Él era, con diferencia, el más joven del local.

—Mil novecientos setenta y siete —dice—. Un gran año.

Se ríen mientras hablan del porno vampírico que veían en la década de los ochenta.

—*Vamp Man* —dice Peter—. La recuerdo. El vampiro autista que memorizaba el grupo sanguíneo de todo el mundo.

—Sí, ¿y cuáles eran las otras?

—*Supervampiro en Hollywood*.

—*Mi colmillo izquierdo*. Recibió unas críticas muy injustas.

—*Loca academia de hematología* era muy divertida —dice Peter con una sonrisa.

Will se da cuenta de que tal vez podría haber llegado el momento y señala la botella de sangre de vampiro.

—¿Por los viejos tiempos? Olvídate del Merlot.

—Mejor que no, Will.

Quizá si se lo explicara…

—No es como antes, Pete. Puedes conseguir SV en cualquier parte. De hecho, hay un lugar en Manchester. Un club nocturno.

El Black Narcissus. Anoche fui allí. Un poco gótico para mí, si quieres que te sea sincero, pero no está mal. Y la policía los deja en paz porque es un club de la Sociedad Sheridan. Veinte libras por una botella que te da el tipo del guardarropa. Es de lo mejor que puedes probar.

Peter se lo piensa, y Will ve cómo se le altera el semblante, como si estuviera en un tira y afloja interno. Al final, Peter niega con la cabeza.

—Será mejor que me vaya a la cama.

Sin embargo, una vez en la cama, Peter no puede dejar de pensar en ello.

Tener sangre al alcance de su mano, y poder beberla sin sentimiento de culpa.

No tendría que ser infiel, ni robar, ni matar a nadie para conseguir la dosis. Solo tendría que ir al club de Manchester, comprarla y beberla, y podría ser feliz de nuevo, si feliz era la palabra.

Las cosas habían cambiado mucho desde su época. Ahora todo parecía mucho más fácil. Con esa sociedad de la que hablaba Will y su lista de nombres a los que la policía no podía tocar.

Peter permanece tumbado, pensando en todo esto y preguntándose cómo es posible que Helen pueda leer con todo lo que está sucediendo a su alrededor. Bueno, no ha pasado la página desde que se ha metido en la cama, por lo que es poco probable que esté leyendo de verdad, pero aun así sigue ahí sentada con un insulso tocho que debe terminar para la reunión del club de lectura de la próxima semana, intentando leer. A fin de cuentas, viene a ser lo mismo.

Mira el libro de Helen. Una novela histórica de buen gusto: *Cuando cante el último gorrión*. El título no le dice nada a Peter. No ha oído cantar a un pájaro en su vida.

¿Por qué, se pregunta, es tan importante para ella eso de seguir adelante como si no hubiera sucedido nada? ¿Por qué se molesta en preparar el típico asado de los domingos, en asistir a un grupo de lectura, en reciclar la basura, en desayunar todos a la mesa y tomar café de filtro? ¿Cómo puede hacer todo eso cuando casi se puede oír el zumbido del estrés que nos rodea, como la electricidad de una torre de alta tensión?

Para tapar las grietas, sí, pero ¿qué sentido tiene hacerlo cuando las grietas son tan grandes? Para él es un misterio. Del mismo modo que es un misterio que Helen haya dado marcha atrás con respecto a Will. «Va a quedarse hasta mañana.» ¿Por qué? Aquello lo enfurece, pero no sabe a qué obedece esa furia, o por qué le afecta tanto.

Decide verbalizar algunas de estas cuestiones, airearlas en el dormitorio, pero es un error.

—¿Un club nocturno? —Helen deja el libro sobre la cama—. ¿Un club nocturno?

Peter se siente como si se hubiera puesto en evidencia, y le parece que da un poco de lástima, pero también es una liberación poder hablar del tema tan abiertamente con su mujer.

—Sí —dice él con toda la cautela del mundo—. Will dice que las vende el encargado del guardarropa. Creía que podría… bueno, ya sabes… ayudarnos.

«Oh, no —piensa él—. He ido demasiado lejos.»

Helen aprieta la mandíbula.

Se le dilatan los orificios de la nariz.

—¿A qué te refieres con «ayudarnos»? ¿Ayudarnos a qué?

Ya no hay marcha atrás.

—A nosotros. A ti y a mí.

—No nos pasa nada.

Peter se pregunta si habla en serio.

—Ah, ¿y en qué universo es verdad eso?

Helen se desliza hacia abajo, apoya la cabeza en la almohada y apaga la luz. Peter siente la tensión en la oscuridad, como si fuera electricidad estática.

—Mira —dice ella con un tono de voz en plan «Déjate de estupideces de una vez»—. No voy a perder horas de sueño para hablar sobre tu crisis de la madurez. ¡Clubes nocturnos!

—Bueno, al menos podríamos probar la sangre del otro de vez en cuando. ¿Cuándo fue la última vez que lo hicimos? ¿En la Toscana?

¿En Dordoña? ¿Las Navidades que fuimos a pasar a casa de tu madre? Venga ya, ¿en qué siglo fue eso?

El corazón le late desbocado y se sorprende del tono furioso de su voz. Como siempre que se involucra en una discusión, no se está haciendo ningún favor a sí mismo.

—¡Probar sangre! —Helen arruga el entrecejo y tira del edredón con brusquedad—. ¿Es que solo piensas en eso?

—¡Sí! ¡Y mucho! —Ha respondido demasiado rápido, y se ve obligado a enfrentarse a la verdad de lo que acaba de decir. Una verdad que resuena de nuevo, con tristeza—. Sí. En eso.

Helen no quiere pelearse con Peter.

Para empezar, no tiene fuerzas. Además, se imagina a sus hijos en sus camas, escuchando hasta la última palabra. Y a Will. Si aún está en el patio, seguro que también los ha oído, y debe de estar disfrutando como un loco.

Le pide a su marido que baje la voz, pero cree que ni tan siquiera debe de haberla oído. En cualquier caso, Peter sigue despotricando al tiempo que crece la ira de Helen, que, como todo lo demás que ha sucedido durante ese fin de semana maldito, parece incapaz de controlar.

De modo que se limita a quedarse quieta, enfadada consigo misma y con Peter, mientras él sigue echando sal en la herida abierta de su matrimonio.

—No lo entiendo —dice él ahora—. Es decir, ¿qué sentido tiene? Ya no probamos la sangre del otro. Antes era divertido. Tú eras divertida. Pero ahora lo único que hacemos juntos es ir al teatro y ver obras que no acaban nunca. ¡Pero somos nosotros, Helen! Nosotros somos los personajes de la maldita obra.

Ella se ve incapaz de responder, tan solo tiene fuerzas para mencionar las punzadas de dolor que siente en la cabeza, lo que no hace sino provocar otra diatriba agresiva de su marido.

—¡Dolor de cabeza! —exclama él a gritos—. Pues ¿sabes qué? Yo también tengo. Todos tenemos jaqueca. Y náuseas. Y nos sentimos aletargados. Y tenemos los huesos doloridos, envejecidos. Y somos incapaces de entender qué sentido tiene levantarse por la mañana. Y no podemos tomar el único medicamento que lo mejoraría todo.

—Bueno, pues tómalo —le espeta ella—. ¡Tómalo! ¡Vete a vivir con tu hermano a su maldita furgoneta! ¡Y llévate a Lorna contigo!

—¿Lorna? ¿Lorna Felt? ¿Qué tiene que ver ella con esto?

Helen no se deja convencer por la sorpresa que finge su marido, pero logra bajar la voz.

—Oh, Peter, venga, coqueteas con ella. Da vergüenza ajena verte.

Se apresura a elaborar una lista mental, por si quiere ejemplos.

«El viernes, durante la cena.»

«En la cola de la tienda gourmet.»

«En todas y cada una de las reuniones de padres del instituto.»

«En la barbacoa del verano pasado.»

—Helen, no seas ridícula. ¡Lorna! —Pero llega la pulla inevitable—. Además, ¿a ti qué te importa?

Oye el crujido de una tabla del suelo en algún lugar de la casa. Al cabo de unos segundos, oye las familiares pisadas de su hijo en el rellano.

—Es tarde, Peter —susurra ella—. Vamos a dormir.

Sin embargo, él está desbocado. Y Helen cree que ni siquiera la ha oído. Peter se dedica a despacharse a gusto, y se asegura de que todos los de la casa puedan oír hasta la última sílaba.

—Venga ya —dice—, si en el fondo somos así, ¿qué sentido tiene estar juntos? Piénsalo. Los niños se irán a la universidad y nos quedaremos tú y yo solos, atrapados en esta farsa de matrimonio sin sangre.

Helen no sabe si reír o llorar. Si sucumbe a alguna de las dos emociones, sabe que no podrá parar.

«¿Atrapados?»

«¿Es eso lo que acaba de decir?»

—No tienes ni idea, Peter. ¡De verdad!

Y en la caverna pequeña y oscura que ha creado con su edredón, su yo incontrolable añora intensamente esa sensación que tenía hace años, cuando logró olvidar todos los problemas de su vida anterior: el trabajo, las visitas desconsoladas a su padre moribundo y una boda que no sabía que quería. Y lo consiguió creando un nuevo problema, aún mayor, en la parte trasera de una maldita furgoneta. En su momento, sin embargo, no le pareció un problema. Le pareció que era amor, y un amor en tal exceso que casi podía bañarse en él y liberarse de todo lo demás, que podía adentrarse en la oscuridad pura y reconfortante y existir tan libremente como en un sueño.

Y lo peor de todo es que Helen sabe que el sueño está ahí fuera, sentado en el patio, bebiendo sangre y esperando a que ella cambie de opinión.

—Ah, ¿no tengo ni idea? —dice Peter en algún lugar fuera del edredón—. ¿Que no tengo ni idea? ¿Qué es esto, otra competición que ganas tú? ¿La competición para comprobar quién se siente más atrapado?

Helen asoma a la superficie de nuevo.

—Deja de comportarte como un crío.

Es consciente de la ironía de sus palabras cuando las dice, consciente de que ella, en realidad, es tan cría como él, y sabe que nunca saldrá de ellos, de un modo natural, comportarse como adultos. Siempre será una impostura, una coraza sobre sus infantiles almas anhelantes.

—Joder —dice Peter lentamente—. Solo intento ser yo mismo. ¿Acaso es un crimen?

—Sí. Y grande.

Peter suelta una especie de risotada.

—Bueno, ¿cómo puedes esperar que viva toda la vida sin ser yo?

—No lo sé —responde Helen con sinceridad—. No lo sé, de verdad.

MILENIOS

Mientras Lorna siente el roce de la barba incipiente de su marido en la parte interior de sus muslos, se pregunta qué le ha pasado.

Ahí están, bajo los tonos rosas y amarillos del diagrama tántrico de un pie derecho y sus símbolos de iluminación.

La pequeña caracola y el loto.

Ahí están, desnudos en la cama, mientras Lorna disfruta de los lametones, los besos y los mordiscos de Mark, como si nunca hubiera lamido, besado o mordisqueado a nadie.

Lorna tiene que mantener los ojos abiertos para asegurarse de que es el mismo hombre cuyas conversaciones de alcoba giran siempre en torno al retraso de los pagos del alquiler de sus inquilinos.

Mark se pone encima de ella. Se devoran, con unos besos desenfrenados y primarios, tal y como debía de besarse la gente hace varios milenios, antes de que se inventaran los nombres, la ropa y el desodorante.

De pronto ella se siente muy querida, anhelada, mientras el dulce placer aumenta con cada latido del corazón de Mark. Y Lorna se aferra a ello, y a él, con una suerte de desesperación, le clava los dedos en la espalda, los hunde en su piel salada para mecerse en unas aguas salvajes.

Lorna susurra el nombre de su marido, una y otra vez, y él susurra el de ella. Entonces cesan las palabras y ella lo rodea con las piernas, y dejan de ser «Mark» y «Lorna» o «los Felt» y se convierten en algo tan puro e infinito como la propia noche.

LOCO, MALVADO Y PELIGROSO

La deshidratación es uno de los principales síntomas de Rowan, y lo está sufriendo ahora, a pesar de que antes de irse a la cama ha bebido un cartón entero de zumo de manzana y baya de saúco. Tiene la boca seca. La garganta pegajosa. Su lengua en un pedazo de arcilla áspera. Y le cuesta tragar.

Cuando sus padres empezaron a discutir, se incorporó y se bebió el jarabe de paracetamol que quedaba, pero no le sació la sed, del mismo modo que no lo ayudó a dormir. Así pues, ahora está abajo, en la cocina, sirviéndose un vaso de agua de la jarra con filtro.

Desde el pasillo ve que las puertas del patio están abiertas y, casi sin darse cuenta, se dirige hacia fuera, vestido con la bata. Es una noche agradable, y aún no tiene ganas de regresar a su habitación, al menos mientras sus padres sigan discutiendo. Quiere hablar con alguien, distraerse de algún modo, aunque sea con Will.

—Bueno, ¿a qué te dedicas? —pregunta Rowan cuando la conversación ya está en marcha—. Quiero decir, ¿tienes trabajo?

—Soy profesor. De literatura romántica. Poetas vampiros, principalmente. Aunque también tuve que incluir a Wordsworth en mis clases.

Rowan asiente, impresionado.

—¿En qué universidad?

—He trabajado en muchos sitios. Cambridge. Londres. Edimburgo. También he hecho mis pinitos en el extranjero. Pasé un año en la Universidad de Valencia. Y acabé en Manchester. Es una ciudad segura. Para los vampiros. Tiene una especie de red de apoyo.

—Entonces, ¿sigues allí?

Will niega con la cabeza. Un velo de tristeza le cubre los ojos.

—Empecé a mezclar trabajo con placer, y al final me pasé de la raya con una estudiante. De posgrado. Estaba casada. Se llamaba Tess. Fui demasiado lejos con ella. Y aunque la universidad nunca descubrió la verdad, decidí dejarlo hace dos años. Pasé un mes en Siberia, aclarándome.

—¿Siberia?

—El Festival de Diciembre. Es un gran acontecimiento artístico y de bebedores de sangre.

—Vale.

Ambos miran fijamente el agua pálida del estanque, mientras los gritos furiosos no cesan por encima de ellos. Will señala el cielo, como si la discusión que están escuchando fuera entre dioses distantes.

—¿Lo hacen a menudo? ¿O es algo especial en mi honor?

Rowan le dice que no es muy habitual.

—Por lo general, se lo guardan para ellos.

—Ah, el matrimonio. —Deja que la palabra languidezca en el aire, y saborea un trago de su bebida—. Ya sabes lo que dicen: si el amor es vino, el matrimonio es vinagre. Bueno, lo digo yo. Aunque tampoco es que sea muy aficionado al vino. —Observa a su sobrino—. ¿Y tú qué? ¿Tienes novia?

Rowan piensa en Eve y no puede ocultar el deje de dolor en su voz.

—No.

—Es una pena.

Rowan toma un sorbo de su agua antes de confesar la bochornosa verdad.

—No gusto demasiado a las chicas. En el instituto, estoy fuera de su radar. Soy el chico pálido y cansado de los sarpullidos.

Recuerda lo que Eve le ha dicho antes, lo de que murmuraba su nombre cuando se quedaba dormido, y se estremece por dentro.

—¿Qué pasa, os cuesta adaptaros? —pregunta Will en un tono que Rowan considera de sincera preocupación.

—Bueno, parece que Clara lo lleva mejor que yo.

Will lanza un gruñido y un suspiro.

—El instituto es cruel, te lo digo yo.

Toma un sorbo de su sangre, negra debido a la falta de luz, y Rowan no puede dejar de mirarlo y hacerse preguntas. «¿Por eso se ha presentado aquí? ¿Por la sangre?» Intenta no pensar en ello y sigue hablando. Le dice que lo del instituto no es tan grave (una mentira) y que podría haberlo dejado, pero quiere acabar el bachillerato (especializarse en inglés, historia y alemán) y hacer los exámenes para entrar en la universidad.

—Para estudiar…

—Literatura inglesa, de hecho.

Will le dirige una sonrisa afectuosa.

—Yo fui a Cambridge. Y no me gustó nada.

Le cuenta a Rowan el breve hechizo que tuvo con el Club de la Bicicleta de Medianoche, una repugnante camarilla de adictos a la sangre que llevaban pañuelos al cuello y que se reunían de forma habitual para escuchar oscura música psicodélica, hablar sobre poesía beat, recitar sketches de Monty Python y compartir su propia sangre.

«Quizá no es tan malo —piensa Rowan—. Quizá solo mata a la gente que lo merece.»

Por un instante, su tío parece distraerse con algo que hay al final del jardín. Rowan mira hacia el cobertizo, pero no ve nada. Sea lo que sea, Will no parece muy preocupado. Sigue hablando con una voz intemporal que todo lo sabe.

—Es duro ser diferente. A la gente le da miedo. Pero no es nada que no pueda superarse. —Agita la sangre en su copa—. Fíjate en Byron.

Rowan se pregunta si tal vez es un anzuelo lanzado a propósito para que pique, pero no recuerda haberle hablado a su tío de su pasión por los poemas de Byron.

—¿Byron? —pregunta—. ¿Te gusta Byron?

Will lo mira como si fuera tonto.

—El mejor poeta que ha existido. El primer famoso de verdad del mundo. Alguien loco, malvado y peligroso. Adorado por hombres y deseado por mujeres de todo el mundo. No está mal para ser un retaco gordinflón y bizco con un pie deforme.

—No —dice Rowan, y sonríe de forma involuntaria—, supongo que no.

—Claro, en la escuela le tomaban el pelo. Pero cuando cumplió los dieciocho, y fue convertido por un vampiro florentino en un burdel, la cosa cambió.

Will mira la botella. Le enseña la etiqueta a Rowan.

—«Lo mejor de la vida no es sino la embriaguez.» A Byron le habría gustado Isobel.

Rowan mira fijamente la botella y siente que su resistencia se debilita. Está olvidando por qué es tan importante no sucumbir. Al fin y al cabo, beba o no, es un vampiro. Y Clara no había matado a alguien porque hubiera bebido sangre de vampiro. En todo caso, al contrario. Quizá si hubiera bebido sangre de vampiro con moderación, nada de esto habría sucedido.

Will lo mira fijamente. Es un jugador de póquer que está a punto de mostrar su mejor mano.

—Si quieres volar —dice—, ella puede conseguirlo. Si te gusta una chica del instituto, alguien especial, basta con que pruebes a Isobel y veas lo que ocurre.

Rowan piensa en Eve. En lo que sintió al sentarse a su lado en el banco. Y si, al fin y al cabo, va a descubrir que es un vampiro, mejor que sea un vampiro atractivo y seguro de sí mismo.

—No sé… Estoy un poco…

—Venga —lo incita Will, seductor como el diablo—. No puedes odiar lo que no conoces. Llévatela a tu habitación, no hace falta que la pruebes ahora.

En ese momento los gritos de arriba vuelven a subir de tono. Los de Peter se distinguen claramente.

—¿Qué significa eso?

Y su madre:

—¡Sabes perfectamente lo que significa!

Rowan estira el brazo y agarra la botella casi sin pensar. El orgullo refulge en los ojos de Will.

—Ahí tienes el mundo. Es tuyo.

Rowan asiente y se pone en pie, presa de repente de los nervios y de una extraña sensación.

—Vale. Me la llevo y… bueno, pensaré en ello.

—Buenas noches, Rowan.

—Sí. Buenas noches.

ALGAS Y PÁNICO

Will apura las últimas gotas de Isobel y cierra los ojos. Ahora que Peter y Helen han dejado por fin de discutir, cae en la cuenta del silencio que reina. Piensa en todos los sonidos que definen su vida normal. El suave ronroneo de la autopista. Las bocinas de los coches y los martillos neumáticos de la ciudad. El ronco estruendo de las guitarras. Los susurros insinuantes de las mujeres que acaba de conocer y, poco después, sus aullidos de éxtasis y miedo. El veloz rugido del aire cuando sobrevuela el mar, en busca de algún lugar donde tirar el cadáver.

El silencio siempre le ha resultado inquietante. Incluso al leer poesía, necesita oír algún ruido de fondo: música, tráfico o el murmullo de las voces de un bar abarrotado.

El ruido es vida.

El silencio es muerte.

Sin embargo ahora, justo en este preciso instante, el silencio no le parece algo tan malo, sino un final deseado, un lugar que el ruido quiere alcanzar.

«La vida tranquila.»

Se imagina a Helen y a sí mismo en una granja de cerdos en alguna parte, y sonríe.

Entonces, cuando la brisa cambia de dirección, huele la sangre que ha olido antes. Y recuerda al ser vivo que hay detrás del cobertizo.

Se levanta y se dirige al estanque con paso firme, mientras el aroma es cada vez más fuerte. «No es un tejón ni un gato. Es un humano.»

227

Will oye el crujido de otra ramita y se detiene.

No está asustado, pero sabe que quienquiera que esté escondido tras el cobertizo, está ahí por él.

—Fee-fi-fo-fum, huelo la sangre de un inglés —canturrea Will en voz baja.

Se hace el silencio absoluto. Un silencio antinatural. El silencio de los miembros tensos y la respiración contenida.

Will se pregunta qué hacer. Si acercarse hasta las coníferas y satisfacer su curiosidad, o meterse en casa. No siente un gran anhelo por la sangre masculina agria que huele y, al final, se vuelve y se va. Pero poco después oye unos pasos que corren hacia él y algo que corta el aire. Se agacha y alcanza a ver el hacha. El hombre está a punto de caer a causa del impulso que ha tomado. Will lo agarra con fuerza de su camiseta de fútbol. Lo zarandea, ve su rostro desesperado. Aún sostiene el hacha, de modo que los alza a ambos del suelo y los tira al estanque.

«Ha llegado el momento de meterle el miedo en el cuerpo.»

Saca al hombre del agua, con la cara cubierta de algas y pánico. Un destello de los colmillos, y luego la pregunta:

—¿Quién eres?

No responde. Pero se oye un ruido que solo puede provenir de la casa. Ve que se enciende la luz de Peter y Helen, y vuelve a meter al hombre bajo el agua cuando se abre la ventana y aparece su hermano.

—¿Will? ¿Qué haces?

—Me apetecía un poco de sushi. Algo que se retuerza cuando lo muerdo.

—Por el amor de Dios, sal del estanque.

—Vale, Petey. Buenas noches.

El hombre empieza a forcejear con más fuerza, y Will tiene que hundirlo más para que no salpique. Le clava una rodilla en el estómago y lo inmoviliza en el fondo del estanque. Entonces Peter cierra la ventana y desaparece en la habitación, seguramente preocupado por que su conversación llame la atención de las casas de los vecinos.

Will saca al hombre del agua.

Tose y escupe, pero no suplica clemencia.

Will podría matarlo.

Podría salir volando con él y matarlo a trescientos metros por encima de este pueblo penoso, donde nadie oiría nada. Pero ha sucedido algo. Está sucediendo algo. Justo aquí, en el jardín propiedad de su hermano y de la mujer a la que ama, es más lento. Hay un cierto retraso. Un espacio para pensar antes de la acción. Una idea se apodera de él, y es que si actúa deberá enfrentarse a las consecuencias. Es probable que ese hombre esté aquí ahora debido a una acción anterior, una decisión espontánea que Will podría haber tomado hace unos días, meses o años. Matarlo solo crearía otra consecuencia.

Lo único que anhela Will es una respuesta.

—¿Quién eres?

Ha visto esos ojos antes. Ha olido su sangre. Ha percibido ese mismo cóctel de miedo y odio. Y hay algo en ese hecho que lo debilita.

Will lo suelta sin obtener la respuesta y el hombre anónimo retrocede por el agua y sale a toda prisa del estanque. Se aleja de él sin perderlo de vista, dejando un rastro húmedo sobre los adoquines que conducen a la verja. Y entonces desaparece.

Al cabo de unos segundos, Will maldice su debilidad.

Mete una mano en el agua fría y nota a un pez deslizándose rápidamente.

Lo agarra.

Lo saca.

Se agita y se retuerce en el aire vacío.

Will se acerca al vientre del pez a la boca, reaparecen sus colmillos y le da un mordisco. Chupa la escasa sangre del animal antes de dejarlo caer al agua.

Sale del estanque y, empapado, regresa a la furgoneta dejando un reguero de agua tras de sí. El cadáver del pez flota en el agua, sobre el hacha hundida bajo ella.

SATURNO

Cuando regresa a su habitación, Rowan se sienta un rato en la cama, acunando con las manos la botella de sangre de vampiro.

¿Qué sucedería, se pregunta, si tomara solo un sorbo? Si mantuviese los labios casi cerrados y solo dejase pasar una minúscula gota, está convencido de que podría contenerse y no beber más.

No oye el alboroto del jardín, al otro lado de la casa, pero sí los pasos de su hermana al salir de su dormitorio. En cuanto la oye, se apresura a esconder la botella bajo la cama, junto a la marioneta de papel maché que había hecho hacía unos años, cuando su madre lo apuntó a unas clases de arte y manualidades los sábados por la mañana en el centro cultural del pueblo. (Decidió no hacer una marioneta de un pirata o una princesa como el resto de los niños, sino una del dios romano Saturno, representado mientras devoraba a sus hijos. Su obra causó un gran impacto en Sophie Dewsbury, de tan solo diez años, que rompió a llorar al ver el imaginativo uso que había hecho Rowan de la pintura roja y del papel crepé. Más tarde, la maestra le dijo a Helen que tal vez sería una buena idea que Rowan buscara una actividad diferente para las mañanas de los sábados.)

Su hermana abre la puerta y lo mira con aire burlón.

—¿Qué haces?

—Nada. Aquí sentado en la cama.

Clara entra en la habitación y se sienta junto a su hermano, mientras sus padres siguen discutiendo.

Lanza un suspiro y se queda mirando el póster de Morrissey.

—Ojalá se callaran.

—Lo sé.

—Es por mi culpa, ¿verdad? —Parece disgustada de verdad, por primera vez en todo el fin de semana.

—No —dice él—. No discuten por ti.

—Lo sé, pero si no hubiera matado a Harper no estarían así, ¿verdad?

—Tal vez no, pero creo que es algo que arrastran desde hace tiempo. Y no deberían habernos mentido, ¿no crees?

Se da cuenta de que sus palabras no basta para consolar a su hermana, así que decide sacar la sangre que tiene bajo la cama. Clara mira con asombro la botella medio llena.

—Es de Will —le explica Rowan—. Me la ha dado, pero aún no la he probado.

—¿Vas a hacerlo?

Se encoge de hombros.

—No lo sé.

Rowan le entrega la botella a Clara, y cuando su hermana la destapa siente una pequeña satisfacción al oír el crujido del corcho. La observa mientras ella huele el aroma que mana del interior. Echa la cabeza atrás para tomar un trago, y cuando baja la cara Rowan no ve el menor atisbo de preocupación.

—¿A qué sabe? —pregunta él.

—A cielo. —Clara sonríe, con los labios y los dientes manchados de sangre—. Y mira —dice devolviéndole la botella—: autocontrol. ¿Vas a probarla?

—No lo sé —responde él.

Y, cuando ya hace diez minutos que su hermana ha salido de la habitación, Rowan aún no lo sabe. Huele el aroma, tal y como ha hecho su hermana. Se resiste. Deja la botella en la mesita de noche e intenta pensar en otra cosa. Retoma el poema que está escribiendo sobre Eve, pero sigue atascado, así que decide leer a Byron.

Camina bella, como la noche
de climas despejados y cielos estrellados,

y todo lo mejor de la oscuridad y de la luz
se reúne en su aspecto y en sus ojos:

Le pica la piel y se esfuerza por concentrarse; sus ojos se deslizan sobre las palabras, como los pies sobre el hielo. Se quita la camiseta y ve un atlas de manchas que se extiende por su pecho y sus hombros, las zonas de piel sana disminuyen como casquetes de hielo en un mar al rojo vivo.

«¡Petirrojo!»

Piensa en la odiosa voz de Toby y en Harper, riendo como si fuera la ocurrencia más graciosa del mundo.

Y entonces piensa en algo que ocurrió el mes pasado. Caminaba a solas en dirección a la sombra y la soledad que ofrecían los castaños del otro lado del campo de la escuela, cuando Harper se acercó corriendo con el único objetivo de saltar sobre él y tirarlo al suelo, algo que logró sin problemas. Rowan recuerda la mole inmensa y sin remordimientos que lo aplastaba contra la hierba, que lo ahogaba, con los pulmones a punto de reventar, y las risas contenidas de los otros chicos, incluido Toby, y el grito troglodita de Harper por encima de todos: «¡El pringado no puede respirar!».

Y mientras Rowan permanecía en esa posición, aplastado, ni siquiera intentó defenderse. Tan solo tenía ganas de hundirse en la tierra dura y no volver a levantarse jamás.

Agarra la botella de la mesita.

«Por Harper», piensa, y le da un trago.

Mientras el delicioso sabor inunda su lengua, todas las preocupaciones y las tensiones se esfuman. Los dolores y molestias que siempre ha sufrido desaparecen de forma casi inmediata y se siente despierto.

Del todo despierto.

Como si hubiera dormido cien años.

Al apartar la botella de los labios observa su reflejo: las manchas rosadas están desapareciendo, y también las ojeras grises.

«Si quieres volar, ella puede conseguirlo.»

La gravedad no es más que una ley que se puede romper.

Antes de darse cuenta está volando, levitando, por encima de la cama y de *El manual del abstemio* que tiene en la mesita de noche.

Y se ríe, y se aovilla en el aire. No puede contener las carcajadas que salen de su interior, como si toda su vida no hubiera sido más que un chiste y hubiese tenido que esperar hasta ahora para llegar al desternillante final.

Pero Rowan va a dejar de ser un chiste.

No es el Petirrojo.

Es Rowan Radley.

Y puede hacer lo que quiera.

LUNES

Mantén a raya tu imaginación. No te dejes arrastrar por peligrosas fantasías. No te sientes a meditar y darle vueltas a una vida que no estás viviendo. Haz algo activo. Ejercicio. Trabaja más duro. Responde a tus mensajes de correo electrónico. Llena tu agenda de inocuas actividades sociales. Al hacerlo, dejamos de usar la imaginación. Porque, para nosotros, la imaginación es un coche que avanza a toda velocidad en dirección a un precipicio.

El manual del abstemio (2.ª ed.), p. 83

DON ENCICLOPEDIA POLICÍACA

York. Jefatura de Policía del norte de Yorkshire. El subcomisario Geoff Hodge está sentado en su despacho, arrepentido de no haber desayunado más. Por supuesto, sabe que no le iría mal perder diez o quince kilos, y sabe que Denise se preocupa por sus niveles de colesterol y todo eso, pero uno no puede empezar la semana laboral con un bol de cereales ricos en frutas y fibra, con leche desnatada y una puñetera mandarina, o lo que fuera. Incluso se había prohibido la mantequilla de cacahuete.

¡La mantequilla de cacahuete!

—Tiene demasiada sal y aceite de palma —le había dicho.

Denise lo sabía todo sobre el aceite de palma gracias a su grupo de Vigilantes del Peso. «Por la forma en que habla Denise parece que el aceite de palma sea peor que el crack.»

Y ahora, mientras observa a estos dos agentes inútiles, se arrepiente de haber hecho caso a Denise. Aunque, claro, es imposible no hacerle caso.

—¿De modo que me estáis diciendo que fuisteis a entrevistar a Clara Radley pero no tomasteis nota de nada?

—Fuimos a verla y... respondió a nuestras preguntas —dice la agente Langford.

«Hoy día todos hablan así —piensa Geoff—. Al acabar el período de formación en Wildfell Hall, salen hablando como ordenadores.»

—¿Que respondió a nuestras preguntas? —le espeta Geoff—. ¡Maldita sea, ella era la persona más importante con la que teníais que hablar!

Los dos agentes se arredran al oír su voz.

«Quizá –piensa Geoff–, si hubiera tomado el aceite de palma para desayunar, joder, podría controlar mi carácter. En fin, las tres empanadillas de queso y cebolla del almuerzo servirán de ayuda.»

–Bueno –dice volviéndose hacia el otro policía.

El agente Henshaw, un spaniel capado e inútil, piensa Geoff.

–Venga, Tweedledee. Te toca.

–Es que no dijo nada interesante. Y supongo que no le apretamos demasiado las tuercas porque eran preguntas de rutina. Ya sabe, desaparecen dos personas cada…

–Vale, don Enciclopedia Policíaca, no te he pedido estadísticas. Pero os aviso de que este caso ya no me parece tan rutinario, joder.

–¿Por qué? –pregunta la agente Langford–. ¿Ha surgido alguna novedad?

–El cadáver del chico. Esa es la novedad. De hecho, ha surgido del fondo del mar, en el maldito mar del Norte. Acabo de recibir una llamada del este de Yorkshire. Lo han encontrado en un peñasco en Skipsea. Es el cuerpo del chico, Stuart Harper. Han hecho un buen trabajo con él.

–Bendito sea Dios –dicen los agentes a la vez.

–Sí –dice Geoff–. Maldito sea Dios.

CONTROL

Rowan se pasó gran parte de la noche escribiendo el poema sobre Eve con el que llevaba varias semanas peleándose. «Eve, una oda a los milagros de la vida y la belleza» se convirtió en un poema épico, de diecisiete estrofas en total, que ocupó hasta la última hoja de su libreta A4.

Aun así, a pesar de que no ha pegado ojo, mientras desayuna Rowan está menos cansado de lo habitual. Está ahí sentado, comiendo jamón y escuchando la radio.

Mientras sus padres discuten en el pasillo, le susurra a Clara:

—La he probado.

—¿El qué?

—La sangre.

A Clara se le salen los ojos de las órbitas.

—¿Y?

—Me vino la inspiración.

—¿Te sientes distinto?

—He hecho cien flexiones. Normalmente no puedo hacer ni diez. Y me ha desaparecido el sarpullido. Y también las jaquecas. Mis sentidos se han agudizado de tal manera que es como si fuera un superhéroe.

—Lo sé. Es increíble, ¿verdad?

Helen entra en la cocina.

—¿Qué es increíble?

—Nada.

—Nada.

Rowan se lleva la botella consigo al instituto y se sienta con Clara en el autobús. Ven cómo Eve los adelanta con un taxi de la compañía Beeline. Eve se encoge de hombros en el asiento trasero y dice las palabras «Mi padre» sin llegar a pronunciarlas.

—¿Crees que se lo habrá dicho? —le pregunta Rowan a su hermana.

—¿Que le habrá dicho qué?

—Ya sabes, que somos…

A Clara le preocupa que los pueda oír alguien. Mira hacia atrás.

—¿Qué trama Toby?

Rowan ve a Toby en la última fila, hablando con un grupo de chicos de undécimo curso sentados a su alrededor. De vez en cuando alguno de ellos mira a los hermanos Radley.

—Ah, ¿a quién le importa?

Clara frunce el entrecejo y mira a su hermano.

—Es la sangre, que habla por ti.

—Bueno, quizá deberías tomar un trago. Pareces algo alicaída.

Señala su mochila de la escuela.

Ella la mira, tentada y asustada a partes iguales. El autobús aminora la marcha. El coqueto pub Fox and Crown, pintado de color crema, pasa lentamente por la ventana. Llegan a la parada de Farley. La de Harper. Los pocos alumnos que suben parecen algo alborotados por el drama que supone la desaparición de alguien.

Rowan había visto esa reacción antes, hace dos años, cuando Leo Fawcett murió de un ataque de asma en el campo del instituto. Es el tipo de emoción que se apodera de la gente cuando sucede algo devastador, una emoción que nunca admiten, pero que brilla en sus ojos mientras hablan de lo mal que se sienten.

—No —dice Clara—. No quiero más. Dios, no me puedo creer que la hayas traído. Debemos ir con cuidado.

—Anda, ¿qué les ha pasado a los Radley? —exclama Laura Cooper al pasar a su lado—. Parecen otros.

Rowan mira a su hermana, se encoge de hombros y luego observa la delicada neblina matinal que cubre el campo, como una lluvia inmóvil que parece envolver el paisaje con un velo. Es feliz, a pesar de todo. A pesar de las dudas de su hermana y a pesar de Toby y los demás alumnos. Es feliz porque sabe que, dentro de menos de una hora, verá a Eve.

Sin embargo, cuando la ve, en la primera fila de la asamblea general de la escuela, casi se siente desbordado. Tiene los sentidos tan agudizados que el aroma de la sangre de Eve resulta abrumador debido a sus complejas e infinitas texturas. Justo ahí, a un solo mordisco.

Quizá es porque Eve lleva el pelo recogido y el cuello al descubierto, pero Rowan se da cuenta de que no tiene el control que imaginaba.

—Y albergamos la gran esperanza —prosigue la señora Stokes con su cantinela desde el estrado que hay en la parte delantera de la sala—, y sé que todos los presentes aquí también, de que Stuart Harper regrese sano y salvo a casa…

Rowan huele la sangre de Eve. En realidad, es lo único que percibe. Solo su sangre y la promesa de un sabor que sabe que superaría todo lo demás en este mundo.

—… pero, mientras tanto, debemos rezar por su bienestar y tener mucho cuidado cuando salgamos del instituto al acabar las clases…

Se imagina de forma vaga a sí mismo, acercándose cada vez más, sumido en una especie de sueño despierto. Pero entonces oye una tos seca procedente del estrado. Ve a su hermana que lo mira, y eso lo despierta bruscamente de su trance.

LOS TRES TUBOS

Una de las cosas que más le gustaban a Peter de vivir en una ciudad era la ausencia casi total de chismorreos de los vecinos.

En Londres, era posible dormir todo el día y beber hemoglobina fresca toda la noche sin llegar a ver el movimiento furtivo de una cortina, u oír los susurros de reproche en la oficina de correos. En Clapham nadie lo conocía por la calle y nadie se había molestado en preguntarle cómo decidía pasar su tiempo libre.

Sin embargo, en Bishopthorpe las cosas siempre habían sido algo distintas. Desde un primer momento se dio cuenta de que los chismorreos siempre circulaban aunque, al igual que el canto de los pájaros en los árboles, a menudo desaparecían cuando él estaba cerca.

Se trasladaron a Orchard Lane antes de que a Helen se le empezara a notar la barriga, por lo que la gente quería saber por qué esa pareja londinense, atractiva, joven y sin niños se había trasladado a un pueblecito tranquilo en medio de la nada.

Por supuesto, habían preparado varias respuestas, la mayoría de las cuales eran ciertas, al menos en parte. Querían vivir allí para estar más cerca de los padres de Helen, ya que su padre estaba muy enfermo y sufría del corazón. El coste de la vida en Londres había subido hasta alcanzar unos niveles absurdos. Y, por encima de todo, querían criar a sus futuros hijos en un entorno tranquilo y, hasta cierto punto, rural.

Sin embargo, las preguntas sobre su pasado fueron más duras. Las referentes a Peter, sobre todo.

¿Dónde estaba su familia?

«Oh, mis padres murieron en un accidente de coche cuando yo era pequeño.»

¿Tenía hermanos?

«No.»

¿Por qué decidió dedicarse a la medicina?

«No lo sé, supongo que le tomé el gusto.»

De modo que Helen y él se conocieron en los ochenta cuando eran estudiantes. ¿Se dieron la gran vida?

«En realidad, no. Éramos bastante aburridos. De vez en cuando salíamos a cenar curry los viernes o alquilábamos un vídeo, pero nada más. Había un restaurante indio muy bueno al final de nuestra calle.»

Por lo general, Helen y él habían logrado salir airosos de aquellas preguntas. Después de nacer Rowan, y cuando Peter demostró ser un activo valioso de la consulta médica de Bishopthorpe, empezaron a tratarlos como miembros de pleno derecho de la comunidad.

Sin embargo, Peter siempre era consciente de que, mientras los habitantes de Bishopthorpe cotillearan sobre otras personas (y lo hacían todo el rato: en cenas, en el campo de críquet, en la parada del autobús), también podían cotillear sobre los Radley.

Era cierto que, en muchos sentidos, Peter y Helen habían intentado ser tan anónimos y neutrales como habían podido. Siempre se habían vestido del modo en que esperaba la gente. Siempre habían comprado coches que no fueran a llamar la atención junto a los demás monovolúmenes y turismos de Orchard Lane. Y se habían asegurado de que sus opiniones políticas se movieran siempre en el terreno seguro del centro. Cuando los niños eran más pequeños asistieron siempre al servicio religioso de Nochebuena y, por lo general, también al de Domingo de Pascua.

Cuando apenas llevaban unos días en el pueblo, Peter incluso accedió a la idea de Helen de purgar sus colecciones de discos, cedés, libros y vídeos de todas las obras de vampiros, ya fueran hereditarios o conversos, vivos o muertos, practicantes o abstemios.

De modo que Peter tuvo que despedirse, de mala gana, de las cintas de VHS de sus películas favoritas de Simpson-Bruckheimer (después de ver por última vez las exuberantes puestas de sol teñidas de sangre de *Superdetective en Hollywood II*). Tuvo que darle un beso de despedida a Norma Bengell en *Terror en el espacio*, a Vivien Leigh en *Lo que el viento se llevó*, a Catherine Deneuve en *Belle de jour*, y a Kelly LeBrock en *La mujer de rojo*. También se deshizo de su vergonzoso alijo de clásicos de posguerra de Powell y Pressburger (que todos los chupasangres sabían que, en realidad, no trataban en absoluto de bailarinas o monjas), y de los mejores westerns vampíricos de todos los tiempos (*Río Rojo, Intrépidos forajidos*). Ni que decir tiene que tuvo que desprenderse de toda su colección de porno vampírico, incluidas sus versiones en Betamax, apreciadas durante mucho tiempo pero que ya no podía ver, de *Muérdeme como puedas* y *No me muerdas que no te veo*.

Ese aciago día de 1992 también acabaron en la basura cientos de discos y cedés que habían sido la banda sonora de muchas copas a medianoche. ¿Cuántos deliciosos gritos y gemidos había oído en las versiones del mercado negro que Dean Martin hizo de «Volare» y «Ain't That a Bite in the Neck»? Especialmente sentida para Peter fue la pérdida de los clásicos del soul sangriento de Grace Jones, Marvin Gaye y ese demonio amoral llamado Billy Ocean, cuyo EP *Oceans of Blood* contenía la versión definitiva de «Get Outta My Dreams, Get into My Car (Because I'm Helluva Thirsty)». En cuanto a los libros, tuvo que tirar los estudios comprados en el mercado negro de Caravaggio y Goya, varios volúmenes de poesía romántica, *El príncipe* de Maquiavelo, *Cumbres borrascosas*, *Más allá del bien y del mal* de Nietzsche y, lo peor de todo, *Destinos errantes*, de Danielle Steel. En resumen, todo el canon chupasangre. Huelga decir que compraron y mantuvieron a buen recaudo *El manual del abstemio*, escondido siempre bajo su cama.

Para sustituir todas esas obras de arte que se alimentaban de sangre, llenaron los huecos de su discografía con Phil Collins, *Graceland* de Paul Simon y *Las cuatro estaciones* de Vivaldi, y cada vez que tenían invitados a comer ponían la «Primavera». Y compraron libros como *Un año en Provenza* y otras dignas obras de ficción histórica que no tenían intención de leer. Nada que destacara por ser excesivamente popular, elevado o rompedor volvió a mancillar sus estanterías. Como sucedió con los demás aspectos de su vida, sus gustos se ajustaron tanto como pudieron a los de los exangües arquetípicos, los de clase media que vivían en pueblos.

Sin embargo, a pesar de sus medidas preventivas, ciertas cosas acabarían traicionándolos. Como, por ejemplo, la continua negativa de Peter de unirse al club de críquet a pesar de la insistencia de los demás residentes de Orchard Lane.

Además, en cierta ocasión Margaret, que trabajaba en la oficina de correos, fue a verlos y se sintió indispuesta después de ver el desnudo con las piernas abiertas reclinado en una chaise longue que había pintado Helen. (Después de ese incidente, Helen subió sus antiguos lienzos al desván y empezó a pintar acuarelas de manzanos.)

Sin embargo, fueron sus hijos quienes, sin ser conscientes de ello, abrieron más fisuras en su farsa. La pobre Clara amaba a los animales que la temían, y Rowan preocupaba a sus profesores de primaria con sus escarceos con la escritura creativa (Hansel y Gretel descritos como una pareja fugitiva e incestuosa de asesinos de niños, «Las aventuras de Colin, el Caníbal Curioso», y la autobiografía ficticia en la que imaginaba que vivía toda la vida atrapado en un ataúd).

Resultó doloroso ver cómo sus hijos se esforzaban por hacer amigos; y cuando empezaron a meterse con Rowan meditaron seriamente la posibilidad de educarlos ellos mismos en casa. Eso habría permitido a Rowan estar siempre a la sombra y lejos de los matones de escuela. Pero al final Helen acabó cediendo, de mala gana, y decidió que sus hijos siguieran asistiendo a la escuela; asimismo, le recordó a Peter que el manual decía que los abstemios debían «integrarse, integrarse, integrarse» siempre que fuera posible.

Este planteamiento podría haber funcionado hasta cierto punto, pero no podía garantizar que fueran a quedar por completo al margen de los cotilleos, del mismo modo que no podía garantizar que alguno de los estudiantes con los que se mezclaban sus hijos no fuera a tentarlos o torturarlos para que sufrieran un ataque de ISS.

Y ahora mismo, esta mañana de lunes, el chismorreo ha salido de las trincheras; cada vez se acerca más y es más peligroso. Peter está en la recepción, hojeando el correo y las citas del día. Mientras sigue a lo suyo, escucha a Elaine, una mujer cuyos procesos biológicos no funcionarían sin su dosis habitual de miserias de los lunes. Está enfrascada en una conversación con una de las pacientes de Jeremy Hunt, y hablan en susurros, como si se encontraran en la víspera del apocalipsis.

—Oh, ¿no es horrible lo que le ha sucedido a ese chico de Farley?

—Cielos, ya me he enterado. Es horrible. Lo he visto esta mañana en las noticias locales.

—Ha desaparecido, así, sin más.

—Lo sé.

—Creen que ha sido… ya sabes, un asesinato.

—¿Ah, sí? En las noticias han dicho que lo estaban tratando como un caso de persona desap…

Elaine se apresura a interrumpirla.

—No. Por lo que he oído, el chico no tenía ningún motivo para desaparecer. Era muy popular. Ya sabes… era deportista. Pertenecía al equipo de rugby y todo eso. Tengo una amiga que conoce a su madre, y dice que no hay chico más bueno que él.

—Oh, es terrible. Horrible.

Se hace un silencio que no presagia nada bueno. Peter oye el chirrido de la silla de Elaine al dirigirse a él.

—Supongo que sus hijos lo conocían, ¿verdad, doctor Radley? Doctor Radley.

Hace más de diez años que conoce a Elaine y trabaja con ella, pero sigue siendo el doctor Radley pese a las muchas veces que le ha dicho que puede, y de hecho él así lo prefiere, llamarlo Peter.

—No lo sé —responde él, tal vez demasiado rápido—. No lo creo.

—¿No es horrible, doctor? Cuando pienso que vive en el pueblo de al lado…

—Sí, pero estoy convencido de que aparecerá.

Elaine no parece haber oído esto último.

—Por ahí hay gente muy mala y de todo tipo, ¿verdad? De todo tipo.

—Sí, supongo que sí.

Elaine lo mira de un modo extraño. La paciente —una mujer con el pelo largo y reseco que parece una Mona Lisa mayor y con obesidad mórbida, vestida con una chaqueta de punto multicolor y desteñida— también lo observa. Peter la reconoce: es Jenny Crowther, la mujer que organiza los talleres de artesanía de los sábados por la mañana en el centro cultural del pueblo. Un día, hacía siete años, les había llamado a casa para expresarle a Helen su preocupación por la marioneta del dios romano que había hecho Rowan. Desde entonces, nunca lo había saludado por la calle, tan solo le había ofrecido la misma sonrisa inexpresiva que le ofrecía ahora.

—Todo tipo de seres malvados —dice Elaine haciendo hincapié en su opinión.

Peter es presa de un ataque de claustrofobia y, por algún motivo, piensa en todas las vallas que su mujer ha dibujado durante esos años. Están atrapados. Por eso las dibuja. Están atrapados por las caras sonrientes y vacías y todos esos chismorreos mal informados.

Les da la espalda y repara en un sobre acolchado sobre una pila de correo que hay que mandar al hospital. Una muestra de sangre.

—Bueno, a una le entran ganas de encerrar a sus hijos bajo llave, ¿verdad, doctor Radley?

—Oh —dice Peter, que a duras penas escucha lo que dice Elaine—. Creo que es muy fácil volverse paranoico con este tipo de cosas…

Suena el teléfono y Elaine lo contesta mientras Jenny Crowther se sienta en una de las sillas naranjas de plástico de la sala de espera, sin dirigirle la mirada.

—No —le dice Elaine, con un tono autoritario no exento de amabilidad, al paciente que ha llamado—. Lo siento, pero si quiere pedir hora para una visita de urgencia tiene que llamarnos entre las ocho y media y las nueve… Me temo que tendrá que esperar hasta mañana.

Mientras Elaine sigue hablando, Peter se inclina hacia delante y olisquea el sobre acolchado marrón y nota cómo se le acelera el corazón, no con latidos fuertes, sino a causa de un suave subidón de adrenalina, como si fuera un tren bala.

Mira a Elaine y ve que no le presta atención. Entonces coge el sobre, de la forma más disimulada posible, con el resto de su correo, y se lo lleva a su consulta.

Una vez dentro, mira la hora.

Faltan cinco minutos hasta que llegue el próximo paciente.

Se apresura a abrir el sobre y saca los tubos de plástico junto con el formulario azul pálido del NHS. El formulario confirma lo que su nariz ya le ha dicho: que la muestra de sangre es de Lorna Felt.

Siente una atracción magnética, casi gravitacional, hacia su sangre.

«No. No soy mi hermano.»

«Soy fuerte.»

«Puedo resistir.»

Intenta hacer lo que ha intentado hacer durante casi veinte años. Intenta ver la sangre como debería verla un médico, como una simple mezcla de plasma, proteínas y glóbulos rojos y blancos.

Piensa en sus hijos y, de algún modo, logra volver a guardar los tres tubos en el sobre. Intenta sellarlo de nuevo, pero se abre en cuanto se sienta en su silla. La estrecha y oscura abertura es la entrada a una cueva que alberga un miedo inenarrable o un placer infinito.

O tal vez las dos cosas.

GRUPO DE LECTURA

El primer lunes de cada mes, Helen se reúne con algunas de sus amigas que no trabajan en la casa de alguna de ellas, para celebrar una reunión del grupo de lectura y picar algo a media mañana para empezar la semana con buen pie.

Estos encuentros, al menos desde que Helen participa en ellos, se han celebrado durante casi todo el año, y ella solo ha faltado a una de las reuniones por estar de vacaciones en un *gîte* en la Dordoña con el resto de su familia. Saltarse la sesión de hoy, sin avisar, podría provocar una nota de discordancia o recelo −como si no bastara con el ominoso *si* bemol menor que es la furgoneta aparcada en Orchard Lane− que, a buen seguro, convendría evitar.

De modo que se arregla y camina hasta casa de Nicola Baxter, en la zona sur del pueblo. Los Baxter viven en un gran establo reformado, con un camino de entrada muy amplio y un jardín de azaleas que parece pertenecer a una época distinta a la del colosal espacio interior, con su cocina rural pero futurista y sus sofás alargados y sin reposabrazos.

Cuando Helen llega a la casa, todas están ya sentadas, comiendo galletas de avena y bebiendo café con sus libros en el regazo. Hablan de forma más animada de lo habitual y, para desconcierto de Helen, enseguida queda claro que el tema de conversación no es *Cuando cante el último ruiseñor*.

−Oh, Helen, ¿no te parece terrible? −le pregunta Nicola ofreciéndole una bandeja enorme llena de migas en la que solo queda una galleta−. Lo que le ha sucedido a Stuart Harper.

–Sí. Sí que lo es. Terrible.

Nicola siempre le ha caído bastante bien a Helen, y acostumbran a tener opiniones muy parecidas sobre los libros que leen. Fue la única que estuvo de acuerdo con Helen en que Ana Karenina no controlaba sus sentimientos por el conde Vronsky o que Madame Bovary era, en lo esencial, un personaje digno de compasión.

Hay algo en Nicola con lo que Helen siempre se ha sentido identificada, como si su vecina también se hubiera visto obligada a renunciar a una parte de sí misma para llevar la vida que lleva.

De hecho, a veces Helen se ha quedado mirando a Nicola, con su piel pálida, su sonrisa temblorosa y sus ojos tristes, y se ha visto tan reflejada en ella que se ha preguntado si compartían el mismo secreto. ¿Eran los Baxter vampiros abstemios como ellos?

Helen, claro está, nunca había podido hacerle esa pregunta de forma directa. («Oye, Nicola, ¿alguna vez has mordido a alguien en el cuello y le has chupado la sangre hasta que su corazón ha dejado de latir? Muy buenas las galletas, por cierto.») Y aún no conocía a las hijas de Nicola, dos niñas que estudiaban en un internado de York, ni a su marido, un arquitecto que siempre tenía algún gran encargo municipal entre manos y estaba de viaje en Liverpool, Londres o alguna otra parte. Pero durante una buena temporada había albergado la pequeña esperanza de que Nicola llegaría a sentarse un día con ella y le contaría que llevaba veinte años luchando contra su hemoadicción y que vivía un auténtico infierno cotidiano.

Helen sabía que, a buen seguro, no era más que una fantasía en la que buscaba cierto consuelo. Al fin y al cabo, incluso en las ciudades, los vampiros no suponían más que un pequeño porcentaje de la población, y las posibilidades de que alguno de ellos perteneciera a su grupo de lectura eran sumamente pequeñas. Pero había sido bonito creer que era posible, y se había aferrado a esa posibilidad como a un billete de lotería mental.

Sin embargo, ahora que Nicola reacciona de forma tan horrorizada como las demás ante las noticias del chico desaparecido, Helen se da cuenta de que está sola.

—Sí —dice Alice Gummer desde uno de los futuristas sofás—. Ha salido en las noticias. ¿Lo has visto?

—No —responde Helen.

—Esta mañana. En *Look North*. Lo he visto un rato mientras desayunaba.

—Vaya —dice Helen.

Durante el desayuno los Radley han escuchado el programa *Today* como siempre y, aunque no le han prestado excesiva atención, no habían mencionado nada.

Entonces Lucy Bryant dice algo, pero tiene la boca tan llena de galletas que al principio Helen no la entiende. ¿Algo sobre un tuerto? ¿Un acuerdo?

—¿Perdón?

Nicola la ayuda, traduce a Lucy, y esta vez las palabras no podrían ser más claras.

—Han encontrado el cuerpo.

En ese momento, el pánico que siente Helen es tan grande que no lo puede ocultar. Se apodera de ella de forma repentina, desde todos los ángulos, y arrincona cualquier atisbo de esperanza.

—¿Qué?

Alguien responde. No sabe a quién corresponde la voz. Simplemente está ahí, dando vueltas en su cabeza como una bolsa de plástico agitada por el viento.

—Sí, al parecer las olas lo han arrastrado hasta la costa. Cerca de Whitby.

—No —dice Helen.

—¿Estás bien? —le preguntan al menos dos de sus amigas.

—Sí, estoy bien. Es que no he desayunado.

Y las voces siguen girando, resuenan y se superponen en el amplio establo donde debieron de balar las ovejas en el pasado.

—Venga, siéntate. Y cómete la galleta.

—¿Quieres un vaso de agua?

—Estás pálida.

Entre todo aquello, intenta pensar con claridad sobre lo que acaba de descubrir. Un cadáver con los mordiscos y el ADN de su hija está en manos de la policía. ¿Cómo pudo Peter ser tan estúpido? Hace años, cuando tiraba un cuerpo al mar, no salía a la superficie. Se metía tan mar adentro que no tenían que preocuparse de esas cosas.

Se imagina la autopsia que le están realizando en esos momentos, con un grupo de expertos forenses y agentes de policía de alto rango. Ni siquiera Will podría salvarlos con sus poderes de persuasión.

—Me encuentro bien. Lo que pasa es que a veces me da algún mareo. Pero ya estoy bien, de verdad.

Ahora está sentada en el sofá, mirando la mesa de centro transparente y la gran bandeja vacía, que parece suspendida en el aire.

Con la mirada fija, se da cuenta de que, ahora mismo, sucumbiría al placer de probar la sangre de Will. Le daría las fuerzas que necesita para soportar los próximos minutos. Pero el mero hecho de pensar en ello hace que se sienta más atrapada.

Ella es su propia cárcel.

Y el cuerpo que mezcla su sangre con la de él.

Sin embargo, y a pesar de que lo único rojo que puede comer es avena dulce y pegajosa, logra recomponerse.

Se pregunta si debería irse y fingir que lo hace porque se encuentra mal. Pero antes de que pueda tomar una decisión se encuentra sentada, observando y, al final, participando en el debate del libro que no tuvo tiempo de acabar de leer.

Cuando cante el último gorrión fue uno de los libros candidatos al premio Booker del año anterior, una novela ambientada en la China de mediados del siglo XX y que narra una historia de amor entre una chica que ama los pájaros, hija de un campesino, y un peón analfabeto encargado de ejecutar la política de Mao de exterminar la población de gorriones. Jessica Gutheridge, cuyas postales hechas a mano Helen compra siempre por Navidad y para los cumpleaños, vio al autor el año pasado en el festival de Hay-on-Wye y se afana en contarles a todas lo increíble que fue el acto:

—Oh, fue maravilloso, y no os imaginaréis quién estaba sentado en nuestra fila…

Mientras, Helen intenta fingir normalidad.

—Bueno, Helen, ¿qué te ha parecido? —le pregunta alguien en un momento dado—. ¿Qué piensas de Li-Hom?

Se esfuerza en aparentar que le interesa la pregunta.

—He sentido pena por él.

Nicola se inclina hacia delante y parece algo desencantada por el hecho de que Helen no comparta sus opiniones.

—¿Cómo? ¿Después de todo lo que hizo?

—No sé… Supongo… —Todo el grupo la mira, a la espera de que profundice en su explicación. Helen debe hacer un gran esfuerzo para no pensar en autopsias y ballestas—. Lo siento, no creo que él… —Se olvida del resto de la frase que tenía en mente—. Creo que tengo que ir al baño.

Se pone en pie con timidez, sin levantar la mirada de la mesa de centro y ocultando el dolor y las demás sensaciones mientras abandona la sala y se dirige al baño de los Baxter, situado en el piso inferior. Ve su propio fantasma en una de las paredes de cristal de la ducha mientras intenta sosegar su respiración entre los pensamientos que gritan: «¡CUERPO! ¡NOTICIA! ¡POLICÍA! ¡CLARA! ¡WILL!».

Saca el móvil y marca el número de la consulta de Peter. Mientras oye el débil pitido mira la ordenada hilera de productos orgánicos y de origen vegetal para el cuerpo y el cabello, y durante un fugaz segundo no puede desechar la imagen de los cuerpos desnudos que los utilizan para ocultar sus olores naturales. Cierra los ojos e intenta eliminar de su mente esas fantasías oscuras y desesperadas.

Después de diez tonos de llamada, Peter responde.

—¿Peter?

—Helen, estoy con un paciente.

Entonces ella le dice en un susurro, tapándose la mano con la boca:

—Peter, han encontrado el cuerpo.

—¿Qué?

—Ha salido en todas partes. Han encontrado el cuerpo.

Nada. Entonces:

—Joder. —Y luego—: Joder, joder y hostia puta. —Al cabo de un instante—: Lo siento, señora Thomas. Malas noticias.

—¿Qué vamos a hacer? Creía que te habías adentrado varios ki-lómetros.

Lo oye suspirar al otro lado de la línea.

—Lo hice.

—Pues, obviamente, no fue suficiente.

—Ya sabía yo que esto iba a ser culpa mía —dice—. No pasa nada, señora Thomas, enseguida la atiendo.

—Es que es culpa tuya.

—Dios. La identificarán. De algún modo, la identificarán.

Helen niega con la cabeza, como si su marido estuviera a su lado y pudiera verla.

—No, no lo harán.

Y entonces decide que hará lo que sea, lo que sea, para asegu-rarse de que sus palabras sean ciertas.

CÓMO PREVENIR LA ISS: 10 CONSEJOS PRÁCTICOS

La Irresistible Sed de Sangre (ISS) es el peligro más habitual para los abstemios. Aquí tienes diez métodos contrastados para evitar un ataque de ISS cuando sientas que vas a ser víctima de uno.

1. Aléjate de la gente. Si estás con exangües o vampiros, evita su compañía y encuentra un lugar tranquilo para estar a solas.

2. Enciende las luces. Los ataques de ISS son más habituales de noche, o en la oscuridad, de modo que debes asegurarte de que te encuentras en un entorno lo más iluminado posible.

3. Evita la estimulación imaginativa. Es bien sabido que la música, el arte, el cine y los libros desencadenan ataques, ya que actúan como catalizadores de tu imaginación.

4. Concéntrate en la respiración. Cuenta hasta cinco cada vez que inspires y espires para reducir el ritmo cardíaco y relajar el cuerpo.

5. Recita el mantra del abstemio. Tras unas cuantas respiraciones, di «Me llamo [TU NOMBRE] y controlo mis instintos» tantas veces como sea necesario.

6. Ve partidos de golf. Es sabido que ver ciertos deportes practicados al aire libre, como el golf y el críquet, ayuda a reducir las probabilidades de sufrir un ataque.

7. Haz algo práctico. Cambia una bombilla, pon la lavadora, prepara bocadillos. Cuanto más trivial y mundana sea la tarea, más probabilidades existen de que logres mantener a raya tu sed de sangre.

8. Come un poco de carne. Si mantienes unas buenas reservas de carne animal en la nevera, tendrás algo que comer que te ayudará a aplacar los anhelos involuntarios.

9. Haz ejercicio. Compra una cinta de correr o una máquina de remo para quemar la adrenalina que suele acompañar a la ISS.

10. Nunca seas complaciente. Nuestro instinto es un enemigo que siempre habita en nuestro interior, al acecho de una oportunidad para atacar. Cuando des un paso hacia la tentación, recuerda que es más fácil dar un paso hacia delante que hacia atrás. El truco consiste en no dar el primer paso.

El manual del abstemio (2.ª ed.), p. 74

UN PENSAMIENTO POCO HABITUAL
PARA UN LUNES

Peter está sentado en su silla y ve cómo la anciana sale lentamente de la consulta entre gestos de dolor, mientras piensa en la llamada de teléfono. No puede creer que la policía haya encontrado el cuerpo, que ha aparecido en la orilla. Voló tan rápido que estaba convencido de que se había adentrado lo suficiente.

Sin embargo, reconoce para sí, hace ya mucho de todo eso. Tal vez no recuerda la distancia que recorría antes de tirar un cadáver. Está oxidado. No es como montar en bicicleta. Si lo dejas durante diecisiete años, es normal que no apoyes los pies con firmeza en los pedales.

—Adiós, señora Thomas —dice como un automatismo mientras la anciana sale de la consulta.

—Adiós, doctor.

Al cabo de un segundo ya está sacando el sobre del cajón. Coge los tubos de sangre y les quita el tapón.

Esto no es plasma, proteínas y glóbulos rojos y blancos.

Es una vía de evasión.

Huele la sangre salvaje y fascinante de Lorna y los ve a ellos dos de pie en un campo de trigo bañado por la luz de la luna. Peter se deshace en el aroma de Lorna. Se muere por probarla, y el anhelo crece hasta que nada se interpone entre el hombre y el placer que necesita.

«No bebo la sangre de mis pacientes.»

De nada le sirve ahora.

La anhela con demasiada intensidad.

Sabía que, al final, acabaría sucumbiendo, y tiene razón. No puede hacer nada para reprimirse y no beberse los tres tubos, uno tras otro, como si fueran chupitos de tequila en la barra de un bar.

Cuando ha acabado, echa la cabeza hacia atrás. Se da unas palmadas en el estómago. Se da cuenta de que el flotador de grasa que le ha crecido en los últimos años podría empezar a desaparecer.

—Sí —dice para sí mismo, como si fuera un locutor de radio de medianoche con voz aterciopelada, a punto de presentar un tema de Duke Ellington—. Me encanta el jazz en directo.

Sigue dándose palmadas en el estómago cuando Elaine entra con la lista de los próximos pacientes de urgencias.

—¿Se encuentra bien? —le pregunta.

—Sí, Elaine, me siento de maravilla. Tengo cuarenta y seis años, pero estoy vivo. Y estar vivo es algo increíble, ¿no crees? Ya sabes, saborearla, saborear la vida, y ser consciente de que la estás saboreando.

Elaine no parece muy convencida.

—Bueno —dice—, debo decir que me parece un pensamiento poco habitual para un lunes.

—Eso es porque es un lunes muy poco habitual, Elaine.

—Muy bien. ¿Querrá un café?

—No, gracias, ya he bebido otra cosa.

Elaine mira el sobre, pero Peter no cree que haya reparado en los tubos vacíos. Y, si así fuera, le daría igual.

—Como usted diga —dice al salir de la habitación—. Como usted diga.

CSI: TRANSILVANIA

El subcomisario Geoff Hodge se está riendo a carcajadas, con tal fuerza que le cuesta retener en las fauces el último trozo de su tercera empanadilla de queso y cebolla.

—Lo siento, cielo, repítemelo.

De modo que la mujer se lo repite. La mujer en cuestión es la comisaria de policía del condado de Greater Manchester Alison Glenny, una mujer a la que no conoce. De hecho, nunca ha tenido contacto cara a cara con ningún agente de la policía de Manchester, ya que la ciudad se encuentra a unos ochenta kilómetros fuera de su jurisdicción.

Es cierto que, de vez en cuando, necesita pedir información a otros condados, pero para ese tipo de cosas ya existen las bases de datos. Uno no irrumpe sin previo aviso en la oficina central de otra autoridad con expresión de haber sido enviado por Dios. Aunque seas una maldita comisaria. Y no es su comisaria.

—Tiene que abandonar este caso —dice la mujer, repitiéndose—. A partir de ahora nos encargamos nosotros.

—¿Nosotros? ¿Quién demonios es «nosotros»? ¿La policía de Greater Manchester? No entiendo qué relación puede tener con vosotros, los de Manchester, un muchacho del norte de Yorkshire que ha aparecido en la costa este. A menos que ande suelto por ahí un asesino en serie del que no nos habéis dicho nada.

La comisaria lo mira con frialdad y los labios fruncidos.

—Trabajo para una unidad nacional que coordina los recursos de la división especial en todo el Reino Unido.

—Bueno, cielo, lo siento, pero no tengo ni repajolera idea de qué hablas.

La mujer le entrega un formulario verde lima con mucha letra pequeña y el membrete del Ministerio del Interior en el encabezado.

«Formularios. Siempre los malditos formularios.»

—Tiene que firmar en el recuadro que hay al final. Entonces se lo podré contar todo.

Hodge lee el formulario. Empieza por la línea que está junto al recuadro de la firma. «Por la presente declaro que no revelaré ninguna información relacionada con la Unidad de Depredadores No Identificados.»

—¿Unidad de Depredadores No Identificados? Mira, cielo, me he perdido. Todo este rollo de las divisiones especiales me supera, de verdad. En lo que a mí respecta, es todo humo y espejos. ¿Has hablado con Derek?

—Sí, he hablado con Derek.

—Bueno, pues entenderás que debo llamarlo para comprobarlo.

—Adelante.

Geoff coge el teléfono y hace una llamada interna a Derek Leckie, su comisario, para preguntarle por esa mujer.

—Sí, haz lo que te diga —le ordena Derek, tal vez con un leve deje de temor en la voz—. Todo.

Geoff firma en el recuadro, al tiempo que hace una pregunta.

—Bueno, si esto es una división especial, ¿qué demonios tiene que ver con este cuerpo? No parece un trabajo para los de contraterrorismo.

—Tiene razón. No es contraterrorismo. Es contravampirismo.

Geoff la mira, esperando a que una sonrisa resquebraje el semblante pétreo de la mujer. Pero eso no sucede.

—Muy buena, cielo. Muy buena. Venga, dime, ¿quién te ha obligado a hacer esto? Seguro que ha sido Dobson, ¿verdad? Sí, seguro que me la quiere devolver por acaparar el BMW.

La mirada neutral de la mujer no se altera lo más mínimo.

—No tengo ni la más remota idea de quién es «Dobson», pero le aseguro, subcomisario, que esto no es una broma.

Geoff niega con la cabeza y se frota los ojos. Por un instante se pregunta si esa mujer es una alucinación provocada por las empanadillas. Quizá ha trabajado demasiado últimamente. Pero por mucho que parpadee, esta mujer y su rostro granítico siguen pareciendo completamente reales.

—Bien, porque me ha parecido que decía «contravampirismo».

—Así es. —Pone su portátil sobre el escritorio del subcomisario sin pedirle permiso—. ¿Debo dar por sentado que no ha visto las imágenes del cuerpo ni ha recibido el informe de la autopsia? —le pregunta mientras la pantalla cobra vida y se vuelve azul.

Geoff se reclina en la silla, observa a la mujer y su ordenador, y siente una leve sensación de mareo, de pronto le fallan un poco las fuerzas. Es consciente de la grasa que tiene en la boca, del sabor de la cebolla y el queso fundido. Tal vez Denise tenga razón. Tal vez debería comer una ensalada o una patata asada de vez en cuando.

—No, no lo he recibido.

—Bien. Lo han mencionado brevemente en las noticias esta mañana, pero la policía del este de Yorkshire no va a hablar más del asunto. Y ustedes tampoco.

Esa vieja sensación de ira, como de oso, se apodera de Geoff.

—Bueno, discúlpame, cielo, pero en esta ocasión estamos bajo un foco gigantesco. Se trata de un caso de interés público, y no vamos a dejar de hablar con la prensa solo porque unos…

Pierde el hilo de lo que estaba diciendo en cuanto el archivo JPEG se abre en la pantalla. Ve el cuerpo desnudo, musculoso y grande del chico cubierto de heridas que no se parecen a nada que haya visto hasta entonces. Es como si le hubieran devorado pedazos enormes del cuello, el pecho y el estómago; la carne se ha teñido de un rosa claro por culpa de la sal del agua. No se trata de heridas hechas de un modo convencional: de bala, con cuchillo o un bate de béisbol.

—Debieron de echarle los perros.

—No. No fueron perros. No hubo un «ellos». Esto es obra de una única persona.

No parece posible. No puede ser posible.

—¿Qué tipo de persona?

—Son mordiscos de vampiro, subcomisario. Tal y como le he dicho, la UDNI es una unidad de contravampirismo. Trabajamos en todo el país, en colaboración con miembros de su comunidad. —Lo dice en el mismo tono monocorde que ha utilizado desde que ha entrado en el despacho.

—¿Comunidad? —pregunta Geoff con incredulidad.

La comisaria asiente.

—Según el recuento más fiable, hay siete mil en todo el país. Aunque resulta difícil de calcular, ya que tienen una gran movilidad y existe un intenso tráfico entre varias ciudades europeas. Londres, Manchester y Edimburgo son las que tienen un índice per cápita más alto del Reino Unido.

La risa de Geoff es ahora más forzada, entrecortada y amarga.

—No sé qué le ponen al té en Manchester, pero a este lado de los Peninos no salimos a cazar duendes y demonios.

—Nosotros tampoco, se lo aseguro. Solo nos ocupamos de amenazas que sabemos que son muy reales.

—¿Como los malditos vampiros?

—Estoy segura de que entenderá que se trata de un tema muy sensible y que, por motivos obvios, no divulgamos nuestro trabajo.

La imagen que le acaba mostrando la comisaria es la de una mujer desnuda con alrededor de cien mordeduras; son marcas que parecen sonrisas de un rojo intenso distribuidas por las piernas y el pecho manchados de sangre.

—Por el amor de Dios —dice Geoff.

—Lo que hago, con mi equipo, es mantener contactos con los miembros clave de la comunidad de chupasangres, la mayoría de los cuales se encuentran en Manchester y sus alrededores. Mire, en el pasado los vampiros fueron exterminados. Manchester y Scotland Yard entrenaron a miembros de la División Especial en el manejo de la ballesta.

Geoff aparta la mirada de la pantalla del portátil, de la chica muerta. Se encuentra bastante mal. Siente la imperiosa necesidad de eliminar el sabor de su boca. Agarra la lata de Tango de naranja que ha comprado con las empanadillas, la abre y bebe un gran trago mientras Alison Glenny sigue hablando.

—En la actualidad tratamos directamente con la comunidad. —Hace una pausa, al parecer para asegurarse de que Geoff la escucha—. Hablamos con ellos. Negociamos. Nos ganamos su confianza y obtenemos información.

Geoff ve pasar la cabeza de Derek al otro lado de la ventana y se precipita hacia la puerta, con la lata de Tango en la mano.

—¿Derek? ¿Derek?

El comisario sigue caminando por el pasillo. Tan solo se vuelve un instante para repetir lo que ya le ha dicho por teléfono, y sus ojos azules, que acostumbran a mostrar una expresión calmada, reflejan un miedo innegable.

—Haz lo que te diga, Geoff.

Se da la vuelta, y el subcomisario solo puede ver sus canas y su uniforme negro antes de que desaparezca de nuevo por otro pasillo.

—Bueno, ¿qué quiere que hagamos? —pregunta cuando regresa a su despacho—. ¿Que llenemos pistolas de agua con agua bendita?

—No —responde ella cerrando el portátil y guardándolo en su maletín—. Mire, hemos logrado reducir a casi la mitad los incidentes de este tipo. Y lo hemos conseguido gracias al establecimiento de unas reglas y un respeto mutuo.

Le habla de la Sociedad Sheridan y de su lista de intocables.

—A ver si lo he entendido, cielo. Vienes aquí hablando como si fueras de *CSI: Transilvania*, ¿y esperas que crea en la existencia de un gran número de malditos Dráculas que viven por todas partes, para que luego me digas que no podemos hacer nada para detenerlos?

Alison Glenny suspira.

—Hacemos mucho para detenerlos, subcomisario. Los vampiros de hoy tienen menos probabilidades que en cualquier época anterior de quedar impunes tras cometer un asesinato. Lo que sucede es que preferimos soluciones intermedias. Vampiro contra vampiro. Tenemos que pensar en el bien general. Nuestro objetivo es solucionar estas cuestiones sin que lleguen a conocimiento del público.

—Sí, claro. ¿Y si decido ponerlo en conocimiento del público?

—Sería despedido y declarado demente. No volvería a trabajar para la policía.

Geoff se toma el último trago de Tango y mantiene el líquido gaseoso en la boca antes de tragárselo. La mujer habla completamente en serio.

—Bueno, ¿qué debo hacer?

—Necesito todo lo que tenga sobre el caso de Stuart Harper hasta ahora. Todo. ¿Lo entiende?

Asimila la pregunta mientras observa las migas y el pequeño círculo de grasa de la bolsa de papel.

—Sí, lo entiendo.

EL DÍA DEL CAMBIO DE IMAGEN DE LOS RADLEY

Durante el almuerzo, en el patio, los alumnos del instituto Rosewood se dividen, de forma inconsciente, según el género. Los chicos son activos, juegan al fútbol o hacen malabarismos con un balón, o se enzarzan en peleas fingidas o de verdad, o se dedican a darse golpes con los nudillos en los brazos para insensibilizarse o a hacer girar a sus compañeros agarrándolos de la mochila. Las chicas hablan y se quedan sentadas, en los bancos o en el césped, en grupos de tres o cuatro. Cuando se fijan en los chicos lo hacen con más confusión o pena que con aduladora admiración, como si no solo fueran dos géneros distintos, sino dos especies diferentes. Gatas orgullosas y listas que se lamen las patas y miran con desdén a los spaniels sobreexcitados y con las orejas caídas, y a los pitbull terriers que intentan marcar un territorio que nunca será suyo.

Esta soleada tarde, el único factor unificador es que chicas y chicos quieren estar fuera de los edificios victorianos del instituto, y también lejos de la sombra. Y, en circunstancias normales, en cualquier otro día como este, Clara Radley seguiría a sus amigas hacia la dorada luz y se esforzaría al máximo para impedir que la afectaran las náuseas y la migraña.

Hoy es un día distinto. Hoy, aunque está con Eve y Lorelei Andrews, una chica que no cae bien a nadie pero que logra imponerse en cualquier situación social de la que forme parte, es Clara quien las conduce a un banco a la sombra.

Se sienta. Eve hace lo propio a un lado, y Lorelei al otro, mientras le acaricia el pelo.

—Es increíble —dice Lorelei—. No lo entiendo, ¿qué te ha pasado?

Clara ve la muñeca de Lorelei y sus venas gruesas y azules, y percibe el aroma de su sangre, sustanciosa hasta el delirio. La asusta lo fácil que sería, en ese momento, cerrar los ojos y entregarse a sus instintos.

—No lo sé —logra decir—. Un cambio de dieta. Además, mi padre me ha dado unos suplementos.

—Es que de repente eres superatractiva. ¿Qué base de maquillaje usas? ¿MAC? Tiene que ser Chanel o alguna otra muy cara.

—No uso base de maquillaje.

—Me tomas el pelo.

—No, de verdad.

—Pero te has puesto lentillas, ¿no?

—No.

—¿No?

—Y ya no está mareada —añade Eve. Clara se da cuenta de que parece enfadada por el súbito interés de Lorelei en su amiga—. Eso es lo principal.

—Al parecer, me faltaba vitamina A. Es lo que me ha dicho mi padre. Y ahora también como un poco de carne.

Eve está confundida, y Clara recuerda el motivo. ¿No le había contado a Eve una historia sobre un virus? Se pregunta si el padre de Eve ya le ha dicho la verdad. Sobre los Radley. Si lo había hecho, estaba claro que su hija no lo había creído, pero quizá las dudas empezaban a apoderarse de ella ahora.

Clara también tiene otras preocupaciones.

Las solemnes palabras de la señora Stokes sobre Stuart Harper durante la asamblea esta mañana.

Los chicos de Farley, hablando en el autobús.

La discusión de anoche de sus padres.

Que Rowan haya empezado a beber sangre.

Y la verdad, simple e innegable, de que ella ha matado a alguien. Nada de lo que pueda hacer o decir el resto de su vida cambiará ese hecho.

Es una asesina.

Y durante todo ese rato, ahí está Lorelei, superficial como siempre. Lorelei, incapaz de detener su torrente de palabras, que la acaricia y que no dudaría en arrimarse a Hitler si se afeitara el bigote, se hiciera un bonito corte de pelo estilo indie y se pusiera unos vaqueros ajustados. Lorelei, la chica que dejó de comer durante varias semanas después de no pasar las pruebas de un programa de televisión del canal Viva llamado *Reina de la belleza adolescente del Reino Unido 2: Guapas contra empollonas*.

—Es que estás estupenda —dice.

Pero entonces, mientras Lorelei sigue acariciándola, Clara nota que alguien se dirige hacia ellas. Un chico alto con la piel perfecta; tarda un segundo en recordar que es su hermano.

—Oh, Dios mío, ¿qué pasa, es el día del cambio de imagen de los Radley y yo no me he enterado? —pregunta Lorelei.

Clara intenta rehuir a su hermano, mientras su versión nueva y mejorada se detiene ante ellas y mira fijamente a Eve con una seguridad que resulta intimidante.

—Eve, quiero comentarte una cosa —dice Rowan sin tartamudear.

—¿A mí? —pregunta Eve, preocupada—. ¿Qué?

Entonces Clara oye cómo su hermano hace lo que ella le había dicho que debía hacer. Sin embargo, ahora ella le suplica con la mirada que se calle. Pero Rowan no le hace caso.

—Eve, ¿recuerdas que ayer, cuando estábamos sentados en el banco, me dijiste que si quería decirte algo tan solo debía hacerlo?

Eve asiente.

—Bueno, pues quiero decirte que eres, en el sentido más amplio posible, la chica más bella que he conocido en mi vida.

Lorelei reprime la risa al oír su declaración de amor, pero Rowan no se sonroja.

—Y antes de que te trasladaras aquí —prosigue—, no entendía lo que era la belleza, la perfección que podía llegar a alcanzar... y si no hago lo que estoy haciendo, es probable que acabe cediendo en todo lo demás hasta que, dentro de veinte años, tenga un trabajo que no me convenza, viva con una mujer que no eres tú, con una casa y una hipoteca y un sofá y un televisor que tendrá tantos canales que no me permitirá pensar en lo desastrosa que es mi vida porque cuando tenía diecisiete años no crucé el patio para acercarme a esta chica arrebatadora, encantadora y preciosa para preguntarle si quería salir conmigo. Esta noche. Al cine.

Se quedan boquiabiertas, las tres. Lorelei ya no ríe como una tonta. Clara se pregunta cuánta sangre debe de haber bebido Rowan. Y Eve se pregunta por esos nervios que nota en el estómago mientras clava sus ojos en la mirada vehemente y segura de Rowan.

—¿Esta noche? —logra preguntar ella, al cabo de un rato.

—Quiero llevarte al cine.

—Pero… pero… es lunes.

Rowan no se inmuta.

—Pensé que podríamos ser un poco originales.

Eve medita la respuesta. Se da cuenta de que, en realidad, quiere salir con él, pero la razón intenta imponerse. Recuerda algo.

—Es… hummm… mi padre…

—Cuidaré de ti —dice Rowan—. Tu padre no tiene por qué…

Una voz rompe el hechizo del momento. Un grito agresivo proferido desde el campo.

—¡Eh, pringado!

Es Toby, que se dirige hacia ellos con el rostro crispado por una mueca de odio.

—¡Apártate de mi novia, bicho raro!

Eve lo mira indignada.

—No soy tu novia.

Sin embargo, Toby sigue a lo suyo.

—Lárgate de aquí, Petirrojo. Vete volando de una puta vez.

A Clara le late el corazón con fuerza.

«Aquí va a pasar algo.»

Toby la mira, con el mismo odio intenso.

—Y tú —dice—, mala puta, ¿qué coño le hiciste a Harper?

—No le hizo nada —dice Eve—. Déjala en paz.

—¡Sabe algo! ¡Los Radley sabéis algo! ¡Sois unos bichos raros!

—Deja en paz a mi hermana.

Rowan se sitúa frente a Toby, mientras el alboroto llama la atención de los demás estudiantes.

—Rowan —dice Clara, que no sabe qué decir delante de todas esas personas.

Sin embargo, ya es demasiado tarde para enfriar un poco las cosas. Toby le está dando empujones a su hermano y lo ha arrastrado hasta el patio. Le pone una mano en el pecho para intentar provocarlo.

—Venga, lerdo. Venga, cara de fantasma. ¿Qué te pasa? Venga, impresiona a tu novia. ¡Sí! ¡Te está tomando el pelo! ¿Crees que va a tocar a un bicho raro como tú?

—Oh, vaya —exclama Lorelei—. Pelea.

Clara no deja de observar el rostro de su hermano durante todo el rato, consciente de que podría cambiar y echarlo todo a perder en un abrir y cerrar de ojos.

Toby le da un último empujón a Rowan, que cae sobre el suelo de cemento.

—Toby, para —dice Eve.

Se ha levantado del banco, pero Clara se le ha adelantado.

Llega hasta su hermano y se arrodilla frente a él. Aún tiene los ojos cerrados, pero ve cómo se le transforman los dientes, ocultos por los labios. Un sutil movimiento de la piel. Sabe lo que significa.

—No —susurra Clara, mientras Toby no deja de provocarlo—. Escúchame, Rowan. No. No. Por favor. Sabes que no vale la pena.

Le aprieta la mano.

—Rowan, no lo hagas.

La gente los mira y se ríe. A Clara le da igual porque sabe que bastaría con que su hermano abriera la boca para que todo se acabara.

—No, Rowan, no. Sé fuerte, sé fuerte, sé fuerte…

Y él la escucha, o eso parece, porque abre los ojos y asiente, porque sabe que debe proteger a su hermana y no revelar nada.

—Estoy bien —le dice—. Estoy bien.

Regresan a las aulas para retomar las clases de la tarde, y Clara se siente bastante aliviada cuando Eve rechaza a su hermano de la forma más amable posible.

—Entonces, ¿nos vemos esta noche?

—Me lo pensaré —dice ella mientras recorren los antiguos pasillos victorianos—. ¿Vale?

Rowan asiente, y Clara siente pena por él, y no se dará cuenta de que, una hora más tarde, mientras Rowan lee sin tartamudear las palabras de Otelo en clase de inglés, Eve le pasará una nota con una pregunta.

La pregunta es: «¿Qué película vamos a ver?».

CLASE

—¿Han hablado con Clara Radley?

Geoff está asomado a la ventana, fumando el cigarrillo de media tarde, cuando Alison Glenny llega con su pregunta. El subcomisario tira el cigarrillo, que dibuja un amplio arco y cae a la calle. Geoff cierra la ventana.

—Fueron dos agentes.

—¿Y? La declaración de la testigo está en blanco. No hay nada. ¿Qué sucedió cuando fueron a verla? Radley es un antiguo apellido vampírico, y uno de los vampiros más famosos de Manchester es un Radley, así que estoy intentando averiguar si hay alguna relación.

—Fueron a hablar con ella y no les dijo nada importante.

—¿Nada?

—No. —Suspira—. Hablaron con ella y les dijo que no sabía nada, y eso fue todo.

Alison medita sobre lo que acaba de decirle el subcomisario.

—No recuerdan nada, ¿verdad?

—¿Qué? No lo sé. Fueron ayer. Al parecer…

Ella niega con la cabeza.

—No tiene que defenderlos, subcomisario. No estoy criticando a nadie. Tan solo es bastante probable que fueran hemopersuadidos.

—Hemo… ¿qué?

—Algunos Depredadores No Identificados poseen ciertos dones. Por lo general, acostumbran a ser los más peligrosos y amorales. Beben tanta sangre que sus poderes mentales y físicos aumentan enormemente.

Geoff, perplejo, no puede contener la risa.

—Lo siento, cielo. Aún no he logrado asimilar todo esto.

Algo muy parecido al cariño ilumina la mirada de la comisaria.

—Lo sé, no es el mundo en el que siempre habíamos creído vivir.

—No lo es, maldición.

Alison camina por la sala. Cuando está de espaldas a él, Geoff se fija en su figura. Es una mujer delgada, muy delgada para su gusto, pero mantiene una postura erguida, como una profesora de ballet. Tiene clase, esa es la palabra que le viene a la cabeza. Es el tipo de mujer ante la que siempre se amilana o arredra Denise cuando conocen a alguna de ellas en una boda o en uno de sus cruceros más caros.

—De todos modos —dice Alison—, he tenido una idea. ¿Podría conseguirme una lista de todos los habitantes de Bishopthorpe?

—Sí, sin problema. ¿Por qué? ¿A quién buscas?

—A alguien llamado Copeland —dice con un tono de voz que de pronto parece triste y distante—. Jared Copeland.

THE PLOUGH

Will está de nuevo en la barca, flotando en el lago rojo que ya le resulta familiar. Sin embargo, esta vez Helen lo acompaña a bordo de la barca y sostiene en brazos a un bebé de pelo oscuro, al que le canta una nana.

> *Rema, rema, rema con calma,*
> *tu barca en el arroyo.*
> *Con alegría, alegría, alegría,*
> *la vida no es más que un sueño.*

Wil rema hacia la orilla rocosa, contemplando cómo la mujer a la que ama sigue cantando en voz baja. Mientras canta, ella le sonríe. Es una sonrisa franca y cariñosa. No sabe lo que sucederá cuando lleguen a la orilla, pero sabe que se tendrán el uno al otro y que serán felices.

> *Rema, rema, rema con calma,*
> *tu barca en el arroyo.*
> *Si ves a un cocodrilo,*
> *no te olvides de gritar.*

Sin embargo, se siente inquieto. Todo es demasiado perfecto. Percibe que hay alguien en las rocas que lo observa. Alguien que está junto a Alison Glenny. Es el hombre que intentó atacarlo anoche. Levanta algo hacia el cielo para que Will lo vea.

Una cabeza de la que caen gotas de sangre al lago.

Deja de remar, pero la barca sigue avanzando hacia el hombre, y se acerca lo suficiente a la orilla para que Will vea que la cabeza cortada es la suya.

La cara lo mira como una máscara de horror. Tiene la boca abierta en una expresión de terror.

Presa del pánico, Will se palpa el cuello y comprueba que está intacto.

—¿Quién soy? —pregunta, interrumpiendo la nana de Helen.

Ella parece confundida, como si fuera la pregunta más estúpida que ha oído jamás.

—Ya sabes quién eres —responde con ternura—. Eres un hombre muy bueno y amable.

—Pero ¿quién?

—Eres quien siempre has sido. El hombre con el que me casé. Eres Peter.

Entonces ella grita cuando ve al hombre que sostiene la cabeza cortada. Y Rowan, el bebé, también grita. El aullido terrible e inconsolable de un bebé.

Will se despierta sobresaltado y oye un sonido estridente y extraño. Su casete se está tragando una de sus cintas para dormir. *Psychocandy* de The Jesus and Mary Chain. Un chupasangre menos avezado lo habría considerado un mal presagio.

Echa un vistazo fuera. Hace un día espantosamente soleado. Y ve a un hombre que se aleja.

Es él.

—El hombre del hacha se va —murmura Will, y decide seguirlo.

Se pone las gafas de sol y, a pesar de lo mucho que brilla, sale a plena luz del día y sigue al hombre hasta el pub que se encuentra en la calle principal, con su cartel de Sky Sports y un rótulo en el que aparece una bucólica escena de una Inglaterra anticuada bajo el nombre del local: The Plough, el arado.

En una ocasión escribió un poema muy simple, cuatro líneas que anotó en uno de sus diarios poco después de dejar de ver a Helen. «El prado rojo», lo tituló, en honor a su propio apellido.

Ara el prado rojo,
hasta que nada quede.
Ara la tierra, déjala seca,
y aliméntate de sus venas.

The Plough es un pub al que Will jamás entraría por voluntad propia. Un sitio vulgar que da de comer a clientes que a duras penas son conscientes de que están vivos, hipnotizados por las retransmisiones deportivas que aparecen en las pantallas mudas.

Cuando entra en el local, el hombre ya tiene su bebida, un whisky, e intenta pasar desapercibido en el rincón más alejado. Will se dirige hacia él y toma asiento.

—Dicen que el pub es una institución moribunda —afirma Will, y piensa en los humanos exangües que están a punto de saltar de un precipicio y contemplan la vasta extensión del mar—. Va a contrapelo del estilo de vida del siglo veintiuno. Ya no existe el sentimiento de comunidad. Todo se ha atomizado. Ya sabes, la gente vive en el interior de esas cajas invisibles. Es tristísimo… Sin embargo, aún hay ocasiones en las que dos desconocidos pueden sentarse y entablar una charla. —Hace una pausa y observa el rostro desolado y angustiado del hombre—. Aunque, claro, nosotros no somos desconocidos.

—¿Quién soy? —pregunta el hombre, su voz una compuerta que contiene las fuerzas que habitan en su interior.

La pregunta es un eco del sueño de Will, que mira el whisky del hombre.

—¿Quién es cualquiera de nosotros? Gente incapaz de desprenderse.

—¿De qué?

Will suspira.

—Del pasado. De las conversaciones cara a cara. El Jardín del Edén.

El hombre no dice nada. Se queda sentado, mirando a Will con un odio que emponzoña el aire que hay entre ellos. La tensión no desaparece ni tan siquiera cuando la camarera llega a la mesa.

—¿Quieren ver nuestro menú de mediodía? —pregunta.

Will admira sus formas redondeadas. «Un banquete andante.»

—No —responde el hombre sin alzar la vista.

Will la mira a los ojos y dice:

—Creo que ya sé lo que voy a comer.

La camarera se va y los hombres permanecen en un silencio tenso pero que, al mismo tiempo, los une.

—¿Puedo preguntarte una cosa? —dice Will al cabo de un rato.

En lugar de responder, el hombre toma un sorbo de su whisky. Will le formula la pregunta de todos modos.

—¿Alguna vez has estado enamorado?

El hombre deja el vaso en la mesa y le lanza una mirada fría como el acero. La reacción esperada.

—Una vez —responde, con un gruñido que surge de lo más profundo de su garganta.

Will asiente.

—No hay más que una vez, ¿verdad? Las demás son solo... ecos.

El hombre asiente con la cabeza.

—Ecos.

—Mira, amo a alguien. Pero no puede ser mía. Está interpretando el papel de la buena esposa en el matrimonio de otro. Y es un montaje que lleva mucho tiempo en cartel. —Will se inclina hacia delante, con un velo maníaco cubriéndole los ojos, y susurra—: La esposa de mi hermano. Habíamos tenido algo. —Se detiene y alza una mano a modo de disculpa—. Lo siento, seguramente no debería contarte todo esto. Es que resulta muy fácil hablar contigo. Deberías haber sido cura. Ahora tú. ¿De quién te enamoraste?

El hombre se inclina hacia delante; le tiembla el rostro, de modo apenas perceptible, a causa de la rabia contenida. En algún rincón del pub, una tragaperras escupe monedas.

—De mi mujer —responde el hombre—. La madre de mi hija. Se llamaba Tess. Tess Copeland.

La respuesta pilla desprevenido a Will. Por un instante regresa a la barca de remos. El nombre «Tess Copeland» es un fuerte aguijonazo del pasado. Recuerda aquella noche, las copas que tomó con ella en el bar de la asociación de estudiantes, el animado debate sobre el filósofo francés Michel Foucault, cuyas teorías sobre el sexo y la locura estaban colonizando de un modo extraño casi todas las páginas de su tesina. («A ver, ¿en qué sentido, exactamente, era Wordsworth un, y cito literalmente, "pedagogo empírico-trascendental, desindividualizado y confundido desde el punto de vista genealógico"?») Ella había querido regresar con su marido y no sabía qué hacía fuera de casa, tan tarde, con su tutor.

–Oh… Yo… –dice Will, que debe hacer un verdadero esfuerzo para hallar las palabras.

«Acción.»

«Consecuencia.»

«Al final todo se equilibra.»

–Supongo que para ti no es más que un eco. Mira, vi cómo lo hacías. Vi cómo salías volando con ella.

Will recuerda lo que sucedió esa misma noche un poco más tarde. Cómo la mató en el campus. Cómo oyó correr a alguien cerca de ellos.

«El grito.»

«Fue él.»

Intenta recuperar la compostura.

«He matado a cientos de personas. Esto no es más que un grano de arena. Este hombre no cuidó como es debido a su mujer. Fracasó en su obligación de mantenerla a salvo. Me odia porque su propio sentimiento de culpa lo obliga a odiarme.»

Y si Will no hubiera aparecido en sus vidas, odiaría a su mujer. Ella habría obtenido su máster y le daría la paliza con Foucault y Leonard Cohen y poemas que él no había leído, y chasquearía la lengua en un gesto de desaprobación cuando él quisiera ver los partidos de fútbol.

He ahí la estúpida cuestión de todas esas relaciones entre exangües. Se basan en que la gente no cambie, en que siga en el mismo lugar que una década antes, cuando se conocieron. Sin lugar a dudas, la realidad nos dice que las conexiones entre la gente no son permanentes, sino fugaces y aleatorias, como un eclipse solar o unas nubes que se encuentran en el cielo. Existen en un universo que se encuentra en constante movimiento, lleno de objetos en constante movimiento. Y ese hombre no habría tardado en darse cuenta de que su mujer pensaba lo mismo que muchas de las personas a las que ha mordido. Pensaría: «Merezco algo mejor».

El hombre tiene un aspecto horrible. Extenuado, rendido y oprimido. Y Will puede deducir del aroma agrio de su sangre que no ha sido siempre así. En el pasado fue un hombre distinto, pero se ha echado a perder, se ha agriado.

—¿Jared? Te llamabas así, ¿no? Trabajabas en la policía —recuerda Will.

—Sí.

—Pero hasta esa noche… no lo sabías. No sabías de la existencia de gente como yo.

—No.

—¿Eres consciente de que podría haberte matado anoche? —pregunta Will.

Jared se encoge de hombros, como si no le importara demasiado perder la vida, antes de que Will pronuncie un monólogo que puede escuchar la mitad del pub.

—¿Un hacha? ¿Para decapitarme? —pregunta cuando la camarera pasa a su lado llevando sustanciosos almuerzos a la terraza del pub—. Según la tradición, te iría mejor algo con lo que atravesarme el corazón. Una estaca, o algo por el estilo. Aunque luego están los pedantes que insisten en la madera de espino, pero lo cierto es que sirve cualquier cosa que sea lo bastante larga y fuerte. Y, claro, tendrás que coger mucha carrerilla. La cuestión es que nunca va a suceder, ¿verdad? Los vampiros matan a vampiros. Pero la gente, no. No ocurrirá. —Pone cara seria—. Ahora, como no te apartes de mi vista, rebajaré mis niveles mínimos de exigencia y me daré un banquete con tu amarga y alcoholizada sangre.

Empieza a sonar el teléfono móvil de Jared, que no le hace caso. De hecho, apenas lo oye. Piensa en Eve. En el hecho de que permanecer allí sentado, manteniendo esa conversación, podría poner en peligro la vida de su hija. El miedo fluye por su cuerpo como un torrente y Jared se pone en pie mientras el corazón le late desbocado, tal y como le sucedió aquella noche de hace dos años. Se aleja caminando rígidamente y sale fuera, a la suave brisa de la tarde, y al principio no se da cuenta de que le está sonando el móvil otra vez.

Will deja que se vaya. Al cabo de un rato, se pone en pie y se acerca a curiosear la selección de canciones que ofrece el marrón y anodino jukebox pegado a la pared como una antigua máquina de tabaco. «Under My Thumb» de los Rolling Stones es lo mejor que ofrece, así que la selecciona y se sienta en el mismo lugar que ha ocupado hasta ahora.

La gente se extraña un poco, pero nadie dice nada.

Se queda allí mientras suena la música, pensando que ahora todo está claro.

«Y depende de mí, a juzgar por el modo en que ella hablaba con…»

Ya no le importa Manchester.

Ya no le importa Isobel ni el Black Narcissus, ni la Sociedad Sheridan ni ninguna de esas camarillas de adictos a la sangre.

Va a quedarse en Bishopthorpe, con Helen, y esperará a que tenga lugar un segundo eclipse solar.

ACERA

Jared tiembla ante la posibilidad de que lo haya echado todo a perder.

«Número privado.»

Responde.

—Jared, soy Alison Glenny.

Es una voz que no esperaba volver a oír. Recuerda la última vez que la oyó, en el despacho de la comisaria, mientras le lanzaba su última advertencia: «Entiendo su dolor, pero como siga así, si lo divulga a los cuatro vientos, pondrá cientos de vidas en peligro». Y se lo había dicho sin reconocer la ironía de que su mujer había muerto porque no se había hecho público. «No tendré otra opción, inspector, que despedirlo por problemas de salud mental y asegurarme de que lo internan en un hospital psiquiátrico.»

Dos meses en un hospital mental mientras su hija tenía que vivir con su quejumbrosa abuela, afectada por una enfermedad terminal. Y allí estaba él, medicado hasta las cejas con dosis industriales de ansiolíticos por unos doctores que recibían primas aprobadas por el gobierno para asegurarse de que no se olvidaban del «bien general» que estaban haciendo por la sociedad.

—¿De dónde ha sacado este número? —pregunta Jared cuando se da cuenta de que debe de haber alguna relación entre la llamada y el hecho de que Will se encuentre en Bishopthorpe.

—No ha cambiado de nombre. No ha sido muy difícil.

—No tengo nada que ocultar. No he hecho nada malo.

Alison suspira.

–Jared, no es necesario que te pongas a la defensiva. Te he llamado para darte buenas noticias. Quiero decirte algo. Sobre Will Radley.

Él se calla. ¿Qué puede decirle que no sepa ya?

Tras un largo silencio, se lo cuenta.

–Podemos detenerlo.

–¿Qué?

–Hemos aplicado presión en los lugares adecuados. La Sociedad Sheridan tiene tantas ganas de librarse de él como nosotros. Últimamente ha tenido un comportamiento bastante errático.

Esa palabra enfurece a Jared.

–¿Más errático que cuando mató a la esposa de un agente del Departamento de Investigación Criminal en un campus universitario?

–Simplemente creí que querrías saberlo. Vamos a hacer todo lo que esté en nuestras manos para atraparlo. Y ese es el motivo por el que te he llamado. ¿Está ahí? ¿Es ese el motivo por el que te has mudado a Bishopthorpe? –Hace una pausa al percatarse de que Jared se muestra reacio a darle ninguna información–. Mira, si nos dices que está ahí, haremos todo lo que podamos. Te lo prometo. Podrás seguir adelante con tu vida. Eso es lo que quieres, ¿no?

Jared sigue caminando deprisa. El pub ya queda lejos, su cartel no es más que un pequeño cuadrado marrón. Recuerda lo que acaba de decirle Will hace unos instantes. «La cuestión es que nunca va a suceder, ¿verdad?»

–Sí –logra responder Jared–, está aquí.

–Bien. De acuerdo. Una cosa más: ¿sabes algo de su relación con los otros Radley? ¿Hay algo que podría resultarnos útil? Lo que sea.

Jared piensa en lo que le ha dicho Will en el pub. «Es la esposa de mi hermano.»

–Sí. Hay algo.

Si la sangre es la respuesta, te estás haciendo la pregunta equivocada.

El manual del abstemio (2.ª ed.), p. 101

UNA CONVERSACIÓN SOBRE SANGUIJUELAS

Will recuerda la primera noche que Peter llevó a Helen a su piso de Clapham. Antes de que llegara ella había recibido instrucciones muy claras. Debía comportarse mejor que nunca y no revelar nada.

Nada de bromas sobre Drácula, ni miradas lascivas a su cuello, ni comentarios innecesarios sobre el ajo o la luz del sol. Peter le había dicho que Helen, una compañera de la facultad de medicina, era alguien por quien sentía algo muy serio y no tenía intención de rebajar la relación al nivel de otra sesión de «muerde y chupa». Aún no, al menos. Peter le había dicho que incluso estaba pensando en contarle la verdad, toda la verdad y nada más que la verdad, y que esperaba poder convencerla de que accediera a la conversión voluntaria.

—Bromeas —le dijo Will.

—No, no bromeo. Creo que estoy enamorado de ella.

—Pero ¿convertirla…? Eso es un gran paso, Petey.

—Lo sé, pero creo de verdad que es la mujer de mi vida.

—*Zut alors*. Vas en serio, ¿verdad?

—Sí.

Will emitió un largo y lento silbido.

—Bueno, es tu funeral.

Para Will, la conversión siempre había sido un concepto hipotético. Era algo que sabía que era físicamente posible, y también que sucedía bastante a menudo si había que hacer caso del constante crecimiento de la población vampira adulta; sin embargo, no entendía por qué iba a hacerlo alguien voluntariamente.

A fin de cuentas, la conversión tenía consecuencias importantes tanto para el conversor como para el converso. Tener que aceptar que el otro bebiera una cantidad tan grande de tu sangre, y de forma tan rápida, después de que tú hubieras probado su sangre, te debilitaba emocionalmente y despertaba en ti una sensación de afecto tan grande y seria por la otra persona como la que sentía el otro por ti.

—¿Por qué demonios iba a querer hacerme algo así? —replicaba Will siempre que le preguntaban por esa posibilidad.

Sin embargo, los asuntos de Peter eran los asuntos de Peter, y Will era demasiado libertino para poner obstáculos a sus deseos o para juzgarlo. No obstante, tenía curiosidad por ver quién le había robado el corazón a un Radley de pura sangre.

Recuerda exactamente lo que sintió al verla.

Absolutamente nada.

Al principio.

No era más que una exangüe atractiva en un mundo lleno de exangües atractivas. Aun así, a medida que fue pasando esa primera noche se dio cuenta de hasta qué punto era atractiva: sus ojos, el delicado perfil de su nariz, el estilo clínico con el que hablaba de la anatomía humana y de las diferentes técnicas quirúrgicas («Entonces, hay que seccionar la arteria pulmonar derecha…»).

Le encantaba el arte. Los martes por la noche asistía a clases de dibujo del natural y tenía gustos eclécticos. Le gustaban Matisse y Edward Hopper, y también algunas cosas del Renacimiento. Le gustaba Veronese y parecía no tener ni idea de que era uno de los vampiros venecianos más libertinos que había dejado manchas de sangre en una góndola.

Y también mantuvieron una conversación sobre sanguijuelas. Helen sabía mucho sobre sanguijuelas.

—Las sanguijuelas están muy infravaloradas —dijo Helen.

—Estoy de acuerdo.

—Una sanguijuela es algo increíble.

—Estoy convencido.

—Desde un punto de vista técnico, son anélidos. Como los gusanos de tierra. Pero son mucho más avanzadas. Las sanguijuelas tienen treinta y cuatro cerebros, pueden predecir las tormentas y se han utilizado en medicina desde los aztecas.

—Conoces muy bien a las sanguijuelas.

—Las he investigado en la carrera. Su posible uso para aliviar la osteoartritis. Aún es una teoría un poco controvertida.

—Hay otro remedio para los huesos, ¿sabes? —dijo Will antes de que Peter tosiera para meterlo en vereda.

Helen ganó las partidas de blackjack que jugaron esa noche, ya que sabía cuándo debía parar. Además, no sufría la distracción de su propio aroma, algo que sin duda afectaba a Will y a Peter. Tenía tantos sabores, su sangre poseía tal riqueza de matices que se podrían haber pasado horas allí sentados intentando encontrarlos todos.

La versión posterior que Helen dio de los hechos fue que Will solo la quería porque estaba con su hermano. Pero Will recuerda los desesperados esfuerzos que hizo para no fijarse en ella. Nunca quiso sentir nada por una mujer, salvo el sencillo y simple deseo de satisfacer su sed. «Para mí, las emociones no eran más que unos rápidos encabritados que te llevaban de cabeza hacia la cascada de la conversión —escribió en su diario—. Quería quedarme en las charcas tranquilas del placer fácil.»

Quería que Peter dejara a Helen para que ambos pudieran olvidarse de ella. Sin embargo, Peter y Helen estaban enamoradísimos. Eran muy felices, y Will no soportaba estar tan cerca de esa felicidad. No sin planear cómo destruirla.

—La amo —le dijo Peter a su hermano—. La convertiré y le diré quién soy.

—No. No lo hagas.

—¿Qué? Creía que decías que era mi funeral. Que podía hacer lo que quisiera.

—Te lo digo, aguanta un poco. Ya sabes, espera un par de años. Podrías vivir hasta los doscientos. Piensa en ello. Un par de años no es más que un uno por ciento de tu vida.

—Pero…

—Y si aún te gusta cuando haya pasado ese tiempo, entonces le cuentas quién eres y por qué te levantas cuando ella se va a dormir.

Y si aun así le gustas, cásate con ella y conviértela en la noche de bodas.

—No sé si podré aguantar tanto tiempo sin morderla.

—Si la amas, podrás esperar.

Cuando Will le hubo dicho todo esto, dudaba de que Peter fuera a tener tanta paciencia. Se aburriría de Helen y se subiría de nuevo al tren de la fiesta de Will; una noche tras otra de cópula sin sangre acabaría haciendo mella en él. Estaba convencido de que o bien se dejaría llevar y la mordería en pleno acto, o bien la abandonaría.

Pero no.

Tras dos años de citas en el cine y de paseos por el parque, Peter aún aguantaba sin problemas. Mientras tanto, en teoría Will daba clases en Londres, aunque en realidad casi nunca estaba allí. Siempre andaba recorriendo el mundo. Una noche le pidió a Peter que se reuniera con él en Praga para visitar el Nekropolis, uno de los clubes para vampiros que habían surgido alrededor de la plaza de San Wenceslao tras la Revolución de Terciopelo.

—¿Aún aguantas? —le preguntó por encima del estruendoso ritmo industrial de la música techno.

—Sí —respondió Peter—. Nunca había sido tan feliz. De verdad. Es divertida. Me hace reír. La otra noche, cuando llegué a casa…

—Bueno, no te precipites.

En las pocas ocasiones en las que Will vio a Helen durante ese período sintió una extraña sensación de aleteo en el estómago que intentó achacar a la privación de sangre o al hecho de que había salido antes de que oscureciera. Después de verla, siempre sentía la necesidad de partir a la caza de sangre fresca. A menudo iba a Manchester, donde el movimiento vampírico empezaba a florecer, y se daba un festín con cualquier cuello que se le antojara, tanto si se le ofrecía de forma voluntaria como si no.

Y entonces sucedió.

El 13 de marzo de 1992, Peter le confesó a su hermano que se lo había contado todo a Helen.

—¿Todo?

Peter asintió, y tomó un sorbo de sangre de la jarra.

—Sabe quién soy y lo acepta.

—¿Qué me estás diciendo?

—Bueno… vamos a casarnos. En junio. Hemos fijado una fecha en el registro. Quiere que la convierta en la luna de miel.

Will sintió, y reprimió, un fuerte deseo de clavarle un tenedor en el ojo a su hermano.

—Ah —dijo—. Me alegro mucho por ti.

—Sabía que sería así. Después de todo, he seguido tu consejo.

—Así es. Tienes razón, Pete. Has aguantado durante un tiempo y luego se lo has dicho.

Will estaba en caída libre.

Sonreía sin sentirlo, algo que nunca había hecho en su vida. En la cocina había rastros de ella —un libro de cocina sobre la encimera, un boceto de un desnudo enmarcado en la pared, una copa manchada de vino de la noche anterior—, y sentía que tenía que salir de allí. De camino a la calle rozó uno de sus abrigos, colgado en el vestíbulo.

Hasta el día siguiente, cuando ella fue a verlo, en un sueño iluminado y proyectado por Veronese, Will no se dio cuenta de la verdad. Ella estaba sentada allí, en una especie de banquete de bodas veneciano del siglo XVI, con un esclavo enano que le servía vino en la copa dorada que sostenía. Mientras que las demás mujeres majestuosamente atractivas iban ataviadas con sedas de color magenta y exquisitos vestidos de cuento de hadas, Helen estaba exactamente igual que la primera vez que la vio. Un jersey liso de cuello alto, sin maquillaje que llamara la atención, con un peinado natural al que solo había pasado el peine. Y, sin embargo, ninguna de las mujeres que aparecían en ese fresco en movimiento del sueño tenía punto de comparación con ella, ni interesaba lo más mínimo a Will.

Mientras él se acercaba flotando a la infinitamente ancha mesa del banquete reparó en el hombre que había al lado de Helen. Llevaba una corona de laurel en la cabeza e iba vestido como un príncipe del Renacimiento. Le susurraba unas palabras al oído a Helen que la hacían sonreír y que él no podía oír. Hasta que el hombre se puso en pie no se dio cuenta de que era Peter.

Hizo sonar su copa con un tenedor dorado. Todo el mundo, incluso los monos, se detuvieron para escucharlo.

—Gracias, gracias, lores, duques, pigmeos, enanos, malabaristas con un solo brazo, primates inferiores, damas y caballeros. Me alegro mucho de que puedan estar aquí en este día tan especial para nosotros. Ahora que Helen es mi esposa, mi vida está completa… —Helen observaba la carne de flamenco de su plato y sonreía en un gesto de modesta cortesía—. Y lo único que puedo hacer ahora es consumar nuestro vínculo especial.

Y Will vio, horrorizado, cómo Peter le bajaba el cuello del jersey y la mordía. Su horror se intensificó al comprobar que Helen soltaba un grito ahogado de placer.

A Will nunca le habían gustado las bodas, pero ninguna le afectó tanto como aquella. Mientras observaba cómo Peter derramaba la copa de vino de Helen por su cuello, Will se dio cuenta de que no era vino, sino la sangre de Peter. Se precipitó hacia ellos, gritando «No», pero cien monos se le echaron encima y lo ahogaron hasta que un velo oscuro lo cubrió todo. Cuando se despertó, empapado en un sudor frío, se dio cuenta de que había sucedido lo imposible.

Will era presa de algo que, por muy horrible que le resultara, se parecía mucho al amor.

Dos semanas antes de que tuviera lugar la boda real, Will se encontraba de nuevo en Londres, durmiendo en una furgoneta que le había robado a un rastafari blanco de Camden. Una noche fue al piso de su hermano, sabiendo que él no estaba, y no pudo contenerse.

—Helen, te amo.

Ella apartó los ojos de las noticias —más combates en Yugoslavia— y lo miró, reclinada en su mecedora de segunda mano.

—¿Cómo dices?

Will la miró a los ojos, sin sonreír, y se concentró intensamente en su sangre.

—Sé que no debería decir esto, porque Peter es mi hermano, pero te adoro.

—Venga, Will, no seas ridículo.

—Ridiculízame tanto como quieras, pero hablo muy en serio. No puedo mirarte, no puedo oír tu voz ni oler tu aroma sin que me entren ganas de tomarte en brazos para salir volando e irnos muy lejos de aquí.

—Will, por favor —dijo ella. Estaba claro que él no la atraía en ese sentido—. Peter es tu hermano.

Will no asintió ni negó con la cabeza. Se quedó tan quieto como pudo y se esforzó para que sus miradas permanecieran entrelazadas. Fuera, el vaivén de la sirena de policía recorría Clapham High Street.

—Tienes razón, Helen. La mayoría de las verdades profundas son inoportunas. Pero, para ser brutalmente honesto, ¿qué puto sentido tiene todo sin la verdad? ¿Me lo puedes decir, por favor?

—Peter llegará en cualquier momento. Tienes que dejar de hablar así.

—Lo haría, Helen. Por supuesto que lo haría. Si no supiera que tú sientes exactamente lo mismo.

Helen se tapó los ojos para dejar de mirarlo.

—Will...

—Sabes que quieres que te convierta, Helen.

—¿Cómo podrías hacerle algo así? A tu hermano.

—Me resulta bastante fácil.

Ella se puso en pie y salió de la sala. Él la siguió por el pasillo, viendo cómo la hilera de abrigos les daban la espalda. La hemopersuadió con todas sus fuerzas.

—Sabes que no quieres que sea Peter. Lo sabes. Venga, no seas débil, Helen. Solo se vive una vez. Más vale que lo aproveches para probar lo que quieres probar. Si esperas dos semanas más todo habrá acabado, serás suya y no tendremos una oportunidad. Habrás aniquilado cualquier oportunidad. Y te odiaré casi tanto como tú te odiarás a ti misma.

Helen estaba confundida. No sabía que no le estaba hablando a ella, sino a su sangre.

—Pero quiero a Peter...

—Mañana le toca turno de noche. Podríamos ir volando a París. Podríamos pasárnoslo como nunca. Tú y yo, sobrevolando la torre Eiffel.

—Will, por favor…

Helen estaba en la puerta. A Will solo le quedaba una oportunidad más. Cerró los ojos, y el aroma de la sangre de Helen le transmitió todo un universo de sensaciones. Pensó en aquel viejo sabio francés adicto a la sangre, Jean Genet, y lo citó:

—«Nadie que no haya sentido el éxtasis de la traición sabe nada sobre el éxtasis».

Y entonces le contó cien cosas destinadas a aniquilar su verdadero yo.

Will le tendió la mano. Y en un aciago momento de debilidad, ella la tomó.

—Venga —dijo él, sintiendo la dicha inconmensurable que siempre se apoderaba de él cuando ponía fin a la felicidad de otra persona—. Vámonos de aquí.

UNA PROPUESTA

Casi dos décadas después de esa conversación con Will, Helen acompaña a una mujer policía a su sala de estar; siente un hormigueo en la cabeza y el cuello a causa de los nervios.

—¿Le apetece un café, Alison? —pregunta—. Me ha dicho que se llamaba Alison, ¿verdad?

—Sí. Pero no, no quiero café —responde Alison con tono frío y oficial, y Helen se pregunta si ha ido a verlos por algún motivo más, aparte de hacerles unas cuantas preguntas rutinarias.

—En estos momentos Clara está en el instituto —dice Helen.

—No he venido para hablar con su hija.

—Creía que me había dicho que venía por ella.

Alison asiente.

—Quiero hablar sobre ella, no con ella, señora Radley.

Unas horas antes, Helen había regresado a casa para ver las noticias, pero no habían dicho nada sobre el descubrimiento del cadáver del chico, lo que la hizo sentirse aliviada. Tal vez sus amigas del grupo de lectura lo habían entendido mal. Sin embargo, todo el alivio desaparece al oír la siguiente frase de Alison.

—Se ha encontrado el cuerpo de Stuart Harper —dice—. Sabemos que su hija lo mató.

Helen abre y cierra la boca pero sin pronunciar ni una palabra. Tiene la garganta seca y, de repente, las palmas de las manos empapadas en sudor.

—¿Qué? ¿Clara? ¿Que ha matado a alguien? No sea… Eso es…

—¿Increíble?

—Pues sí.

—Señora Radley, sabemos qué hizo y cómo lo hizo. Todas las pruebas están ahí, en el cuerpo del chico.

Helen intenta consolarse con la idea de que Alison se está marcando un farol. Después de todo, ¿qué pruebas puede haber? A Clara no le han tomado una muestra de ADN. «Sabemos qué hizo y cómo lo hizo.» No, no lo dice en serio. Alison no parece una mujer dispuesta a creer en vampiros, y Clara, una colegiala de quince años, no parece alguien capaz de matar a un chico a dentelladas.

—Lo siento —dice Helen—, pero creo que está muy equivocada.

Alison enarca las cejas, como si hubiera esperado esa reacción de Helen.

—No, señora Radley. Puede estar segura de que todos los caminos conducen a su hija. Está metida en un buen lío.

Incapaz de pensar claramente, acuciada por todas las señales de pánico que le inundan el cerebro, Helen se pone en pie para hacer lo mismo que hizo ayer.

—Lo siento —dice—. Solo tardaré un instante. Tengo que hacer una cosa.

Antes de que haya salido de la sala de estar, oye la pregunta de Alison.

—¿Adónde va?

Helen se detiene y mira su tenue sombra en la moqueta.

—Oigo la lavadora. Está sonando un pitido.

—No es verdad, señora Radley. Y ahora, por favor, le aseguro que le conviene volver aquí y sentarse. Quiero hacerle una propuesta.

Helen sigue andando y desafía a la comisaria. Necesita a Will. Él podrá persuadirla gracias al poder de la sangre y solucionarlo todo.

—¿Señora Radley? Vuelva, por favor.

Sin embargo, ya ha salido de la casa en dirección a la furgoneta. Por segunda vez en la semana está agradecida de que Will esté ahí, de que la amenaza que representa para ella sea menor que las amenazas que puede detener. Las amenazas que acechan a su hija, a su familia, a todo.

Llama a la puerta de la furgoneta.

—¿Will?

No hay respuesta.

Oye las pisadas en la grava. Alison Glenny se dirige a ella, con actitud pasiva y sin entornar los ojos a pesar del sol que hace. A buen seguro podría mirar directamente al sol sin pestañear.

—¿Will? Por favor. Te necesito. Por favor.

Llama de nuevo. Un toc-toc-toc que es recibido con silencio. Piensa en abrir la puerta porque sabe que Will nunca se molesta en cerrarla, pero no tiene la oportunidad.

—Vaya, señora Radley, tiene la lavadora en un sitio bastante curioso.

Helen logra esbozar una sonrisa.

—No, es que… mi cuñado es abogado. Podría proporcionarme asesoramiento legal. —Mira la furgoneta y se da cuenta de que nunca ha visto un vehículo más inverosímil para un miembro de la abogacía—. O sea, ha estudiado derecho. Es que… ha viajado mucho últimamente.

Helen observa que Alison está a punto de sonreír.

—Abogado. Interesante.

—Sí. Me sentiría más cómoda si él estuviera presente durante nuestra conversación.

—Seguro que sí. Pero está en el pub.

Helen se queda perpleja.

—¿El pub? ¿Cómo…?

—Conozco a su cuñado —dice Alison—, y, por lo que sé, no es abogado.

—Escuche… —dice Helen, mirando hacia Orchard Lane. Las sombras de los troncos de los árboles rayan el asfalto como un paso de cebra infinito—. Mire… Mire…

—Y también conocemos su capacidad de hemopersuasión, señora Radley.

—¿Qué? —Helen se siente mareada.

Alison se acerca a ella y baja la voz, de tono y volumen.

—Sé que intenta ser una buena persona, señora Radley. Sé que no ha cruzado la línea desde hace mucho tiempo. Le importa su familia, y la entiendo. Pero su hija ha matado a alguien.

El miedo de Helen se transforma en ira. Por un instante, se olvida de dónde está y con quién habla.

—No fue culpa suya. No lo fue. El chico intentó forzarla. La atacó y ella ni tan siquiera sabía lo que hacía.

—Lo siento, Helen, pero estoy segura de que sabe lo que les sucedía a los vampiros antes.

De nuevo, Helen se imagina a su hija con la flecha de una ballesta clavada en el corazón.

Alison prosigue.

—Sin embargo, las cosas han evolucionado un poco desde los ochenta y los noventa. Adoptamos una postura más inteligente. Si quiere salvarle la vida a su hija, puede hacerlo. Dirijo la Unidad de Depredadores No Identificados. Y esto significa que debo encontrar soluciones en la comunidad mediante la negociación.

La comunidad. Helen comprende que, para Alison, ella es una chupasangre más.

—¿Un trato?

—No quiero quitarle importancia a lo que su hija le hizo a ese chico, pero, para ser del todo honesta con usted, señora Radley, mi trabajo depende mucho de las estadísticas. Los vampiros que matan a una persona en toda su vida no son tan importantes como los que matan a dos a la semana. Sé que a un vampiro esto le parecerá una actitud muy prosaica y poco poética, pero se trata de una situación compleja desde el punto de vista ético, y convertirla en simples números lo facilita todo. Y usted podría ayudar a convertir a esa víctima de su hijo, una, en cero. A ojos de la policía, quiero decir.

Helen nota que le está echando un cable, pero se pregunta qué tiene en mente Alison.

—Mire, lo único que me importa es Clara. Haré lo que sea para protegerla. Para mí, mi familia lo es todo.

Alison la observa unos instantes mientras reflexiona sobre algo.

–Bueno, en términos de números, hay un vampiro que nos gustaría eliminar de las calles de Manchester. Bueno, de las calles de cualquier población, para serle sincera. Es un monstruo. Es un asesino en serie cuyo número de víctimas asciende a varios cientos, si no miles.

Helen empieza a ver adónde quiere ir a parar.

–¿Qué quiere que haga?

–Bueno, si quiere asegurarse de que Stuart Harper siga siendo una persona desaparecida más, solo tiene una opción.

–¿Cuál?

–Tiene que matar a Will Radley. –Helen cierra los ojos y, en la oscuridad teñida de rojo, oye el resto de la propuesta que le susurra Alison–. Su hija estará a salvo mientras siga siendo una abstemia. Pero necesitaremos la confirmación física irrefutable de que su cuñado está muerto.

Helen intenta pensar con claridad.

–¿Por qué yo? ¿Por qué no puede hacerlo otro? ¿No me puede ayudar Peter?

Alison niega con la cabeza.

–No. Y no puede involucrarlo. No queremos que le cuente nada de esto a nadie. Insisto, es una cuestión de números, señora Radley. Uno es más seguro que dos. Si se lo dice a su marido, habrá graves consecuencias. No podemos tolerar que un hermano mate a su hermano.

–No lo entiende. Es…

Alison asiente con la cabeza.

–Ah, y una cosa más: sabemos lo de su relación con Will Radley.

–¿Qué?

Alison asiente.

–Sabemos que tuvo «algo» con él. Y su marido también lo sabrá si no acepta esta propuesta.

Helen se siente avergonzada.

–No.

–Ese es el trato, señora Radley. Y estará sometida a la vigilancia constante de nuestra gente. Le puedo asegurar que cualquier intento de romper las reglas o de encontrar una forma de salir de esto está condenado al fracaso.

—¿Cuándo? ¿Cuándo debería…?

Helen oye cómo toma aire lentamente.

—Tiene hasta medianoche.

Medianoche.

—¿De hoy?

Cuando Helen abre los ojos, la comisaria Alison Glenny se aleja entre las sombras en dirección a Orchard Lane. Helen la ve entrar en el coche, donde hay un hombre con sobrepeso en el asiento del acompañante.

La brisa trae consigo advertencias intraducibles. Helen mira la furgoneta donde su vida cambió hace tantos años. Es como mirar una tumba, aunque no está muy segura de a qué o a quién llora.

LA REPRESIÓN EN LAS VENAS

Cuando Eve le cuenta, en el autobús de vuelta a casa, que ha decidido ir a la cita con Rowan, Clara no sabe qué decir. Y obviamente su amiga se siente confusa por el extraño silencio, ya que Clara no ha dejado de hablar bien de su hermano desde que la conoce.

—Venga, Raddles, creía que querías que le diera una oportunidad —dice Eve, mirándola fijamente.

«¿Una oportunidad? Una oportunidad ¿para qué?»

—Sí —dice Clara, contemplando los campos verdes que pasan fugazmente por la ventana—. Lo quería. Es que…

—¿Qué?

Clara capta el aroma dulce como la miel de su sangre. Puede resistirse, y quizá Rowan también pueda.

—Nada. Olvídalo.

—Vale —dice Eve, acostumbrada al comportamiento cada vez más extraño de su amiga—. Olvidado.

Más tarde, después de bajar del autobús, de camino a casa, Clara le dice a su hermano que cree que es un error.

—No pasará nada. Le pediré un poco más de sangre a Will antes de salir. Me la llevaré conmigo. En la bolsa. Si siento un anhelo, tomaré un sorbo. No pasará nada. Confía en mí.

Vive en un mundo de fantasía.

«HERE COMES THE SUN.»

Unos maniquíes sin rasgos con pelucas estilo disco.

El Hungry Gannet. Un surtido de carnes dispuestas en el mostrador refrigerado.

A Clara le ruge el estómago.

—¿Ya te has acabado la botella que te dio? —le pregunta a su hermano.

—No estaba entera. Además, ¿qué me quieres decir?

—Que Will se va hoy. Se va. Para siempre. Y que se va a llevar las botellas de sangre con él. De modo que seguiremos teniendo estos anhelos, pero sin sangre. ¿Qué haremos?

—Nos controlaremos, como hemos hecho siempre.

—Pero ahora es distinto. Sabemos lo que es. No podemos dar marcha atrás. Es como intentar desinventar el fuego o algo así.

Rowan medita sobre las palabras de su hermana, mientras pasan por delante de la consulta de su padre.

—Podríamos consumir solo sangre de vampiro. Tiene que haber algún modo de conseguirla. Y, desde el punto de vista ético, debe de ser mejor que comer cerdo. Ya sabes, no muere nadie.

—Pero ¿y si no basta? Y si anhelamos a alguien y… O sea, ¿y si esta noche estás con Eve y…?

Clara está haciendo enfadar a Rowan.

—Yo controlo. Mira, por el amor de Dios. Mira a todo el mundo. Todo el mundo lo reprime todo. ¿Crees que alguno de estos seres humanos «normales» hace siempre lo que quiere hacer? Claro que no. Es lo mismo. Somos de clase media y somos británicos. Llevamos la represión en las venas.

—Bueno, no sé si va a resultar tan fácil —dice Clara, pensando en lo que le sucedió el otro día en Topshop.

Caminan en silencio durante un rato. Doblan por Orchard Lane. Se agachan al pasar bajo las flores de un laburno y Clara se da cuenta de que su hermano quiere decir algo más. Baja la voz a un volumen que no puede filtrarse por las paredes de las casas que hay a su alrededor.

—Lo que sucedió con Harper… no fue una situación normal. No puedes arrepentirte. Cualquier chica con colmillos habría hecho lo mismo.

—Pero me he sentido totalmente dominada por ello durante todo el fin de semana —dice Clara.

—Mira, pasaste de no tener nada a emborracharte de sangre. Tiene que haber un punto intermedio. Y ahora te sientes así porque se te están empezando a pasar los efectos... Además, era la sangre de Harper. Deberíamos buscar a gente más agradable. A trabajadores de beneficencia. Como ella.

Señala con la cabeza a una mujer, a la puerta del número 9, que recoge donativos para Save the Children. A Clara no le parece gracioso. Hace veinticuatro horas, Rowan no habría dicho algo así. Pero, claro, hace veinticuatro horas ella tampoco se habría ofendido.

—Es una broma —dice Rowan.

—Deberías mejorar tu sentido del humor —le dice Clara.

Pero mientras pronuncia esas palabras recuerda cómo Harper le tapó la boca con la mano y el miedo que sintió en ese momento, antes de que todo cambiara y el poder inclinara la balanza a su favor.

«No, Rowan tiene razón.» No puede arrepentirse, por mucho que lo intente.

ENTONCES ESBOZA UNA SONRISA PÍCARA

Peter regresa caminando a casa, optimista y feliz, flotando a causa de los efectos secundarios de la sangre de Lorna.

De hecho, se siente tan feliz que tararea una melodía, aunque al principio no es consciente. Entonces se da cuenta de que es la primera y única canción de los Hemato Critters. Recuerda el solitario concierto que dieron, en un club juvenil de Crawley. Lograron ampliar el repertorio a tres canciones, añadiendo un par de versiones: «Anarchy in the UK» y «Paint It Black», a la que le cambiaron el título por «Paint It Red» para adaptarla a la velada. Fue la noche en que conocieron a Chantal Feuillade, moviéndose al estilo pogo en la primera fila de la multitud formada por doce personas, con su camiseta de Joy Division y su piel fresca.

«Buenos tiempos —no puede evitar pensar—. Sí, fueron buenos tiempos.»

Por aquel entonces él era un poco egoísta, claro, pero tal vez se necesite un poco de egoísmo para que el mundo sea como es. En una ocasión había leído un libro de un científico exangüe que postulaba la teoría de que el egoísmo es un rasgo biológico esencial de todas las criaturas vivas, y que todo acto en apariencia filantrópico tiene unas raíces egoístas.

La belleza es egoísta. El amor es egoísta. La sangre es egoísta.

En eso piensa al pasar bajo las flores amarillas del laburno sin agacharse, como hace de forma habitual. Entonces ve a Lorna, egoísta y vivaz, sacando a pasear a su molesto y egoísta perro.

—¡Lorna! —exclama él con júbilo.

Ella se detiene, confusa.

—Hola.

—Lorna, he estado pensando… —dice con una seguridad que roza lo maníaco, superior a lo que esperaba—. Me gusta el jazz. De hecho, me gusta mucho. Ya sabes, Miles Davis. Charlie the Birdman. Ese tipo de cosas. Es que… ¡uau! Es algo absolutamente libre, ¿no? No se ciñe a una melodía por el mero hecho de hacerlo. Es algo que simplemente surge, se improvisa, hace lo que quiere… ¿verdad?

El perro gruñe.

«¿Charlie the Birdman?»

—Supongo —dice Lorna.

Peter asiente y, para su sorpresa, hace como si estuviera tocando el piano.

—¡Exacto! ¡Sí! Así que… si aún te apetece ir al Fox and Crown a oír jazz, me gustaría ir contigo. ¡Me encantaría!

Lorna duda.

—Bueno, no sé —dice—. Ahora las cosas… han mejorado.

—Vale.

—Entre Mark y yo.

—Sí.

—Y Toby está pasando una mala época.

—¿Ah, sí?

—Creo que está preocupado por su amigo.

—Ah —dice Peter, decepcionado.

Entonces a Lorna le cambia la cara. Está pensando en algo. Y entonces esboza una sonrisa pícara.

—No, vale. Solo se vive una vez. Vayamos.

Y en cuanto pronuncia estas palabras, la felicidad de Peter empieza a menguar, y siente el verdadero y culpable pánico de la tentación.

LA CAJA DE ZAPATOS

Rowan está listo para salir.

Se ha duchado, se ha quitado la ropa del instituto y ha puesto su poema dedicado a Eve en la bolsa. Lo único que le falta es una botella de sangre fresca. Así pues, coge la bolsa, se mete la cartera en el bolsillo, comprueba su peinado en el espejo y se dirige al rellano. Oye a alguien en la ducha de arriba, algo extraño teniendo en cuenta lo pronto que es. Al pasar por delante de la pared del baño oye la voz de su padre, por encima del sonido del agua. Está cantando, con su voz bochornosamente inadecuada, una canción que Rowan no reconoce. «Estás muy guapa con tu vestido escarlata...» Es lo único que logra oír antes de que aparezca Clara.

–¿Adónde vas? –le pregunta a su hermano.

–Al cine.

–Es un poco pronto, ¿no?

Rowan baja la voz para asegurarse de que su padre, que ahora entona un estribillo espantoso con unos gemidos insoportables, no pueda oírlo.

–Antes quiero conseguir un poco de sangre. Ya sabes, de reserva.

Clara asiente. Rowan creía que se iba a enfadar con él, pero no es así.

–Vale –dice ella–. Bueno, ve con cuidado...

Rowan se dirige al piso inferior. Sabe que su madre está en la cocina, pero no se para a pensar qué hace ahí inmóvil, mirando el cajón de los cuchillos.

Tiene otras cosas en mente.

Rowan llama a la furgoneta de Will, pero no responde. Como sabe que no está, intenta abrir la puerta. Sube a la furgoneta y empieza a buscar una botella de sangre de vampiro, pero no encuentra ninguna. Solo hay una, pero está vacía. Levanta el colchón de Will. No hay nada salvo unos cuantos diarios encuadernados en cuero que no saciarán su sed. Ve un saco de dormir enrollado con una botella sin abrir en el interior y lo coge, pero al tirar del saco destapa sin querer una caja de zapatos que, al caer, muestra un número de teléfono. El suyo.

Dentro de la caja hay un fajo de fotos sujeto con una cinta elástica. La primera foto es una bastante antigua de un bebé, que duerme plácidamente sobre una manta de piel de borrego.

Conoce al bebé.

Es él.

Quita la cinta elástica y echa un vistazo a las imágenes. Ante sus ojos pasan sus primeros años de vida. De cuando tenía uno, dos años, y luego llegan las fotos del parvulario.

¿Por qué? Las fotografías se acaban cuando debía de tener cinco o seis años.

Era el día de su cumpleaños.

Muestra un sarpullido que le cubre todo el rostro. Su madre le dijo que fue el sarampión. De pronto, quiere saber qué hacen esas fotos ahí. Tal vez las cartas aporten alguna pista. Empieza a leer la primera del fajo y se da cuenta de que es la letra de su madre.

17 de septiembre de 1998

Querido Will:

No tengo ni idea de cómo empezar, salvo diciéndote que esta va a ser mi última carta.

No sé si mi decisión te disgustará, o si echarás de menos las fotos de Rowan, pero creo, de verdad, que ahora que va a empezar a ir a la escuela ha llegado el momento de que sigamos con nuestras vidas por su bien, por no hablar del nuestro.

Lo que sucede es que casi vuelvo a sentirme normal. Una «exangüe», tal y como acostumbrábamos a decir con cinismo. Algunas mañanas, mientras cuido de los niños —los visto, le cambio el pañal a Clara, le pongo gel en una encía dolorida, o le doy a Rowan otra dosis de su medicina–, casi puedo olvidarme de mí misma, y olvidarte a ti por completo.

Lo cierto es que esto no debería ser muy duro para ti. Tú nunca me quisiste, si el hecho de tenerme implicaba que tuvieras que vivir como un marido fiel y renunciar a la emoción de la sangre nueva. Y aún recuerdo la mirada de tu rostro cuando te dije que estaba embarazada. Te horrorizaste. Había asustado a alguien a quien creía que era imposible asustar. De modo que, cosas del destino, tal vez te esté haciendo un favor.

Odias la responsabilidad en la misma medida en que yo la necesito. Y a partir de ahora ni tan siquiera tendrás la responsabilidad de leer estas cartas, o de mirar las fotos que te envío. Tal vez ni las hayas recibido. Tal vez hayas cambiado de trabajo otra vez y esas cartas estén esperando en un buzón vacío de la universidad.

Espero que un día puedas dejar de hacer lo que haces y sentar la cabeza. Sería bonito pensar que el padre de mi hijo acabará encontrando una especie de centro moral en su interior.

Probablemente sea un deseo estúpido. Cada día Rowan se parece más a ti, y me asusta. Sin embargo, su carácter es distinto. «De tal palo, tal astilla.» Como su madre, sé que es tarea mía que la astilla no se parezca al palo.

Así que, adiós, Will. Y asegúrate de no perder el respeto que siento por ti intentando venir a verme, a mí o a él. Hicimos una promesa y debemos cumplirla por el bien de todo el mundo.

Esto es como cortarse un brazo, pero hay que hacerlo.

Cuídate. Te echaré de menos.

Helen

Es demasiado para asimilarlo tan de golpe. Rowan solo sabe que quiere olvidar lo que acaba de descubrir, hacer que desaparezca, así que la carta se desliza entre sus dedos, sin importarle dónde caiga, saca la botella de sangre del saco de dormir y se la guarda en su mochila. Sale tambaleándose de la furgoneta y enfila Orchard Lane.

Alguien camina hacia él. Al principio no le ve la cara, ya que queda oculta por las hojas del lánguido laburno que sobresalen del jardín delantero del número 3. Por un instante solo ve la gabardina, los vaqueros y las botas. Rowan ya sabe quién es, pero entonces ve la cara, la cara de su padre, y el corazón no le late, sino que nota una sacudida, como si alguien en su interior intentara limpiar el polvo de una alfombra.

—Bueno, Lord B —dice Will con una sonrisa sesgada—. ¿Cómo demonios estás?

Rowan no responde.

—¿De verdad? ¿Tan bien? —insiste Will, pero Rowan no se da la vuelta.

Rowan no podría hablar aunque quisiera. Encierra el odio en su interior, como una moneda en la mano, y se dirige hacia la parada del autobús.

Hacia Eve, y la esperanza de poder olvidar.

ALIÑO DE AJO

Eve piensa decirle a su padre que esta noche va a salir.

¿Qué puede hacer él? ¿Arrastrarla a su dormitorio y tapiar la puerta con tablones de madera?

No, Eve va a hacer como si su antiguo padre prepsicótico hubiera regresado y se va a comportar como si fuera un ser humano de diecisiete años que vive en una sociedad libre. Le va a dar la noticia en la cocina, donde lo encuentra llevándose cucharadas de algo a la boca. Hasta que no se acerca un poco más y lee la etiqueta del frasco, no se da percata de que es aliño de ajo y de que ya se ha zampado tres cuartas partes. Tal vez debería volver al hospital.

—Papá, eso es asqueroso.

Le da una arcada, pero toma otra cucharada.

—Voy a salir —dice él, antes de que Eve pueda decir lo mismo.

—¿Adónde vas? Quiero decir que, si tienes una cita, te recomendaría un elixir bucal.

Jared ni siquiera se da cuenta de que es una broma.

—Eve, tengo que contarte una cosa.

No le gusta el tono que ha adoptado su padre, y se pregunta qué estará a punto de confesarle.

—¿Qué?

El hombre respira hondo.

—Tu madre no desapareció.

Al principio no asimila las palabras, de lo acostumbrada que está a no hacer caso de las divagaciones de su padre. Sin embargo, al cabo de un segundo cae en la cuenta de lo que ha dicho.

—Papá, ¿de qué hablas?

—No desapareció, Eve. —Le coge las manos—. Está muerta.

Eve cierra los ojos para no ver a su padre. El olor a ajo es abrumador. Al final, aparta las manos porque no es la primera vez que oye eso.

—Papá, por favor.

—Tengo que contarte la verdad, Eve. Vi a tu madre. Estaba allí.

A su pesar, ella sigue la conversación.

—¿Que la viste?

Su padre deja la cuchara y continúa hablando con la voz de un adulto racional.

—Mira, lo que intenté decirte en el hospital… no fue un desvarío. A tu madre la asesinaron en el campus de la universidad. En el jardín que hay frente al departamento de inglés. Fue asesinada. Lo vi todo. Me puse a correr y a chillar, pero no había nadie. Había ido a buscarla. Se había quedado trabajando hasta tarde en la biblioteca. Bueno, eso es lo que me dijo, de modo que fui a la biblioteca a recogerla, pero no estaba, así que la busqué por todas partes hasta que los vi, al otro lado del estanque. Y lo crucé y vi cómo él la mordía y se la llevaba…

—¿Que la mordió?

—No era un hombre normal, Eve. Era distinto.

Eve niega con la cabeza. La misma pesadilla de nuevo.

—Papá, esto no es justo. Por favor. No deberías tomar esas pastillas.

Ya le había contado la historia del vampiro antes, pero fue cuando estaba en el hospital. Después solo lo había vuelto a mencionar cuando estaba muy borracho. Y luego siempre se ponía en ridículo negándolo todo, ya que creía que así la protegía.

—Fue asesinada por su tutor —dice su padre—. Y su tutor era un monstruo. Un vampiro. La mordió, bebió su sangre y huyó volando con ella. Y ahora él está aquí, Eve. Ha venido aquí. A Bishopthorpe. Y tal vez ya esté muerto, pero tengo que asegurarme.

Hace tan solo unos segundos, por un momento, ha estado a punto de creerlo. Sin embargo, ahora se siente muy dolida por el hecho de que su padre esté intentando hacerle perder la cabeza de ese modo.

Su padre le pone una mano en el brazo.

—Debes quedarte aquí hasta que vuelva. ¿Me entiendes? Quédate en casa.

Eve lo mira fijamente, y la furia de sus ojos parece surtir efecto porque su padre le dice:

—La policía. Va a por él. He hablado con la mujer que me despidió por decir la verdad. Alison Glenny. Está aquí. Se lo he contado todo. Mira, hoy lo he visto en el pub. Al hombre que…

—¿En el pub? ¿Has ido hoy al pub? Creía que estábamos arruinados, papá.

Eve no siente el menor atisbo de hipocresía al decir esto. Después de todo, Rowan ha insistido en invitarla al cine.

—No tengo tiempo para esto. —Se toma una última cucharada de ajo y se pone el abrigo. Tiene mirada de maníaco—. Recuérdalo, quédate en casa. Por favor, Eve. Debes quedarte en casa.

Jared sale por la puerta antes de que su hija pueda reaccionar. Eve va a la sala de estar y se sienta. En la televisión, un anuncio de L'Oréal muestra el rostro de una mujer a distintas edades. Veinticinco. Treinta y cinco. Cuarenta y cinco. Cincuenta y cinco.

Eve mira la foto que hay sobre el televisor. Aparece su madre, con treinta y nueve años, en las últimas vacaciones familiares. En Mallorca. Hace tres años. Desea que su madre estuviera allí, envejeciendo como debería, y no bien conservada para siempre en las fotografías.

—¿Puedo salir esta noche, mamá? —susurra, imaginando la conversación.

«¿Adónde vas?»

—Al cine. Con un chico del instituto. Me lo ha pedido.

«Eve, es lunes.»

—Lo sé, pero es que me gusta mucho. Y volveré a las diez. Iremos en autobús.

«¿Y cómo es?»

—No es como los demás chicos con los que he salido. Es bueno. Escribe poesía. Te gustaría.

«Bueno, está bien, cielo. Espero que lo pases bien.»

—Lo haré, mamá.

«Y si hay algún problema, llama.»

—Sí, te lo prometo.

«Adiós, cariño.»

—Te quiero.

«Yo también te quiero.»

SALSA DE CURRY

El olor de la salsa de curry abruma a Alison Glenny, que está sentada junto a Geoff y lo observa mientras este come patatas que chorrean ese mejunje.

—Tienen una buena tienda aquí —le dice el subcomisario.

Y entonces le ofrece la bandeja de poliestireno y las grasientas y blandas patatas bañadas en glutamato monosódico.

—No, gracias, ya he comido.

Geoff mira con leve desprecio la bolsita de papel que hay en el salpicadero, y que había contenido la quiche sin gluten que Alison había comprado en la tienda gourmet de la calle principal una hora antes.

—Bueno, vamos a quedarnos aquí vigilando a los vampiros —dice Geoff—. ¿Es esa la idea?

—Sí —responde la comisaria—. Aquí sentados.

Geoff mira con frustración la furgoneta aparcada frente al número 17.

—Sigo creyendo que esto es un montaje.

—Bueno, no lo obligo a quedarse aquí. Aunque si se va y le cuenta esto a alguien, le he dejado muy claro lo que le sucederá.

Geoff ensarta con el tenedor de plástico una de las últimas patatas.

—Para ser sincero, no he visto nada que pueda contar, ¿verdad, cielo? —Se lleva la patata a la boca, que se parte en dos antes de alcanzar su objetivo, y tiene que recogerla de su regazo—. Y si no está en la furgoneta, ¿por qué no la registramos para buscar pruebas?

—Lo haremos.

—¿Cuándo?

Alison lanza un suspiro, harta de la interminable retahíla de preguntas.

—Cuando sea eliminado.

—¡Eliminado! —Geoff sacude la cabeza y suelta una risa—. ¡Eliminado!

Al cabo de unos minutos, Alison observa a Geoff, que saca el teléfono y le envía un mensaje a su mujer. «Volveré tarde —lee Alison para comprobar que no revele ningún secreto—. Agobiado d ppleo. G. XX.»

A Alison la sorprenden los dos besos. No le pega. Piensa en Chris, el hombre con el que estuvo a punto de casarse hace diez años pero que se echó atrás debido a lo tarde que volvía siempre ella a casa, a que tenía que trabajar muchos fines de semana y a su incapacidad para contarle nada de lo que hacía en el trabajo.

Chris era un chico agradable. Un macho beta de hablar suave, que era profesor de historia en Middlesbrough, a quien le gustaba el senderismo y que la hacía reír de forma habitual, lo que la indujo a pensar que existía química entre ellos. A fin de cuentas, nunca había sido tarea fácil hacerla reír.

Sin embargo, entre ellos no había habido amor. El amor loco y vertiginoso del que se hablaba en los poemas y canciones pop era algo que nunca había entendido, ni tan siquiera de adolescente. Sin embargo, la compañía era algo que anhelaba a menudo, alguien que estuviera ahí y convirtiera su gran casa en un lugar más acogedor.

Se centra de nuevo en su misión cuando ve que llega el equipo de refuerzo con su pequeño camión, que parece la furgoneta de reparto de una floristería online.

«Ya era hora», piensa, tranquilizada porque sabe que en la parte posterior del vehículo habrá cinco hombres de su unidad, armados con trajes protectores y ballestas, en caso de que Will intente atacarla.

Geoff no desconfía del vehículo.

—Es una calle bonita, ¿no?

—Sí —responde Alison, percibiendo el tono nostálgico en la voz de su compañero.

—Seguro que las casas de aquí cuestan un dineral.

Geoff se acaba las patatas y, para indignación de Alison, deposita la pringosa bandeja a sus pies en lugar de intentar encontrar una papelera. Permanecen sentados en calma y en silencio durante un rato, hasta que ven algo interesante. Rowan Radley sale del número 17 y se dirige a la furgoneta.

—Entonces, ¿ese chico es un vampiro?

—Técnicamente, sí.

Geoff ríe.

—Bueno, supongo que no le vendría mal que le diera un poco el sol.

Ven cómo entra en la furgoneta, para salir un momento después.

—No parece muy alegre —comenta Geoff.

Alison lo sigue con la mirada por el retrovisor mientras Rowan Radley enfila la calle y ve que alguien se dirige hacia él, oculto tras el laburno. Al final, logra verle la cara.

—Vale, es él —dice.

—¿Qué?

—Es Will Radley.

Solo lo ha visto una vez, de lejos, entrando en el Black Narcissus. Pero lo reconoce al instante y se le acelera el ritmo cardíaco a medida que Will se acerca al coche.

Es raro. Está tan habituada a tratar con vampiros famosos que no acostumbra a tener esos subidones de adrenalina; sin embargo, ya sea por miedo u otra emoción, una que no reconoce, el corazón le late en el pecho como un caballo desbocado.

—Menuda pinta —dice Geoff en voz baja cuando el sospechoso deja atrás el coche.

Will apenas presta atención al auto, ni a nada más, mientras se dirige con paso firme a la casa.

—¿Crees que la mujer podrá con un tipo como él?

Alison contiene la respiración y no se molesta en decirle a Geoff que el sexo desempeña un papel muy pequeño a la hora de determinar la fuerza física de un vampiro. Pero, de repente, se siente inquieta por el plan que ha trazado. Un abstemio contra un vampiro practicante siempre es un enfrentamiento arriesgado, por mucho que el abstemio cuente con el factor sorpresa, la planificación previa y la presión de la policía. Sin embargo, en realidad no es eso lo que la preocupa. Es la mirada que recuerda en los ojos de Helen, una especie de rotunda desesperanza, como si no tuviera control alguno sobre sus propias acciones o deseos.

Ven cómo Will entra en la casa y esperan a que suceda algo, en un silencio roto únicamente por el pitido nasal de la respiración de Geoff.

UNA IMITACIÓN DE LA VIDA

Helen está cortando con energía una barra de pan integral en rebanadas, para preparar el almuerzo de mañana de su marido. Tan solo tiene que hacer algo para mantener a raya los nervios que experimenta a causa de la imposible tarea que la aguarda. Está tan ensimismada en sus pensamientos, torturada por la voz fría y neutra de Alison Glenny resonando una y otra vez en su cabeza, que no se da cuenta de que Will está en la cocina, mirándola.

¿Podría hacerlo? ¿Podría hacer lo que le habían pedido?

–Danos hoy nuestro pan integral de cada día –dice mientras Helen deja otra rebanada sobre el montón–. Y perdona nuestros bocadillos, así como nosotros perdonamos a aquellos que nos hacen bocadillos…

Helen está demasiado alterada para contenerse. Está furiosa por que él esté ahí, dándole la oportunidad de seguir las órdenes de Alison. «Pero quizá haya otra solución. Quizá Alison mentía.»

–Es lunes, Will. Es lunes.

–¿De verdad? –dice él, fingiendo sorpresa–. ¡Uau! No puedo seguir vuestro ritmo. ¡Lunes!

–El día en que te vas.

–Ah, con respecto a eso…

–Te vas, recuérdalo –dice Helen, que a duras penas puede concentrarse en lo que dice. Agarra el cuchillo por el mango con fuerza–. Tienes que irte. Es lunes. Lo prometiste.

–Ah, lo prometí. ¿No es curioso?

Helen intenta mirarlo a los ojos, pero le resulta más duro de lo que creía.

—Por favor, Clara está arriba.

—Ah, ¿solo Clara? Entonces, ¿te han abandonado tus hombres?

Helen mira el cuchillo, que está entre dos rebanadas, y ve su rostro desfigurado en la hoja reluciente. ¿Puede hacerlo? ¿Puede arriesgarse, con su hija en casa? «Tiene que haber otra solución.»

—Rowan está en el cine y Peter en una reunión.

—No sabía que hubiera cine en Bishopthorpe. Este pueblo es una versión reducida de Las Vegas.

—Está en Thirsk.

Helen oye la risa contenida de Will.

—Thirsk —dice él, alargando la sílaba—. Me encanta el nombre.

—Tienes que irte. La gente habla de ti. Lo estás poniendo todo en peligro.

Helen sigue rebanando la barra y corta un trozo de pan innecesario.

—Ah, vale —dice Will con un falso deje de preocupación—. Pues me iré. No te preocupes. En cuanto lo aclares todo, me voy.

—¿Qué? Aclarar ¿qué?

—Ya sabes, con la familia.

—¿Qué?

—La verdad —dice con voz delicada, como si las palabras fueran de porcelana—. Se lo tienes que decir a Peter y a Rowan, cuál es la situación real. Entonces desapareceré. Con o sin ti. Te toca. ¿Quién va a tomar la decisión?

Will señala la cabeza de Helen con un dedo y le acaricia la frente con la yema.

—¿O?

Le señala el corazón.

Helen está desesperada y se siente débil. El simple roce de su dedo, ese pequeño trozo de piel en contacto con la suya, hace que vuelvan todos los recuerdos. Lo que sentía al estar con él, al ser todo lo que Will anhelaba. Solo hace que se sienta más frustrada.

—¿Qué haces?

—Te estoy salvando la vida.

—¿Qué?

A Will le sorprende la pregunta.

—Peter tenía razón. Es una farsa. Estás en una obra de teatro. Es una interpretación. Una imitación de la vida. ¿No quieres sentir de nuevo la verdad, Helen? ¿No quieres que caiga de nuevo ese suntuoso telón rojo?

Las palabras de Will dan vueltas en la mente de Helen y ella ya no sabe qué está haciendo. Corta rebanadas como una loca. Le resbala el cuchillo y se corta el dedo. Will la agarra de la muñeca. Por un instante ella ofrece tan solo una débil resistencia mientras él se lleva el dedo a la boca y chupa la sangre. Helen cierra los ojos.

«Ser querida por él.»

«Su conversor.»

«Qué sensación tan maravillosa y terrible.»

Helen sucumbe momentáneamente, se olvida de Clara, se olvida de todo salvo de él. El hombre a quien nunca ha podido dejar de anhelar.

Sin embargo, abre los ojos de nuevo y está ahí. En su propia cocina, una tarde de lunes, rodeada por todos esos objetos: la jarra con filtro, la tostadora, la cafetera de émbolo… Objetos triviales que, sin embargo, forman parte de su mundo, no del de Will. Parte del mundo que podría perder o salvar a medianoche. Aparta a Will, lo que provoca que se ponga serio y deje de bromear.

—Me anhelas, Helen. Mientras esté vivo, tienes que anhelarme. —Helen le oye inspirar profundamente—. No lo entiendes, ¿verdad?

—¿Qué es lo que debo entender? —pregunta ella, mirando la tabla donde corta el pan.

Las migas que trazan el mapa de una galaxia desconocida. Se difuminan sobre la madera de la tabla.

Las lágrimas afloran a sus ojos.

—Tú y yo —dice él—. Nos hicimos el uno al otro. —Se da una palmada en el pecho—. ¿Crees que me gusta ser así? No me diste otra alternativa.

—Por favor… —replica ella.

Sin embargo, Will no le hace caso.

—Me he pasado diecisiete años recordando aquella noche en París. Habría vuelto, pero nunca recibí una invitación. Y, de todos modos, no quería conformarme con el segundo premio. Otra vez no. Pero debes saber que me costó mucho mantenerme alejado. Mucha sangre. Muchos cuellos jóvenes y esbeltos. Pero nunca es suficiente. No puedo olvidarte. Yo soy tú. Tú eres las uvas y yo soy el vino.

Helen intenta serenar la respiración y hacer acopio de fuerzas.

—Lo sé —dice, agarrando el mango del cuchillo con más fuerza—. Lo siento. Y es verdad. Sí… Quiero que sangres por mí. En serio. Quiero probar tu sabor otra vez. Tienes razón. Te anhelo.

Will parece anonadado, extrañamente vulnerable. Como un perro violento que no se da cuenta de que están a punto de sacrificarlo.

—¿Estás segura? —le pregunta.

Helen no está segura. Pero, si tiene que pasar por ello, lo que no quiere es alargarlo más. Ha llegado el momento.

—Estoy segura.

EL BESO

La sangre se derrama por la muñeca y el antebrazo de Will, y cae en el suelo de baldosas de color crema de la cocina. Helen sabe que nunca ha visto nada tan bello. De buena gana se pondría a cuatro patas para lamer la sangre directamente del suelo, pero no es necesario porque el chorro de sangre de la muñeca está frente a ella, sobre su cara, y cae en su boca, más placentero que el chorro de una fuente de agua en un día abrasador.

Helen chupa con ganas, consciente de que la herida autoinfligida ya se estará curando. Y mientras ingiere la sangre siente una gran liberación, como si la presa que ha construido durante todos estos años para protegerse de sus propias emociones hubiera abierto las compuertas y el placer arrasara su interior como un torrente desbordado. Mientras sucumbe, sabe lo que siempre ha sabido. Que lo ama. Quiere el éxtasis que solo él puede darle y quiere sentir cómo disfruta de lo mismo que ella disfruta ahora, así que se aparta y le da un beso apasionado, y siente que le araña la lengua con los colmillos, mientras Will también se los clava en la suya y la sangre mana de sus bocas unidas. Helen sabe que Clara podría bajar en cualquier momento y verlos allí juntos, pero no quiere poner fin a ese placer, así que sigue besando a ese hombre monstruoso y delicioso que ha formado parte de ella durante todos estos años, que ha circulado por todas las venas de su cuerpo.

Siente que la mano de Will la acaricia por debajo de la camisa y que él tiene razón, Helen sabe que tiene razón.

Ella es él y él es ella.

Piel con piel.

Sangre con sangre.

El beso finaliza y él baja por su cuello y le da un mordisco, y mientras el placer inunda su cuerpo y llena el recipiente vacío que ha sido Helen hasta ahora, ella sabe que se acerca el final. Que nada puede ser mejor. Y el placer posee una especie de tristeza jadeante y mortal. La tristeza de un recuerdo que se desvanece. La tristeza de una fotografía arrugada. Helen abre los ojos, agarra el cuchillo del pan y lo alza a la altura del cuello de él.

Poco a poco acerca la hoja, como el arco al violín, pero no puede hacerlo. Podría matarse a sí misma un millón de veces antes que matarlo a él, porque hasta la última brizna de odio que siente por él no hace sino intensificar ese amor, una roca de lava fundida que corre por debajo de todo.

«Pero debo…»

«Debo…»

«Yo…»

Su mano se rinde, se queda sin fuerzas, desobedece las órdenes que le ha enviado su cerebro. El cuchillo cae al suelo.

Will se aparta de su cuello; tiene la cara manchada con la sangre de Helen, como si fuera pintura de guerra. Mientras él mira el cuchillo, el corazón de Helen late con furia por el miedo de haberlo traicionado no solo a él, sino también a sí misma.

Quiere que hable.

Quiere que la insulte.

Es lo que necesita. Lo que necesita su sangre.

Will parece herido. De pronto sus ojos parecen los de un niño de cinco años, perdido y abandonado. Sabe exactamente lo que ella intentaba hacer.

—Me han chantajeado. La policía… —dice Helen, desesperada por que él le diga algo.

Sin embargo, Will guarda silencio y sale de la casa.

A Helen le entran ganas de salir corriendo tras él, pero sabe que tiene que limpiar toda la sangre antes de que la vea alguien.

Coge el rollo de papel de cocina que tiene bajo el fregadero y arranca unas cuantas servilletas. Las pone en el suelo, y la sangre tiñe y debilita el papel. Sollozos convulsos se apoderan de ella mientras las lágrimas empiezan a correrle por las mejillas.

Al mismo tiempo, Will también está arrodillado en la parte posterior de la furgoneta, intentando encontrar desesperadamente su posesión más preciada.

El sueño perfecto y total de aquella noche del pasado.

Necesita, más que nada, saborearla tal y como era entonces. Antes de que los años de mentiras e hipocresía le hubieran cambiado el sabor.

Con gran alivio, ve el saco de dormir y lo coge. Pero el alivio se desvanece al instante cuando mete la mano dentro y solo siente el suave acolchado de algodón.

Hurga en el interior, buscando con avidez.

La caja de zapatos está abierta. Hay una carta en el suelo, como si se le hubiera caído a alguien de la mano. También hay una fotografía. Rowan.

La coge y mira a Rowan a los ojos. Otras personas podrían ver inocencia, pero Will Radley no sabe qué aspecto tiene la inocencia.

No, cuando Will Radley mira a los ojos de Rowan cuando tenía cuatro años, ve a un niño malcriado, al niño de mamá que utiliza su linda sonrisa como arma para conquistar el amor de su madre.

«Bueno, pues ahora sí que eres el niño de mamá.»

Suelta una risa enajenada, pero, antes de que se desvanezca, el chiste ya no tiene gracia.

En estos momentos Rowan podría estar disfrutando de un sueño que no le pertenece.

Will sale arrastrándose de la furgoneta como un perro. Enfila Orchard Lane, pasa junto a una farola y ni tan siquiera le importa oler la sangre de Jared Copeland, que debe de andar muy cerca. Da un salto y ve cómo su propia sombra se estira sobre un tejado antes de salir disparada hacia Thirsk.

THE FOX AND CROWN

Peter está enclaustrado a salvo en su coche, mirando cómo varias parejas entran en el Fox and Crown. Todas muy felices con sus vidas. Ocupan su tiempo libre con actividades culturales, paseos por el campo y veladas de jazz. Ojalá fuera un ser humano normal y no sintiera siempre el deseo de querer más.

Sabe que Lorna estará ahí dentro, sentada sola a una mesa, moviendo la cabeza al son de la melodía que tocan unos músicos aficionados medio calvos, preguntándose si la ha dejado plantada.

El aire trae consigo el sonido de las trompetas, y eso le hace sentirse extraño.

«Estoy casado. Amo a mi mujer. Estoy casado. Amo a mi mujer…»

—Helen —le ha dicho Peter a su mujer antes de salir de casa—, voy a salir.

Ella apenas parecía escucharlo. Estaba de pie y de espaldas a él, mirando el cajón de los cuchillos. Para Peter ha sido un alivio que no se volviera, ya que llevaba su mejor camisa.

—Ah, vale —ha dicho ella, con voz distante.

—A esa conferencia de la autoridad sanitaria de la que te he hablado antes.

—Ah, sí —ha añadido ella, después de un breve silencio—. Claro.

—Volveré sobre las diez. Espero.

Helen no ha dicho nada más y Peter casi se ha sentido decepcionado por la falta de desconfianza de su mujer.

—Te quiero —ha añadido él, sintiéndose culpable.

—Sí. Adiós.

Para variar, su «Te quiero» no ha sido correspondido.

Sin embargo, en el pasado ella había estado loca por él. Habían llegado a estar tan enamorados que hicieron de Clapham, antes de que se aburguesara, el lugar más romántico de la Tierra. Aquellas calles lluviosas y grises del sur de Londres habían llegado a bullir con la música pausada del amor. Nunca necesitaron una Venecia o un París. Pero sucedió algo. Helen perdió algo. Peter era consciente de ello, pero no sabía cómo recuperarlo.

Un coche entra en el aparcamiento del pub, con otra pareja en su interior. Le parece reconocer a la mujer, que es amiga de Helen. Jessica Gutheridge, la diseñadora de postales. Y está convencido de que también pertenece al grupo de lectura de su esposa. No la conoce personalmente. Helen se la señaló en una ocasión, en un mercado navideño de York, hace años. Es muy poco probable que ella lo reconozca, pero no deja de ser una preocupación más y convierte la velada en un asunto más arriesgado de lo previsto. Se hunde en el asiento mientras los Gutheridge salen de su coche. No miran en su dirección mientras se encaminan al pub.

Farley está demasiado cerca, piensa Peter. Tendrían que haber elegido un lugar más alejado.

Empieza a estar un poco harto de todo. La embriagadora sensación de felicidad que se apoderó de él al beber la sangre de Lorna se ha desvanecido. Lo único que le queda es la tentación, desprovista de su reluciente envoltorio.

El problema es que ama a Helen. Siempre la ha amado. Y si se sintiera correspondido no estaría aquí, tanto si hubiera probado la sangre como si no.

Sin embargo, ella no lo ama. De modo que entrará en el pub, charlará con Lorna, se reirán, escucharán la horrible música y, después de unas cuantas copas, se preguntarán si lo suyo va a alguna parte. Y existe la seria posibilidad de que así sea y que una noche, dentro de poco, quizá incluso hoy mismo, se manoseen como adolescentes en este coche, o en la habitación de un hotel barato, o quizá incluso en el número 19, y que él se enfrente a la visión de su desnudez.

Ese pensamiento lo aterroriza. Estira el brazo hacia el salpicadero y coge *El manual del abstemio*, que ha tomado prestado de la habitación de Rowan, sin pedirle permiso.

Encuentra el capítulo que busca: «Sexo sin sangre: lo importante es el exterior». Lee los consejos sobre las técnicas de respiración, los métodos para olvidarse de la sangre y centrarse en la piel. «Si tiene la sensación de que empiezan los cambios mientras se encuentra en los preliminares o durante el coito en sí, cierre los ojos y asegúrese de que respira por la boca en lugar de por la nariz, con lo que limitará los estímulos imaginativos y sensoriales... Si todo lo demás falla, abandone el acto, y diga en voz alta el mantra del abstemio analizado en el capítulo anterior: "Me llamo [SU NOMBRE] y controlo mis instintos".»

Mira de nuevo hacia la carretera. Entra otro coche y luego, al cabo de uno o dos minutos, pasa un autobús. Está convencido de que ha visto el rostro sombrío de su hijo mirando por la ventana. ¿Le habría visto Rowan? Tenía muy mal aspecto. ¿Sabría algo? Ese pensamiento lo asusta y algo cambia en su interior. El placer fluido se convierte en un deber sólido. Pone el motor en marcha y se dirige hacia casa.

—Me llamo Peter Radley —murmura con voz cansina—, y controlo mis instintos.

THIRSK

Rowan y Eve están en el cine de Thirsk, a poco más de diez kilómetros de casa. Rowan tiene la botella de sangre en su mochila. Sin
embargo, aún no ha probado ni un trago. Iba a hacerlo en la parada
del autobús, después de ver otro graffiti sobre él: «ROWAN RADLEY
ES UN BICHO RARO». (Al igual que en la pintada de la oficina de
correos cerrada con tablones, en esta también se adivinaba la mano
de Toby, aunque le había dedicado más tiempo, ya que había dibujado unas letras cúbicas en 3-D.) Pero entonces apareció Eve, y
también llegó el autobús. Y ahora tiene que quedarse allí sentado y
quieto, sabiendo quién es su verdadero padre, y con todas las mentiras de su madre bullendo en su interior.

La película que están viendo no le llama la atención. Él es feliz
mirando a Eve, su piel que refulge con tonos amarillos, anaranjados
y rojizos mientras violentas explosiones inundan la pantalla.

Mientras la observa, la revelación de la carta de su madre empieza
a desvanecerse, y lo único que existe es el aroma y la visión de Eve.
Se recrea contemplando la columna de oscura sombra a lo largo del
tendón del cuello y se imagina el sabor de lo que fluye por debajo.

Rowan se acerca más y más. Sus dientes se transforman mientras cierra los ojos y se dispone a clavarlos en la carne de su amiga.
Eve ve cómo se inclina hacia ella, sonríe, e incluso le ofrece el cubo
de palomitas.

—No, gracias —dice él, cubriéndose la boca.

Se pone en pie.

—¿Rowan?

—Tengo que ir al baño —dice, pasando por delante de los asientos vacíos de su fila.

En esos instantes sabe que no debería volver a verla. Estaba completamente fuera de control.

«Soy un monstruo. Un monstruo engendrado por un monstruo.»

Tiene que saciar la intensa sed que siente.

Una vez dentro de los lavabos de caballeros, Rowan saca la botella de la chaqueta y le quita el corcho. Al instante desaparece el hedor a orina y lo invade una sensación de puro placer.

El aroma parece, al mismo tiempo, intensamente exótico y profundamente familiar, aunque desconoce por qué lo sabe. Toma un trago. Cierra los ojos para apreciar el éxtasis del sabor. Todas las maravillas del mundo se recrean en su lengua. Pero también nota una extraña sensación de familiaridad, como si hubiera regresado a un hogar cuya existencia había olvidado.

Hasta que no para a tomar aire y limpiarse la boca no se fija en la etiqueta. En lugar de un nombre Will ha escrito: «EL ETERNO —1992».

Lentamente, cae en la cuenta.

«El Eterno.»

Y el año en que nació.

Ella está en su boca y su garganta.

La botella le tiembla en las manos, resultado inevitable del terremoto de pánico e ira que se desata en su interior.

Tira la botella contra la pared y la sangre resbala por los azulejos y crea un charco en el suelo. Un charco rojo que avanza hacia él como una lengua.

Antes de que lo alcance, Rowan lo rodea y pisa un trozo de cristal mientras se dirige a la puerta. En el vestíbulo solo hay un hombre en la taquilla, mascando chicle y leyendo el *Racing Post*.

Lanza una mirada recelosa a Rowan. Debe de haber oído el estrépito de la botella, pero se enfrasca de nuevo en el horario de las carreras, o al menos lo finge, algo atemorizado por la expresión en el rostro de Rowan.

Una vez fuera, en los escalones, Rowan respira hondo. Hace un poco de frío. Sopla un aire seco. Reina un silencio absoluto y abrumador que siente la necesidad de romper, así que lanza un grito al cielo nocturno.

Una luna casi llena queda oculta tras el velo de una fina nube.

Las estrellas lanzan señales deslumbrantes de milenios pasados.

Cuando cesa el grito, baja los escalones y echa a correr por la calle.

Cada vez más y más y más rápido, hasta que el correr se convierte en otra cosa y el suelo firme desaparece bajo sus pies.

ÁTOMOS

Mutantes del hielo: Resurrección III no es la mejor película que Eve ha visto en su vida. Trata sobre unos embriones extraterrestres que quedaron congelados en casquetes de hielo polar durante la última glaciación, y que ahora, por culpa del calentamiento global, se descongelan, eclosionan y se convierten en unos alienígenas acuáticos que acaban con submarinos, barcos de arrastre, buceadores de aguas profundas y guerreros ecologistas antes de que la marina estadounidense los haga estallar en pedazos.

Sin embargo, después de los veinte primeros minutos la película había dejado de ser una historia y se había convertido en una secuencia de explosiones, a cuál más exagerada, y de pulpos alienígenas creados por ordenador. Aun así, no le importaba mucho, porque estaba sentada junto a Rowan y empezaba a darse cuenta de que, tal vez, precisamente eso, estar sentada junto a él, era lo que más le gustaba. A pesar de que ello implicara tener que ver una porquería de película como esa. Aunque, para ser justos con él, era la única de la cartelera. A fin de cuentas, el Palace Cinema de Thirsk no era precisamente un multisalas. Pero hace un rato Rowan se ha levantado para ir al baño y ahora Eve lleva —mira el reloj y ve la hora gracias al resplandor de la explosión de otro barco lleno de extraterrestres— casi media hora sentada ahí sola, por lo que empieza a preguntarse adónde puede haber ido.

Deja las palomitas en el suelo y va a echar un vistazo. Tras el incómodo trance de pasar por delante de otras parejas jóvenes y grupos de patéticos amantes de las explosiones, sale al vestíbulo.

No hay ni rastro de él, ni de nadie, salvo del hombre de la taquilla, que tan solo parece prestarle atención al periódico que está leyendo. Entonces Eve se dirige al lavabo, que queda ligeramente fuera del campo de visión del vestíbulo.

Se acerca a la puerta del lavabo de caballeros.

—¿Rowan?

Nada, pero nota que hay alguien dentro.

—¿Rowan?

Eve lanza un suspiro. Quizá ha hecho o dicho algo que lo ha disgustado. Y sus habituales inseguridades resurgen. Quizá le había dado mucho la lata con lo de su padre. Quizá haya sido la noticia de ese kilo de más que le ha dado la balanza esa mañana. Quizá sea la halitosis. (Se lame la mano y la huele, pero solo detecta el suave aroma a bebé de la saliva en contacto con la piel.)

Quizá sea la camiseta de los Airborne Toxic Event que lleva. Los chicos muestran cierta tendencia fascista con este tipo de cosas. Recuerda aquella noche en Sale cuando hizo llorar (¡llorar!) a Tristan Wood, que iba colocado, cuando le dijo que prefería a los Noah and the Whale antes que a los Fall Out Boy.

Quizá se le haya ido la mano con el maquillaje. Quizá una sombra de ojos de color verde manzana sea demasiado para un lunes. Quizá sea porque ella es una pobre dickensiana cuyo padre paranoide y psicótico, que trabaja de basurero, no puede pagar el alquiler. O quizá, tan solo quizá, sea porque Rowan se ha acercado tanto a ella que ha percibido la melancolía que alberga en su corazón, y que acostumbra a ocultar tras una máscara superficial de alegre sarcasmo.

O quizá fuera solo porque había empezado a querer que él regresara.

Tercer intento.

—¿Rowan?

Mira al suelo, al lugar donde la moqueta se encuentra con la puerta.

Es una moqueta horrible, vieja y pisoteada, con el estampado habitual de las moquetas de vestíbulo de bingo que no puedes mirar durante demasiado rato sin perder el equilibrio. Sin embargo, no es el estampado lo que la inquieta. Es la oscura mancha de humedad que avanza lentamente por ella, desde el otro lado de la puerta. Una humedad que, descubre lentamente, bien podría ser sangre.

Abre la puerta con cautela para que su mente se prepare para lo peor. Rowan tirado en el suelo, en un charco de sangre.

—¿Rowan? ¿Estás ahí?

Antes de que la puerta se abra por completo, ve el charco de sangre, pero no es como imaginaba. Hay fragmentos de cristales rotos, como si fueran de una botella de vino, pero el líquido es demasiado denso para ser vino.

Nota la presencia de alguien.

Una sombra.

Algo se mueve. Algo demasiado rápido para verlo y, entonces, antes de que se dé cuenta de qué es, una mano la agarra del brazo y la arrastra al lavabo con una fuerza inusitada.

El susto la deja sin aire en los pulmones y tarda unos instantes en recuperar la conciencia o las fuerzas necesarias para gritar. Durante ese tiempo ve la cara del hombre, pero lo único que se le queda grabado son sus dientes, que no parecen dientes en absoluto.

Y durante ese segundo, cuando el hombre la arrastra hacia él, un único y horrible pensamiento se impone a la sensación de pánico que se ha apoderado de ella. «Mi padre tenía razón.»

Llega el grito, pero demasiado tarde.

El hombre la rodea con un brazo y Eve sabe que esos dientes que no son dientes se acercan a ella. Le planta cara y forcejea con todas sus fuerzas, le da patadas con los talones en las espinillas, clava las uñas en un rostro que no puede ver, su cuerpo se retuerce como un pez desesperado que ha mordido un anzuelo.

—Tienes agallas. —Nota su respiración en el oído—. Como tu madre.

Eve grita de nuevo y mira con desesperación a los cubículos vacíos con la puerta abierta. Nota el roce de su piel, cómo le muerde el cuello, y lucha con todos los átomos de su ser para no correr la misma suerte que su madre.

COMPASIÓN

Will había tardado menos de un minuto en ir volando de Bishop-thorpe a Thirsk, y no le había costado demasiado encontrar el cine en un pueblo tan pequeño y sin vida.

Aterrizó en el último escalón y entró caminando, con la intención de ir directo a la sala. Pero en el vestíbulo percibió el aroma de la sangre de Helen y lo siguió hasta el lavabo.

Una vez allí, vio su peor pesadilla. El sueño total y perfecto de esa noche de 1992, el más dulce y puro de su vida, hecho añicos y esparciéndose por el suelo sucio de un lavabo. Fue demasiado. Se quedó allí un rato, mirando los pequeños fragmentos de cristal roto que flotaban en la sangre de Helen, intentando asimilar la escena.

Entonces entró la chica. La chica de los Copeland. Con el mismo aspecto que pudo haber tenido su madre, y con la misma mirada de miedo.

La agarró porque no le quedaba ningún motivo para no hacerlo. Y ahora, en este preciso instante, mientras le muerde el cuello, sigue con la mirada fija en la sangre del suelo, antes de cerrar los ojos.

Will está nadando en ese lago de sangre, esta vez sin barca. Tan solo nada bajo el agua.

Bajo la sangre.

Sin embargo, mientras le chupa la sangre y le quita la vida, cae de nuevo en la cuenta de lo mismo. De lo mismo que pensó la noche anterior, cuando estaba con Isobel en el Black Narcissus.

«No me satisface.»

«No me satisface en absoluto.»

«Y no me satisface porque no es Helen.»

Lo que es más preocupante es que Eve tiene casi el mismo sabor que su madre, y cuando mordió a Tess disfrutó mucho, sin pensar siquiera en la mujer en la que está pensando ahora.

«No.»

«No me gusta este sabor.»

Y a medida que esta verdad se revela de forma más clara en su mente, la sangre que le corre por la garganta se convierte en algo más y más repulsivo. Se imagina a sí mismo saliendo a la superficie del lago, jadeando, en busca de aire.

Y se da cuenta de que ha soltado a Eve antes de que esté muerta.

«Me da igual», piensa para sí mismo, con la obstinada claridad de un niño.

No quiere su sangre.

Quiere la de Helen.

Eve aún no está muerta, pero morirá. Ve cómo se lleva la mano al cuello mientras la sangre le corre entre los dedos, por la camiseta –de un grupo del que nunca ha oído hablar–, y nunca se ha sentido más vacío. Mira al suelo y se da cuenta de que él es la botella en sí, que ha dejado escapar aquello que importa.

Eve se apoya en los azulejos y lo mira con miedo y extenuación.

«¡Todas esas cosas que aparecen en las caras de los exangües! Todas esas señales con la intención de hacerte sentir… ¿qué? ¿Remordimientos? ¿Vergüenza? ¿Compasión?»

«Compasión.»

No ha vuelto a tener compasión de nadie desde que fue con otros tres peregrinos a ver cómo Lord Byron moría solo en aquella cueva de Ibiza. El viejo poeta, con varios siglos a sus espaldas, enjuto y avejentado, casi un espectro de sí mismo, tumbado en aquella barca de remos con una vela en la mano. E, incluso entonces, ¿sintió compasión o miedo por su propio destino?

«No», piensa.

La compasión no es más que otra fuerza debilitante. Como la gravedad. Algo destinado a mantener a los exangües y a los abstemios en el suelo, en su sitio.

LA NOTA

Jared había permanecido oculto entre los arbustos de Orchard Lane durante más de una hora, a la espera de alguna confirmación de que aquello que le había dicho Alison Glenny era verdad. Que Will Radley iba a morir a manos de su cuñada. Durante un rato no vio nada, aunque le consoló ver un BMW que no reconocía aparcado al final de la calle. El coche de Glenny, supuso. Sin embargo, sus esperanzas se hicieron pedazos cuando vio que alguien salía de la casa.

Will Radley. Vivo.

Mientras observaba cómo desaparecía, primero en la furgoneta y luego, al cabo de poco, volando, se sintió mareado. Por un instante le pareció que iba a vomitar, dada la gran cantidad de ajo que había comido, pero un frío soplo de brisa le ayudó a sobreponerse a las náuseas.

—No —dijo a las hojas verdes que lo rodeaban—. No, no, no.

Jared salió de entre los arbustos y se dirigió hacia su casa. Cuando pasó junto al coche de Alison Glenny le dio un golpe en la ventanilla.

—Su pequeño plan no ha funcionado.

Estaba acompañada de alguien más. De un policía barrigudo que parecía un oso afeitado, al que no había visto nunca y que miraba con incredulidad por el parabrisas hacia el cielo.

—Le hemos dado tiempo hasta medianoche —dijo Alison con una voz tan fría como una carta de despido—. Y sigue teniendo tiempo hasta medianoche.

Alison subió la ventanilla y a Jared no le quedó más remedio que seguir caminando hacia su casa.

«La prueba de la existencia de los vampiros no es más que una prueba de su locura», le había dicho Alison en una ocasión. La misma mujer que había amenazado con ingresarlo de nuevo en un hospital, esta vez de por vida, si mencionaba algo a alguien sobre quién creía que había matado a su mujer, aunque fuera a su propia hija.

Jared suspiró; sabía que Will Radley seguiría con vida a medianoche.

Todo era inútil.

Se encontraba en el mismo pueblo que Will Radley, pero no podía hacer absolutamente nada. Siguió andando. Pasó frente al pub, a la oficina de correos y a la tienda gourmet, que vendía unos platos para cenar que no podía permitirse de ninguna manera. En el escaparate iluminado había una pizarra con el marco de madera que anunciaba jamón de Parma, olivas manzanilla, alcachofas asadas y cuscús marroquí.

«Este no es mi sitio.»

Este pensamiento dio pie a otro.

«He sido injusto con mi hija.»

Tomó una decisión. Iba a regresar a casa y le pediría disculpas a Eve. Para ella debía de haber sido muy duro soportar su extraño comportamiento y sus estrictas reglas. Se trasladarían a un lugar muy lejano, si quería ella, y le daría toda la libertad que merecía una chica sensata de diecisiete años.

Entonces recordó las mañanas de domingo cuando salía a correr con Eve, cuando tenía el tiempo y la energía para esas cosas. Ella acababa de entrar en la adolescencia y, de repente, se convirtió en una fanática del ejercicio, durante un año o dos. Sin embargo, Jared disfrutó de esa época, ya que era el único espacio privado que compartía con su hija, lejos de su madre. Iban a correr por la orilla del canal, o por la vieja vía ferroviaria desierta de Sale. Mantuvieron una relación muy estrecha que le permitió estar cerca de Eve, cuidar de ella, sin ahogarla.

Sí, ya basta.

Se acabó.

Si él, u otra persona, mataba a Will Radley, ¿se sentiría mejor? No lo sabe. Tal vez sí, pero lo único de lo que está seguro es de que su situación dura ya demasiado y que Eve ha sufrido mucho, y eso debe acabar.

Y ese pensamiento no lo ha abandonado mientras gira la llave en la cerradura del número 15 de Lowfield Close, entra en el edificio y sube lentamente las escaleras. Antes de entrar en el piso nota que algo va mal. Hay demasiado silencio.

—¿Eve? —la llama mientras deja las llaves en el estante del recibidor, junto a una carta de la compañía del agua.

No hay respuesta.

—¿Eve?

Entra en su habitación, pero su hija no está. Sus pósters de grupos de música, su cama estrecha, su armario abierto, pero no ella. Toda su ropa cuelga en perchas, como fantasmas de ella.

Ha salido. Un lunes por la noche.

«¿Dónde demonios está?»

Se precipita hacia el teléfono. La llama al móvil. No contesta. Entonces ve la nota en la mesa de la sala de estar.

> Papá:
> He ido al cine con Rowan Radley. Dudo mucho que sea un vampiro.
>
> *Eve*

«Oh, Dios», piensa Jared.

El pánico le tiende una emboscada desde todos lados. La nota cae, y antes de tocar la moqueta ya tiene las llaves del coche en una mano y se lleva la otra al cuello, para acariciar el pequeño Jesús de oro en su cruz.

Sale afuera, a la lluvia.

La ventanilla rota. Eve le había dicho que tenía que llevar el coche al taller, pero no le había hecho caso.

Sin embargo, no tiene otra opción y se le acaba el tiempo.

Abre la puerta, se sienta sin quitar los fragmentos de cristal y pone rumbo a Thirsk a toda velocidad.

UN MUNDO PERDIDO QUE EN
EL PASADO FUE EL SUYO

Lo que siente no es tanto dolor como una especie de disolución. Como si perdiera lentamente el estado sólido y se convirtiera en líquido. Eve mira alrededor, los lavamanos y los espejos. Los cubículos con las puertas abiertas. La botella rota y el charco de sangre de otra persona. Le pesan los párpados y quiere dormir, pero oye un ruido. La descarga automática de agua de los urinarios la despierta de nuevo, y se da cuenta de quién es y dónde está, y de lo que acaba de suceder.

El hombre se ha ido y ella es consciente de que debe salir de allí y encontrar ayuda.

Intenta ponerse en pie pero le cuesta mucho; nunca había sentido la gravedad con tal fuerza.

Es una submarinista que avanza entre los restos de una civilización. Un mundo perdido que en el pasado fue el suyo. Llega a la puerta. La abre con todas sus fuerzas y pisa la moqueta. Su estampado gira bajo ella como cien pequeños remolinos, y al otro lado del vestíbulo está el encargado de la taquilla. Por un extraño momento se pregunta por qué la mira con esa cara de horror.

Deja caer la mano con que tapaba su herida.

Entonces una extraña oscuridad lo tiñe todo lentamente, como si pasara un barco por encima de su cabeza, y Eve sabe que es algo horrible. Sabe que, dentro de un segundo o dos, no sabrá nada.

Se funde con ella, con la negrura.

Como la sal en el agua.

Hasta el último grano de su vida se disuelve en otra cosa.

«Ayúdeme.»

Intenta dar voz a su pensamiento desesperado, pero no está segura de que lo haya logrado. A cada paso que da se siente más débil.

«Ayúdeme, por favor.»

Oye una voz que responde llamándola por su nombre.

Reconoce la voz de su padre mientras la oscuridad rebasa la periferia de su campo de visión y lo abarca todo, embistiendo como una ola. Sucumbe bajo su peso, y tan solo es consciente vagamente de que se está desplomando sobre la moqueta.

BEBÉ

Jared Copeland recorrió a toda velocidad el trayecto entre su casa y el cine mientras el viento y la lluvia entraban por la ventanilla rota, y los pequeños fragmentos de cristal se movían acompasadamente en el asiento del acompañante. A medio camino, justo antes de llegar al Fox and Crown de Farley, se había cruzado con el monovolumen de los Radley, en cuyo interior iba únicamente Peter Radley.

El hecho de verlo le hizo acelerar aún más, ya que dio por sentado que Peter debía de haber llevado a su hijo al cine. Una vez allí, dejó el coche aparcado sobre la acera, subió corriendo los escalones y cruzó la puerta.

Y ahora está ahí, en el vestíbulo. Ve a un hombre vestido con una camisa blanca, un empleado del cine, que habla a gritos por el teléfono, gesticulando.

–Hola… Necesitamos una ambulancia ahora mismo… Sí… Una chica ha sido atacada o algo así… está sangrando…

Entonces Jared ve a su hija y la sangre, y lo entiende. La ha mordido el hijo de los Radley. El horror lo hace reaccionar y, por un instante, logra convertirse en su viejo yo; deja a un lado el pánico y se mueve con una especie de hipercalma mientras se agacha para comprobar el pulso de su hija. Durante estos dos años no ha dejado de pensar ni un momento que esto podría suceder, y ahora que así ha sido va a hacer todo lo que esté en su mano para salvarla. Hace dos años tuvo un ataque de pánico y gritó, y al oírlo Will Radley huyó volando con su mujer. De modo que ahora debe reaccionar más rápido y de forma más eficiente. «No puedo cagarla.»

Oye hablar al taquillero mientras comprueba el débil pulso de su hija con el dedo.

—El Palace Cinema de Thirsk. Está inconsciente. Tienen que venir ya.

Jared comprueba la herida y el reguero constante de sangre que mana de ella. Es consciente de que no se curará. Es consciente de que ningún hospital del país sabrá qué hacer con ella. Si intenta seguir cualquier procedimiento de emergencia habitual, Eve morirá.

El taquillero ya ha colgado.

—¿Quién es usted? —le pregunta.

Jared no le hace caso y levanta a su hija del suelo. La misma hija a la que sostuvo en brazos cuando no era más que un bebé recién nacido que pesaba dos kilos y setecientos gramos, a la que dio el biberón las noches en que su madre estaba exhausta, a la que le cantó «American Pie», noche tras noche, para que se durmiera.

Eve abre los ojos por un momento. Tiene suficientes fuerzas para decirle «Lo siento» y luego pierde de nuevo el conocimiento.

El taquillero intenta cerrarle el paso.

—¿Qué está haciendo?

—Es mi hija. Abra la puerta, por favor. —El taquillero lo mira primero a él, y luego la sangre que cae al suelo. Se interpone en el camino de Jared—. Lo siento, no puedo dejar que se la lleve.

—Quítate de en medio —dice Jared, con una mirada que refuerza su determinación—. Quítate de en medio, joder.

Y el taquillero se aparta y deja salir a Jared, que no deja de repetirse a sí mismo y a su hija una y otra vez:

—No pasa nada. No pasa nada. No pasa nada…

ARRIBA Y ARRIBA Y ARRIBA

Toby sale del local de *fish and chips* de Miller con un menú individual envuelto en papel blanco y se monta en la bicicleta para regresar a casa. Sonríe pensando en todo el dinero que aún le queda en el bolsillo y en lo estúpido que ha sido Rowan al meterlo en el buzón. Y mientras piensa en ello no tiene la menor idea de que lo siguen desde el aire.

Dobla a la izquierda y toma el atajo hasta Orchard Lane donde pastan sueltos los caballos.

Los caballos huyen aterrorizados, no del chico que va en bicicleta, sino del que vuela, cada vez más bajo.

Y Rowan se da cuenta, mientras desciende, de que todo ha acabado.

No puede tener a Eve.

Es un bicho raro.

Está completamente solo en un mundo lleno de mentirosos.

De tal palo, tal astilla.

Es Rowan Radley. Un monstruo que vuela de noche.

Toby alza la vista y no puede creer lo que ve. Se le cae el paquete de *fish and chips*, y el contenido se esparce por el suelo.

Su rostro refleja puro pánico.

—¡No! —exclama—. Pero ¿qué...?

Pedalea con fuerza por un camino pensado para la gente mayor y lenta que sale a pasear los domingos.

Rowan sobrevuela hasta ponerse frente a Toby, y ahora está menos furioso, con la cabeza clara y despejada como un halcón. Se abate sobre su presa, viendo el pánico en el rostro de su compañero de clase, que intenta frenar y darse la vuelta. Pero no tiene tiempo. Rowan lo ha agarrado de la pechera de la chaqueta y lo levanta hacia el cielo fácilmente, a pesar de que Toby se aferra al manillar y arrastra la bicicleta con él.

—Tienes razón —dice Rowan, que le enseña los colmillos, mientras los caballos se convierten en puntos en el suelo que huyen despavoridos—. Soy un bicho raro.

Toby podría gritar, pero el terror lo ha dejado sin voz. Suelta la bicicleta, que cae en la carretera.

El plan de Rowan es matarlo. Para demostrarse a sí mismo que es un monstruo. Si lo es, no sentirá dolor. No sentirá nada. Se pasará la vida matando a gente, yendo de un lugar a otro como su padre. Una vida que será como uno de esos dibujos para niños de ir uniendo los puntos, pero que en lugar de puntos enlazará emociones, una tras otra, sin sentimientos humanos ni de culpa.

Sigue ascendiendo con Toby.

Arriba y arriba y arriba.

Toby se esfuerza por hablar, a pesar de que un cálido reguero de orina le baja por la pierna.

—Lo siento —balbucea.

Rowan mira a su vecino a la cara mientras siguen subiendo rápidamente.

Es una cara vulnerable y asustada.

La cara de una víctima.

«No.»

No puede hacerlo. Si es un monstruo, es un monstruo distinto de su padre.

Grita contra el viento que los empuja hacia abajo.

—Como vuelvas a decir cualquier cosa de mi familia o de Eve, te mataré. Cualquier cosa. ¿Vale?

Toby logra asentir, luchando contra la gravedad.

—Y estarás muerto si te atreves siquiera a pensar que esto ha sido algo real. ¿De acuerdo?

—Sí —gimotea—. Por favor...

Haga lo que haga, corre un riesgo. Tanto si lo mata como si no. Pero no va a renunciar a la poca bondad que queda en su interior para probar la sangre amarga de Toby.

Desciende con él y lo deja caer a un par de metros del suelo.

—Vete —dice Rowan, mientras Toby se pone en pie como buenamente puede—. Vete y déjame solo.

Rowan se posa en el suelo y observa cómo huye Toby. Tras él, alguien aplaude.

Will.

Tiene la boca manchada de sangre; parece como si le hubieran pintado la máscara de una tragedia.

—Muy bien, Pinocho —dice Will, sin parar de aplaudir—. Tienes el alma de un chico humano de verdad.

No se había dado cuenta de que Will estaba allí. ¿Lo había visto todo? Se pregunta por la sangre que tiene en la cara.

Will da un paso adelante.

—Aunque debo decir que tu conciencia tomó la decisión equivocada en la furgoneta.

Está lo bastante cerca de él para que Rowan perciba el olor de su aliento, aunque tarda unos instantes en identificarlo.

—Robar —dice Will—. Eso está muy mal. Pero no te preocupes, me he tomado la libertad de compensar las cosas. Tú me robaste mi sangre, yo te he robado la tuya. Es el yin y el yang, hijo mío. —La mirada de Will es salvaje. La mirada de un monstruo—. No soy como tú. Dejé de escuchar a mi conciencia hace mucho tiempo. No era más que ruido. Como si tuviera un grillo zumbando todo el día en el oído.

Rowan intenta comprender lo que le está diciendo. Al final reconoce la sangre que está oliendo y siente como si le hubieran dado un puñetazo en el estómago.

—Solo he hecho lo que tú querías —dice Will, leyéndole el pensamiento a su hijo—. La he agarrado, la he mordido y he probado su sangre. Y luego… —sonríe, con la intención de decir lo que sea necesario para lograr una reacción violenta de Rowan—… la he matado. He matado a Eve.

Rowan piensa en Eve cuando le pasó la nota en la clase de inglés. Piensa en la sonrisa que le lanzó y ese recuerdo lo hace aún más débil, lo deja casi sin fuerzas. Es culpa suya. Dejó a Eve y permitió que pasara esto.

Una fría brisa le acaricia la cara. El aliento de los fantasmas.

–¿Dónde… está…?

Will se encoge de hombros, como si le hubiera preguntado la hora.

–Ah, no lo sé. A unas siete millas náuticas mar adentro –miente–. En algún lugar cerca del fondo marino, supongo, asustando a los peces. Aunque el rojo es el primer color que desaparece bajo el agua. ¿Lo sabías? Es interesante, ¿verdad? Esos pobres pececillos aburridos. Atrapados en un mundo azul.

Rowan no puede pensar con claridad. Lo único que puede hacer, con la mente arrasada por una devastación inmediata y total, es arrodillarse en el suelo como un ovillo, en posición fetal. Eve ha muerto.

Él no es como Will, que nunca ha permitido que le afectara la moralidad, ni siquiera ahora que su hijo está agachado en el suelo como una marioneta sin hilos. Es una visión patética y repugnante.

Se inclina hacia él y le dice la pura verdad.

–Esa no era únicamente la sangre de tu madre, Rowan. Era un sueño de cómo podrían haber sido las cosas si no hubieras nacido. Lo cierto es que nunca te quise. Soy alérgico a la responsabilidad. La simple idea me da asco. Como el ajo. En serio, hace que me salga un sarpullido, y tú lo sabes todo sobre sarpullidos. Te hacen sentirte incómodo en tu propia piel. –Hace una pausa, respira hondo y se recrea en su explicación–. Quería a Helen, pero sin el equipaje extra.

Rowan ha heredado la debilidad de su madre, deduce Will, mientras ve cómo su hijo murmura para sí. Ella lo ha convertido en lo que es. Todas esas mentiras durante tanto tiempo… ¿Cómo iba el chico a tener claras sus prioridades con tantas chorradas en la cabeza?

—Tu madre ha olvidado quién es —le dice Will—. Ha olvidado lo mucho que me quiere. Pero yo no soy como ella y no soy como tú. Lucho por lo que quiero. Y si no me lo dan, voy y lo tomo.

Will asiente para sí. Ahora lo ve muy claro, sabe que no le queda un ápice de moral o de debilidad que pueda detenerlo. «Soy puro. Soy de una raza superior. Estoy por encima de todos esos exangües y abstemios y esas almas mentirosas y tímidas que hay ahí fuera.»

«Sí», piensa, riendo.

«Soy Lord Byron.»

«Soy Caravaggio.»

«Soy Jimi Hendrix.»

«Soy todos los descendientes chupasangre de Caín, que han respirado el aire de este planeta.»

«Soy la verdad.»

—Sí, voy y lo tomo.

Deja a su hijo en el suelo, encorvado por la gravedad y todas sus fuerzas asociadas. Will sobrevuela un campo muy rápido y a poca altura, viendo el planeta a la velocidad a la que este se mueve.

Al cabo de un instante se encuentra frente a la puerta del número 17 de Orchard Lane. Saca su cuchillo del bolsillo interior de su gabardina. Con un dedo de la otra mano traza un pequeño círculo en el aire sobre el timbre de la puerta, como el florete de un esgrimista a punto de dar una estocada. Entonces aprieta el timbre cuatro veces en rápida sucesión.

«Voy.»

«Y.»

«Lo.»

«Tomo.»

EN EL AIRE OSCURO Y FRÍO

Clara lleva varias horas conectada a internet. Empezó buscando información sobre la cultura vampírica en la Wikipedia, pero no llegó muy lejos, ya que aportar datos a encliclopedias online suele ser una afición que solo practican los exangües.

Sin embargo, sí encontró, en las profundidades abisales de las listas de búsquedas de Google, un interesante clon de Facebook llamado Neckbook. Parecía estar lleno de adolescentes bastante inteligentes, con pretensiones artísticas, atractivos, aunque con la cara muy pálida, que hablaban de forma casi exclusiva en un idioma compuesto por una jerga, unos acrónimos y unos emoticonos muy crípticos que nunca antes había visto en ningún SMS o mensaje de internet.

Vio a un chico guapísimo, con una sonrisa de duendecillo travieso y un pelo tan negro que casi parecía brillante. En su perfil, bajo su foto, leyó:

Chico de medianoche: mczo xo c crbro, busca chca/o no sirker perv/ larga dist. xa mordiscos d amor, hemo-cruising, y litros d SVA.

Clara se sintió frustrada. Ella era una vampira, pero la comunidad de chupasangres le resultaba totalmente ajena. Al final se rindió y se metió en YouTube para buscar vídeos de algunas películas de las que le había hablado Will. Fragmentos de *Les Vampires*, *Dracula* (la versión de 1931: «Es la única dirigida por un vampiro auténtico», le dijo Will), *Los viajeros de la noche*, *El ansia* y, la mejor con creces, *Jóvenes ocultos*. Sin embargo, justo ahora, mientras los fideos se convierten en gusanos en la pantalla, percibe que algo va mal. Es una extraña sensación que siente en el estómago y en la piel, como si su cuerpo lo supiera antes que su mente.

Y entonces sucede.

Suena el timbre y abre la puerta su madre.

Clara oye la voz de su tío, pero no lo que dice.

Su madre grita.

Clara baja corriendo las escaleras y ve a Will en el recibidor, sosteniendo un cuchillo muy cerca de la garganta de su madre.

—¿Qué haces?

Señala la acuarela de la pared.

—Resulta que el manzano tenía las raíces podridas. Ha llegado el momento de cortarlo.

Clara no tiene miedo. En absoluto. Solo piensa en el cuchillo.

—Apártate de ella.

Da un paso adelante.

—Oh, oh —dice, negando con la cabeza y presionando la piel de Helen con la hoja del cuchillo—. No puede ser.

Helen mira fijamente a su hija.

—Clara, no. Vete.

Will asiente.

—Tu madre tiene razón. Vete.

Will tiene la mirada de un loco dispuesto a llegar a donde sea, a hacer cualquier cosa.

—No lo entiendo.

—No eres nada, Clara. No eres más que una chiquilla ingenua. ¿Crees que he venido aquí a ayudaros? No seas estúpida, no me importáis nada. Abre. Los. Ojos.

—Por favor, Will —dice Helen, mientras la hoja del cuchillo le roza la barbilla—. Fue la policía. Me obligaron…

Will no le hace caso y sigue hablándole a Clara en el mismo tono envenenado.

—Eres un error —le dice—. El triste fruto de dos personas que fueron demasiado débiles para darse cuenta de que no deberían estar juntas. El resultado de los instintos frustrados de tus padres y del odio que sentían hacia sí mismos… Vete, pequeña. Vete a salvar a las ballenas.

Arrastra a Helen, la saca por la puerta, al aire libre, y desaparecen con un movimiento rápido y confuso. Clara suelta un grito ahogado cuando se da cuenta de lo que acaba de ocurrir. Ha huido volando con su madre.

Sube corriendo al piso de arriba, abre la ventana de su habitación y se asoma a la lluvia. Ve cómo se alejan volando, cada vez están más lejos, justo encima de ella, fundiéndose lentamente con la noche. Intenta pensar en una solución. Solo se le ocurre una idea: agarra la botella vacía de SV que hay bajo su cama y se la lleva a la boca, inclinada boca abajo. Tan solo una gota le llega a la boca, pero no sabe si bastará.

Sabe que es la única posibilidad que tiene de salvar a su madre, así que se encarama al alféizar de la ventana, dobla las rodillas y salta al aire lluvioso.

—Vayamos a París, Helen. Revivamos la magia… O aspiremos a la luna.

La arrastra hacia arriba, trazando una línea casi vertical. Helen observa con miedo cómo su casa se empequeñece bajo ella. Presiona su propio cuello contra la hoja del cuchillo, lo suficiente para empezar a sangrar.

Se toca la sangre.

La prueba. Ella y él juntos.

Y entonces se rebela.

Se rebela contra el sabor y los recuerdos y, sobre todo, se rebela contra él, aparta el cuchillo y lo empuja hacia abajo.

Es entonces, en mitad de la lucha, cuando ve a su hija volando hacia ella entre la lluvia.

—Agarra el cuchillo —le dice Helen.

Clara los alcanza y le arrebata el arma a su tío, pero este le da un codazo y el cuchillo cae sobre el tejado de los Felt.

«Se acabó –piensa Helen, mientras lucha contra la fuerza implacable de Will–. Va a ganar.»

La casa se convierte en un diminuto cuadrado negro más de Orchard Lane, que a su vez se convierte en una fina línea en la oscuridad que la rodea.

–Por favor, Will, suéltame –le suplica–. Déjame estar con mi familia.

–No, Helen. Lo siento. Esto no es digno de ti.

–Por favor…

El pueblo ha desaparecido. Parece un pedazo del reverso del cielo, un espacio oscuro con puntos blancos que se aleja rápidamente.

«Amo a Peter –se da cuenta Helen–. Siempre he amado a Peter. Eso es lo único real.» Recuerda un paseo que dio con su futuro marido en un día gris por Clapham High Street, agarrados de la mano mientras él la ayudaba a comprar los materiales para su clase de arte.

–Si prefieres ir a otro sitio –le grita Will al oído para que lo oiga por encima del rugido del aire–, ya sabes, solo tienes que decirlo. Valencia, Dubrovnik, Roma, Nueva York. En Seattle hay un gran ambiente. Estoy dispuesto a ir donde sea… Eh, nunca hemos estado en Venecia, ¿verdad? Podríamos ir a ver los cuadros de Veronese…

–Will, no podemos estar juntos.

–Tienes razón. No podemos. Pero podemos tener una noche, Helen. Y entonces, por la mañana, será terriblemente doloroso para mí tener que cortarte el…

Antes de que acabe la amenaza, Helen oye un ruido. Una voz que reconoce, que ruge y se dirige hacia ellos. De repente su cuerpo es arrastrado en otra dirección. Después de eso, todo queda en silencio y se da cuenta de que está cayendo. El pueblo, el camino y su casa avanzan hacia ella a gran velocidad, pero entonces oye la voz de su hija gritándole:

–¡Vuela, mamá! ¡Puedes volar!

«Sí –piensa Helen–. Puedo volar de verdad.»

Poco a poco se detiene y deja de creer en la gravedad, a medida que su hija se acerca a ella.

—Es Rowan —dice Clara, señalando las siluetas de unas figuras lejanas que forcejean por encima de sus cabezas—. Está luchando con Will.

LA CARA DE SU PADRE

Rowan ha oído el grito de su madre.

Su sonido lo hizo despertarse de su desesperación y atisbó una sombra en el cielo que sabía que correspondía a su madre y a Will. Convirtió su desesperación en rabia y echó a volar para rescatarla. Y ahora, mientras arrastra a Will hacia la Tierra, se da cuenta de que es capaz de cualquier cosa.

—¿Por qué Eve? —le grita, mientras lo empuja con una facilidad cada vez mayor—. ¿Por qué?

Will no responde. Tiene la mirada teñida de una especie de triste orgullo.

Abajo y abajo y abajo.

—Mira, Rowan —dice Will, mientras su gabardina ondea como una vela al viento frente a ellos—. Eres como yo. ¿Es que no lo ves? Eres mi hijo. Eres de mi sangre. Podríamos viajar juntos por todo el mundo. Podría enseñártelo todo. Podría enseñarte a vivir la puta vida de verdad.

Rowan no le hace caso mientras pasan por encima de su tejado y la espalda de Will roza y arranca algunas tejas. Al cabo de un instante están en el jardín, y Rowan desciende en picado para aterrizar con fuerza en el estanque.

Una vez allí, sujeta a Will bajo la fría agua, aferrándolo con ambas manos. Una en la cara, la otra en el cuello. Pero está usando toda su ira y sus fuerzas para mantenerlo ahí, en el fondo del estanque, y para contener la fuerza implacable de Will, que intenta levantarse.

Se da cuenta de que no le queda mucho tiempo. Tras una vida entera bebiendo sangre a placer, su padre tiene una fuerza y una resistencia que Rowan no posee. Lo único que tiene ahora es la ira, pero no bastará.

Cierra los ojos. Intenta mantener viva la llama del odio, incluso cuando la mano de su padre lo agarra con más y más fuerza, de forma implacable, hasta que Will estalla con una energía volcánica terrible que lanza a Rowan hacia atrás. Apoya una mano en el lecho del estanque para levantarse. Nota algo.

No es un pez. No es una planta.

Metal.

Will se ha tirado encima de su hijo para ahogarlo.

Rowan agarra el objeto metálico, desesperado.

Dolor.

Tan solo ha tocado el borde afilado, pero se ha cortado.

—Se tarda un poco en ahogar a un vampiro —dice Will enseñando los colmillos, mientras intenta meter la cabeza de Rowan bajo el agua—, pero la noche es joven.

—¡Suéltalo!

Son Clara y su madre, descendiendo por el aire en dirección al jardín. Will alza la mirada, mientras Rowan agarra algo que hay por debajo del metal. Algo de madera. Un mango.

Will suelta una carcajada maníaca. La risa de los malditos. Vuelve a centrar su atención en Rowan, pero no lo hace a tiempo de ver la hoja chorreante del hacha que corta el agua como la cola de un delfín y se hunde en su garganta a tal velocidad que apenas oye el rugido primigenio y vivificante de Rowan cuando la balanza se inclina por última vez a favor del hijo. Will cae al agua mientras una cascada de sangre le corre por el cuello y por el hacha. Rowan lo sujeta con fuerza, cercenando varias membranas mientras se forman unas nubes negras de sangre en el agua.

En el momento en que su madre y su hermana aterrizan en la hierba, Rowan nota que la cabeza de Will recupera fuerzas e intenta levantarse, pero él agarra el hacha firmemente con ambas manos. Cuando Will alza la cabeza, la hoja del hacha acaba cortándole el cuello, y su cuerpo ya sin vida se relaja. Rowan puede entrever el oscuro rostro, el rostro de su padre, que lo mira. Calmo. Agradecido incluso. Como si esa fuera la única forma que tenía de hallar la paz, con la separación eterna del cuerpo anhelante de la mente pensante, sumergidos en la bruma líquida de su propia sangre.

Rowan permanece junto a su lado un instante, observando las gotas de lluvia que caen en el agua. Tarda un poco en recordar que su madre y su hermana están ahí, testigos silenciosos a unos cuantos metros.

—¿Estáis bien? —les pregunta.

Helen mira fijamente hacia el estanque.

—Sí —dice con una voz más calmada y algo más natural de lo que acostumbra—. Estamos bien.

Rowan, cuyos sentidos están muy aguzados, oye unos pasos que provienen de la casa. Su padre —o el hombre que siempre había creído que era su padre— sale al jardín. Lleva puesto el abrigo y tiene las llaves del coche en la mano, ya que acaba de llegar a casa. Los mira. Al final posa la mirada en el estanque y, mientras se aproxima, Rowan ve cómo se le petrifica el rostro cuando cae en la cuenta de lo que ha sucedido.

—Oh, Dios mío —dice Peter, inclinándose sobre el agua. Apenas pueden oírlo—. Oh, Dios mío. Oh, Dios mío. Oh, Dios mío…

—Iba a matar a mamá —le explica Clara—. Rowan la ha salvado.

Peter deja de murmurar y mira fijamente a su hermano en el agua oscura y enturbiada por la sangre.

Al apartarse del cuerpo de Will, Rowan se acuerda de Eve y el pánico se apodera otra vez de él.

—¿Dónde está Eve? —les pregunta a Clara y a su madre—. ¿Qué ha hecho con ella?

Ambas niegan con la cabeza.

Y Rowan entra en casa, desmoronado, mientras se imagina el cadáver inerte de Eve hundiéndose en el mar.

CAMBIO

Durante el trayecto a Bishopthorpe, Jared no deja de hablar con su hija y la observa por el espejo retrovisor. Está echada en el asiento trasero, envuelta con el jersey. El aire le alborota el pelo y la lluvia le salpica la piel mezclándose con su sangre, mientras Jared conduce a ciento cincuenta kilómetros por hora por la sinuosa carretera.

—Eve —le dice su padre, casi a gritos para que pueda oírlo a pesar del viento y la lluvia—. Eve, por favor, mantente despierta. —Piensa en el gesto de desdén que le ha hecho su hija unas horas antes, en la frustración y furia que ha visto en sus ojos durante dos años—. Todo va a salir bien. Voy a cambiar. Todo va a cambiar. Te lo prometo.

Eve no abre los ojos y Jared está convencido de que ya es demasiado tarde. Los árboles y las señales, que no tiene tiempo de ver, pasan fugazmente por la ventanilla. Tan solo unos minutos después de salir de Thirsk entra en Bishopthorpe y enfila la calle principal a toda velocidad. El desvío a Lowfield Close queda atrás, a su derecha, pero sigue conduciendo. Un hombre que sale del Plough se detiene para ver el Corolla con la ventanilla rota que pasa a más del doble de la velocidad permitida. El local de *fish and chips*, la farmacia, la tienda gourmet, todos pasan rápidamente como un pensamiento fugaz. No aminora la marcha hasta que se acerca a Orchard Lane.

Cuando llega a la casa de los Radley espera unos segundos en el coche, para asegurarse de que sabe lo que hace. Intenta hablar de nuevo con Eve.

—¿Eve? Por favor… ¿Me oyes?

Aún sangra. Su empapado jersey se ha teñido de un color oscuro, y Jared sabe que no le queda mucho tiempo para tomar una decisión. Un minuto, quizá. Tal vez menos. Fuera, el resto de las costosas casas permanecen en calma, ajenas a todo, y siente la cruel indiferencia que muestran por la vida de su hija.

El tiempo avanza inexorablemente, lo apremia para que tome una decisión. ¿Quiere que Eve siga con vida convertida en otro ser, alguien espantoso, alguien que podría matar, o va a dejar que exhale el último suspiro y se convierta en algo tan inofensivo como los demás muertos?

—¿Eve?

Parpadea sin apenas fuerzas, pero no logra abrir los ojos.

Sale del coche y abre la puerta trasera. Coge a su hija en brazos con toda la delicadeza que puede y cruza la calle.

«No —se dice a sí mismo—. No. ¿Qué estás haciendo? No puedes…»

Imagina que su mujer está en alguna parte. Observándolo. Juzgándolo del modo en que solo pueden juzgar los fantasmas.

—Lo siento, Tess. Lo siento mucho.

Recorre el camino de entrada que lleva a la casa de los Radley. Eve yace inerte en sus brazos. Llama a la puerta con el pie, con firmeza pero no muy fuerte.

—Ayudadme —dice con voz clara. Entonces, más alto—: ¡Ayudadme!

Es Peter quien abre la puerta. Mira a Jared, luego a Eve, en sus brazos. Ambos están empapados en sangre.

Jared traga saliva y dice lo que sabe que debe decir.

—Sálvala. Por favor. Sé lo que eres, pero, por favor, sálvala.

EN LA OSCURIDAD

Todos se sitúan en torno a ella, mirándola como los pastores de un macabro belén. Rowan aún está empapado del agua del estanque, pero no tiembla por el frío, sino por lo que está viendo: ve a Eve en su sofá, su sangre tiñendo la tela de rojo mientras Peter le comprueba el pulso.

—Tranquilo —le dice Clara a su hermano apretándole la mano—. Papá sabe lo que hace.

Jared está arrodillado en un extremo del sofá, acariciando la frente de su hija con delicadeza mientras ella permanece en el limbo de la conciencia. Cuando Eve abre de nuevo los ojos, ve a Rowan.

—Ayúdame —le pide.

Rowan se siente impotente.

—Todo va bien, Eve… Papá, dale sangre. Sálvala.

Al mismo tiempo, Helen se apresura a explicarle a Jared algo que él ya sabe.

—Si le damos sangre, se convertirá en vampira. ¿Lo entiende? Es muy probable que albergue unos sentimientos muy fuertes hacia la persona cuya sangre utilicemos para convertirla.

Eve no aparta la mirada de Rowan. Comprende lo que está sucediendo. Comprende que él quiere salvarla, más que nada en el mundo. Comprende lo que él comprende, que si pudiera salvarla se salvaría a sí mismo. También comprende que lo ama, y mientras se sumerge en su mirada impotente, Eve sabe que ella misma debe gobernar su destino.

Intenta hablar. Las palabras permanecen ancladas en su interior, pesan demasiado, pero aun así lo intenta.

—La tuya —dice, pero Rowan no puede oírla. Se acerca a ella y ahí está, a unos centímetros, esforzándose por oírla. Eve cierra los ojos, derrotada. Tiene que echar mano de las últimas reservas de energía que le quedan para decir—: Tu sangre.

Y entonces Eve se hunde.

Más y más en la oscuridad.

ÚTERO

Eve es consciente de un sabor.

Un sabor tan intenso que no se limita a un único sentido, sino que puede sentir su calor y verlo, como si el océano negro en cuyo fondo se encuentra se tiñera de repente de un rojo glorioso, luminoso e intenso.

Eve asciende de las profundidades, regresa a la vida.

Abre los ojos y ve a Rowan. Está sangrando. Tiene un corte en la palma de la mano, bajo el pulgar, y la sangre gotea en el interior de la garganta de ella. Parece preocupado, pero la preocupación da paso al alivio lentamente. Se le saltan las lágrimas y ella se da cuenta de que él, en ese preciso instante, la está salvando.

Mientras la sangre sigue goteando, se da cuenta de que lo conoce de verdad. No sabe los detalles triviales de su vida, las estadísticas sin sentido que podrían saber las demás personas, sino algo más profundo. Es el mismo conocimiento que tiene un bebé de su madre, cuando se encuentra en su rojo y cálido útero.

Un conocimiento total, vibrante y vivificante.

Y como lo conoce tan bien, lo ama, y sabe que es el mismo amor que él siente por ella, el amor que está contenido en su sangre, que se refleja como una mutua plegaria hacia él.

«Te amo.»

«Tú eres yo y yo soy tú.»

«Te protegeré como tú me protegerás a mí.»

«Para siempre.»

«Siempre.»

Eve sonríe y Rowan también.

Ha vuelto a nacer.

Está enamorada.

Y después de dos años de oscuridad está dispuesta a abrazar la verdadera gloria del mundo.

—Ahora estás bien —le dice Rowan—. Estás aquí. Ya ha acabado todo. Él ha desaparecido.

—Sí.

—Gracias.

—¿Por qué?

—Por seguir viva.

Poco a poco, Eve se da cuenta de que hay más personas en la sala. Clara. El señor y la señora Radley. Su padre.

Jared la mira; el alivio y el miedo libran una batalla en su rostro.

—Lo siento —susurra ella.

Su padre niega con la cabeza y sonríe, pero en la intensidad del momento apenas logra decir nada.

VARIAS NOCHES MÁS TARDE

Una pregunta para los que sientan la tentación

Es posible que, en ciertos momentos de tentación, decidas no matar a nadie, pero sí beber la sangre de otros vampiros.

Si bebes SV, resulta imposible predecir los efectos que este consumo podría tener en tu personalidad, del mismo modo que resultaría imposible predecir su futuro. Y, como abstemio, quieres saber cuál es su futuro. Quieres saber que cada día será tan predecible y monótono como el anterior, porque solo entonces sabrás que puedes llevar una vida libre de todo deseo egoísta y en la que controlarás tus instintos.

Si sucumbes, si antepones el placer a los principios y te abres a miles de posibilidades peligrosas, nunca podrás saber qué te deparará el mañana.

En cualquier momento podrías sentirte abrumado por un súbito e incontrolable deseo de consecuencias devastadoras. Sí, es cierto que tal vez esto no suceda. Quizá puedas seguir adelante con una dosis regular de SV y llevar una vida plena, placentera, sin dolor y sin causarte ningún daño a ti mismo ni a los demás.

Pero, pregúntate: ¿vale la pena lanzar los dados?

¿Vale la pena?

Solo tú puedes responder a esta pregunta.

El manual del abstemio (2.ª ed.), pp. 207-208

RAPHAEL

El amor da un poco de grima, no puede evitar pensar Clara, sobre todo cuando está a tu lado en el asiento trasero, y la parejita en cuestión está cogida de la mano leyendo poesía. Por supuesto, se siente feliz por su hermano, y también por Eve, ahora que ambos viven en la más absoluta dicha, pero después de ir sentada a su lado durante todo el viaje en coche, necesita un respiro. Los mira hastiada mientras Eve acaricia el hombro de su hermano con la nariz.

—No sabía que los vampiros fueran tan cursilones —murmura, y se pone a mirar por la ventana.

—Y eso lo dice la chica que lloraba por los osos polares —replica Rowan.

—Aún lloro por los osos polares.

—Entonces, ¿qué? ¿Vas a hacerte vegana otra vez? —pregunta Eve.

—Lo estoy meditando. Ahora que vamos a consumir sangre de vampiro, no debería suponer un problema de salud. Esta vez voy a intentar mantenerme fiel a mis principios.

Eve le da un golpecito a Clara en la rodilla.

—Lo que debemos hacer es encontrarte a un buen chico al que puedas convertir.

Clara suspira.

—Cita doble de vampiros —dice con cierto desdén—. Por favor...

Son las doce y cinco de la noche y han aparcado en una calle poco iluminada cerca del centro de Manchester. Desde allí Clara ve a sus padres hablando con el portero, mientras una hilera de jóvenes vampiros y aspirantes a serlo hacen cola tras ellos.

Hablando de amor, también se ha dado cuenta de lo mucho que parece haber mejorado la relación de sus padres desde que murió Will. Su padre lamentó la muerte de su hermano, pero pareció mucho más agradecido de que Helen siguiera viva. Sin embargo, es su madre la que más ha cambiado. Está tan relajada como si se hubiera quitado un gran peso de encima, y ya no rehúye a su padre cuando intenta pasarle un brazo por encima de los hombros.

—¿Y tu padre está bien? —le pregunta Clara a Eve cuando sus padres desaparecen en el interior del Black Narcissus.

—Yo no diría tanto —responde Eve—. Por suerte, estaba presente cuando la mujer policía habló con vosotros. Pero creo que todavía le cuesta bastante asimilarlo todo. Aunque sabe que vosotros sois diferentes de vuestro tío.

Clara ve a un grupo de chicos. El más joven es atractivo, quizá sea incluso de su edad. Tiene una cara pálida y graciosa, como de duendecillo, y al mirarlo se da cuenta de que le suena de algo. Entonces lo recuerda. Es el chico que le gustó al ver su foto, cuando se conectó a Neckbook. Al ver la sonrisa de Clara, el chico da un golpecito en la ventanilla. Eve le da un suave codazo a su amiga cuando baja el cristal.

—¿Vais al Black Narcissus?

—No —responde Clara—. Mis pa… Nuestros amigos han entrado solo un momento para comprar unas botellas.

El chico asiente y sonríe, y levanta una botella con la etiqueta escrita a mano.

—Si quieres, puedes tomar un trago de esta.

—No me apetece —dice Clara—. Pero gracias.

—Bueno, si te conectas a Neckbook alguna vez, envíame un mensaje. Me llamo Raphael. Raphael Child.

Clara asiente.

—De acuerdo, lo haré.

El chico se va.

«Cita doble de vampiros», piensa Clara para sí.

Quizá no sea tan mala idea, después de todo.

A su lado, Rowan mira hacia la entrada del club nocturno, esperando que reaparezcan sus padres. Siente la cabeza de Eve apoyada en su hombro y sabe que están haciendo lo adecuado. A fin de cuentas, ya no se ve como un monstruo. Eve solo está en ese mundo por ser él quien es, y suceda lo que suceda en el futuro no podrá arrepentirse de poseer el poder que le devolvió la vida.

Sabe que les aguarda un duro camino, ya que deberán ocultar su verdadera naturaleza al mundo exterior, pero entiende que existen ciertas cosas que jamás deben revelarse. Por eso la policía nunca encontró sus fotografías de cuando era niño ni las cartas que Helen le envió a Will a principios y mediados de los noventa. Mientras Alison Glenny y los demás miembros de la Unidad de Depredadores No Identificados examinaban la escena y sacaban la cabeza y el cuerpo de Will del estanque de los Radley, Rowan desapareció y entró en la furgoneta por segunda vez.

Ya no está enfadado por los secretos que contenían esas fotos y esas cartas. Después de probar la sangre de su madre le habría resultado imposible enfadarse mucho con ella, ya que precisamente ese hecho le hacía sentir una gran empatía hacia Helen. Rowan entendió que su madre había ocultado todo aquello para protegerlo, y ahora le había llegado el turno de devolverle el favor.

De modo que, junto con la caja de cerillas que había utilizado para encender el fuego el viernes por la noche, cogió las cartas y las fotos, se metió entre los arbustos para llegar al campo que había detrás de Orchard Lane, y lo quemó todo. Se sintió bien. Como si al hacerlo hubiera convertido a Peter de nuevo en su padre. También se sintió, por extraño que parezca, como un adulto, como si en eso consistiera ser adulto: en la capacidad para saber qué secretos no se deben revelar.

Y qué mentiras te permitirán salvar a tus seres queridos.

UNA CANCIÓN QUE CONOCE

La música suena tan alto que Helen y Peter no pueden oírse mientras se abren camino entre la masa de cuerpos sudorosos que bailan. Son conscientes de que todo el mundo los mira; son una pareja muy de mediana edad, de respetable clase media, vestida con ropa discreta y convencional de Marks & Spencer y de los catálogos de Boden.

Sin embargo, les da igual. En cierto sentido, les resulta divertido, incluso. Peter sonríe y Helen le devuelve la sonrisa, compartiendo la gracia.

Se separan, pero Helen no se percata y continúa caminando hacia delante, siguiendo los carteles que indican el camino al guardarropa.

Una chica le da un golpecito en el hombro a Peter.

Es despampanante. Tiene el pelo oscuro recogido en unas trenzas muy finas, y unos ojos verdes incitantes. Sonríe mostrando sus colmillos, y se pasa la lengua por ellos. Entonces se inclina hacia delante y le dice algo que él no puede oír por culpa de la música.

—¿Perdón? —dice Peter.

La chica sonríe. Le acaricia la nuca. Lleva un tatuaje en el cuello. Una palabra: «MUÉRDEME».

—Te quiero a ti —dice—. Vamos arriba y podremos cruzar la cortina.

Peter se da cuenta de que es el momento con el que ha fantaseado durante casi dos décadas. Ahora que sabe que Helen lo ama de nuevo, esa chica ni tan siquiera supone una tentación.

—Estoy con mi mujer —le dice, y se va rápido por si a la vampira se le ocurre alguna idea más.

Se reencuentra con Helen al llegar a las escaleras, y en ese momento el DJ pone una canción que conoce desde hace décadas. La gente se vuelve loca, como les pasaba a ellos en los ochenta.

—¿Estás segura de que quieres hacer esto? —le pregunta Peter a Helen, casi a gritos para que lo oiga.

Su mujer asiente.

—Estoy segura.

Al final llega su turno y se sitúan frente al escuálido encargado, que mira a Peter y Helen con sus recelosos ojos de insecto.

—¿Es aquí donde se compra la sangre de vampiro? —pregunta Helen—. ¿La SV?

Tiene que repetir la pregunta para que la oiga. Finalmente el hombre asiente.

—¡Queremos cinco! —Levanta la mano con los cinco dedos extendidos y sonríe—. ¡Cinco!

AUTOAYUDA

A mitad del trayecto Rowan ve algo bajo el asiento de su madre. Un libro de tapas blandas de aspecto anodino que reconoce al instante: *El manual del abstemio*.

—¿Qué haces? —le pregunta su hermana.

Eve mira el libro que tiene su novio en la mano.

—¿Qué es?

—Abre la ventana.

—Rowan, ¿qué haces? —le pregunta Helen desde el asiento delantero.

Eve baja la ventanilla y Rowan tira el libro al arcén de la M62.

—Autoayuda —dice, y se ríe antes de darle un trago a su botella para disfrutar del sabor celestial.

UNA GOTITA DE NADA

Nunca resulta fácil aceptar que la hija de la que has cuidado y por la que te has preocupado durante toda la vida se haya convertido en una auténtica criatura nocturna que anhela el sabor de la sangre. Sin embargo, a Jared Copeland, que es más consciente de los horrores del vampirismo que la mayoría, le ha resultado especialmente difícil asimilar que su hija se ha convertido.

El hecho de que la haya convertido un Radley, un pariente consanguíneo del hombre, si se le puede llamar así, que sucumbiendo a su placer depravado le arrebató a la mujer que amaba, no ha hecho sino dificultar el proceso, en el que Jared ha tenido que hacer frente a unas verdades muy dolorosas.

Ver la forma en que ha cambiado Eve lo hace sentirse muy incómodo. Su piel pálida, sus hábitos de sueño radicalmente alterados, la dieta sin verduras que sigue ahora y el hecho de tener a Rowan Radley en casa la mayoría de las noches... todo esto son cosas sin las que podría haber pasado.

Y, sin embargo —y es un SIN EMBARGO considerable y mastodóntico—, ha habido algunos cambios que incluso él debe admitir que le gustan. Por ejemplo, ahora hablan. No discuten ni se enzarzan en sus antiguas luchas de poder, sino que hablan de verdad. Sobre la escuela, sobre la solicitud de trabajo que ha enviado Jared («No quiero pasarme el día clasificando basura»), el tiempo («Papá, ¿el sol brilla siempre tanto?»), y también sobre los recuerdos cariñosos de la madre de Eve.

Se alegra de que su hija esté viva e incluso ha reconocido que el hecho de que se beba una botella de sangre de vampiro a la semana beneficiará a todo el mundo.

Al fin y al cabo, Jared se encontraba en la casa de los Radley cuando la comisaria Alison Glenny le dijo a Clara que debería consumir un poco de sangre de vez en cuando, aunque solo fuera para evitar el riesgo de sufrir otro ataque de Irresistible Sed de Sangre.

—Porque si cruzas la línea y vuelves a matar, no tendrás una segunda oportunidad —le dijo.

Así que, para impedir que su hija se convirtiera en una verdadera asesina, Jared ha aceptado la propuesta de Helen Radley: le permitirá ir a Manchester los viernes por la noche para conseguir su dosis de sangre, a condición de que nunca la lleve a casa ni la beba en el piso.

(Y en cuanto al tema del piso, parece que se van a quedar en él una temporada. Mientras vaciaba los cubos de basura de la calle principal esta mañana, Jared ha visto a Mark Felt, que salía de la tienda gourmet con una enorme salchicha que asomaba por la bolsa de papel. Jared se ha disculpado por el retraso en el pago del alquiler y le ha explicado que ahora que tenía trabajo no volvería a ocurrir. Para su sorpresa, Mark le ha sonreído y se ha encogido de hombros, a pesar de que el dinero que Rowan metió en el buzón se lo quedó Toby. «No pasa nada —le ha dicho y le ha dado una palmadita en el hombro—. La intención es lo que cuenta.»)

Sin embargo, a Jared le cuesta acostumbrarse a la nueva situación, y le ha resultado muy difícil conciliar el sueño con el ciclón de preocupaciones que le da vueltas en la cabeza. De hecho, son esas preocupaciones las que no lo dejan dormir ahora, mientras permanece tumbado en la cama y oye cómo Eve llega a casa cuando ya han dado las dos de la madrugada.

Se levanta para verla, para asegurarse de que se encuentra bien. Está en la sala de estar, bebiendo la sangre a morro de la botella.

Jared se siente decepcionado.

—Lo siento, papá —dice Eve, con un innegable destello de felicidad en los ojos—. No quería beberla toda de golpe. Me apetecía tomármelo con calma.

Debería enfadarse con ella, lo sabe, pero está harto de enfadarse. Para su propia sorpresa, se sienta en el sofá junto a su hija, que está viendo vídeos musicales con el volumen al mínimo. Grupos de los que Jared nunca ha oído hablar. The Pains of Being Pure at Heart. The Unloved. Yeah Yeah Yeahs. Liechtenstein. Eve deja la botella sobre la mesa. Jared se da cuenta de que no quiere beber más sangre delante de él.

Hablan durante un rato y entonces Eve se pone en pie.

–La guardo para mañana –dice señalando la botella, y a Jared le consuela el autocontrol que muestra su hija, aunque tiene la sensación de que solo lo hace por él.

Eve se va a la cama, pero Jared se queda en la salita, viendo la televisión, cuando ponen un vídeo antiguo. «Ashes to Ashes», de David Bowie. De joven había sido un gran fan de Bowie, cuando la música lo hacía vibrar. Y mientras está ahí sentado, viendo la procesión de arlequines que cruzan la pantalla, le sobreviene un sentimiento confuso, de satisfacción, que parece estar relacionado con el fuerte aroma que flota en el aire. Se trata de un aroma complejo y muy intrigante, que gana fuerza a medida que piensa en él, aunque de repente desea que sea más intenso. Se inclina hacia delante para percibirlo mejor, el olor, y se da cuenta de que baja la cabeza hacia la botella abierta de la que manan unos aromas deliciosos, como esporas de un polen celestial.

Ahora sostiene la botella en las manos y se la acerca a la nariz, por mera curiosidad. Durante cinco horas su nariz ha tenido que soportar los olores de los residuos de las casas. De un montón de fruta podrida y leche agria y pañales sucios, que formaban un mejunje del que manaba un hedor tan fuerte que se le había quedado pegado a la garganta. Es el olor de la descomposición y la podredumbre, productos derivados de la existencia humana. Podría hacerlos desaparecer y degustar el sabor opuesto. Podría perderse en esos aromas, o encontrarse a sí mismo en ese olor embriagador, lleno de esperanza y vida.

«Esto es sangre de vampiro. Es todo lo que siempre me he dicho que odio. No puedo hacerlo. Por supuesto que no.»

Pero solo un sorbo. Una gotita de nada. No le hará daño, ¿verdad? Solo para saber cómo es. Antes de que acabe la canción se lleva la botella a los labios, cierra los ojos y lentamente, muy, muy lentamente, la alza.

MITOS

De vuelta en casa, Peter y Helen se beben su sangre en la cama. Han decidido ser civilizados, de modo que la beben en unas copas de vino que compraron en Heal's antes de las últimas Navidades.

Después de unos cuantos sorbos indecisos, Helen se siente muy despierta y más llena de vida de lo que se ha sentido en años. Se da cuenta de que Peter le mira el cuello con ansia, y sabe en qué piensa, aunque él no lo diga. «En estos momentos, ¿no sería mejor probar la sangre del otro?»

Peter deja la copa y se acurruca contra ella, mientras le da un delicado beso en el hombro. Helen es consciente de que, en estos momentos, lo que más le gustaría es que ambos enseñaran los colmillos y se dejaran arrastrar por el sabor del otro. Pero no sería lo correcto. En cierto modo, estarían reconstruyendo su relación sobre unos cimientos falsos.

—Mira —dice él en voz baja—. Siento lo de la otra noche.

Helen se queda callada y, por un momento, se pregunta por qué se disculpa.

Peter levanta la cabeza del hombro de su mujer y se reclina en la almohada.

—Ya sabes, me puse muy pesado —le dice, como si leyera la mente de ella—. Con lo de beber sangre y todo eso. Y no debería haber dicho todo aquello sobre nuestro matrimonio. Fue muy irresponsable, y no lo decía en serio.

Helen tiene la extraña sensación de que lo está viendo y escuchando por primera vez. Se da cuenta de que aún es atractivo. No

373

posee ese encanto peligroso de su hermano, pero el mero hecho de mirarlo resulta reconfortante y encantador.

Sin embargo, se siente triste. Triste por todos esos días, semanas, meses y años perdidos en los que lo ha echado de menos, aunque compartía la vida con él. También se siente triste por lo que debe hacer ahora si quiere albergar esperanzas de que puedan volver a empezar, esta vez sin mentiras ni secretos.

—No —le corrige—, de hecho, tenías razón en bastantes cosas de las que dijiste. La forma en que yo, ya sabes… a veces he fingido un poco.

Piensa en el libro que tiene junto a la cama. El que ha estado leyendo para el grupo de lectura. Aún no lo ha acabado, pero piensa hacerlo aunque solo sea para averiguar lo que les sucede al final al hombre y a la mujer. ¿Le contará que él es el responsable de la muerte de todos los gorriones de su granja y a los que tanto quería, y cuya muerte fue el detonante que le causó la crisis nerviosa? Y si se lo cuenta, ¿le perdonará ella por el hecho de que ya no oiga el canto de ningún pájaro a su alrededor?

Se pregunta por la capacidad de perdón de Peter. ¿Es posible que acabe aceptándolo todo, conociendo como conocía el don de Will para obtener justamente lo que quería? ¿O ha habido demasiadas mentiras a lo largo de los años? ¿Sería capaz de soportar la verdad sobre Rowan?

—Bueno —dice él—, supongo que, hasta cierto punto, todo el mundo finge un poco, ¿no?

Peter sonríe y Helen está a punto de venirse abajo porque sabe que debe aprovechar el momento y darle una vuelta de tuerca a la situación.

—Peter, debo contarte algunas cosas —dice ella, con todo el cuerpo en tensión por culpa de los nervios—. Cosas sobre el pasado, pero que aún nos afectan. Sobre Will, y sobre mí, y sobre nosotros. Todos nosotros.

Se fija en cómo su marido parpadea de forma apenas perceptible, como si hubiera recordado algo o aquella situación hubiera confirmado alguna duda. Él la mira de un modo extraño e íntimo, que le hace pensar en lo que Will dijo el sábado: «Siempre ha sido bastante esnob en cuestiones hemáticas, nuestro Peter». ¿Había sospechado algo en la primera noche de su luna de miel?

Helen siente un leve mareo, se pregunta si Peter está atando cabos o si, en realidad, lo sabía desde el principio.

—Helen, solo hay una cosa que me importa. Solo una cosa que siempre he querido saber de verdad.

—¿Qué?

—Sé que te pareceré un adolescente, pero quiero saber que me quieres. Necesito saberlo.

—Sí. Te quiero.

Es tan fácil ahora, decirlo en voz alta, eso que no ha sido capaz de decir como es debido, con convicción, desde la noche de su conversión. Pero ahora lo hace con toda naturalidad, como si se quitara un guante.

—Te quiero. Quiero envejecer contigo. Lo deseo más que nada. Pero, Peter, creo que debería contártelo todo.

Su marido la mira con una tierna frustración, como si fuera ella la que no lo entendía.

—Mira, Helen —dice él—. La mayoría de los habitantes de este mundo no puede creer que existimos. Para ellos somos mitos. La verdad es aquello que la gente quiere creer. Créeme, lo veo en el trabajo a diario. La gente se aferra a la realidad que quiere y no hace caso de lo demás. Sé que tal vez es ahora mi sangre la que habla y no yo, pero quiero creer en nosotros. Ya sabes, tú y yo. Como dos personas que se aman y siempre se han amado, de verdad, en el fondo, y que nada se ha interpuesto en ello ni lo hará. Y tal vez ahora sea un mito, pero creo que si estás dispuesto a creer con suficiente afán en un mito, se acaba convirtiendo en verdad. Y yo creo en nosotros, Helen. De veras. —Su semblante serio se transforma y le sonríe. Es su vieja sonrisa. Esa pícara sonrisa de los Radley de la que se enamoró—. Estás para morderte, ¿lo sabías?

A buen seguro es la sangre la que habla, piensa Helen, pero ahora mismo está más que dispuesta a creer que pueden volver a ser los mismos de antes. Sin tener que matar, esperaba. Y al cabo de unas horas, mientras ambos permanecen tumbados en la cama a oscuras, felizmente despiertos, pensando que el otro duerme, se abrazan y besan con un movimiento simultáneo y sus dientes cambian de forma natural e inconsciente, como si fuera un sueño. Y antes de que puedan darse cuenta ya están probando la sangre del otro.

Para Helen, al igual que para Peter, es como si nunca se hubieran probado antes. No de ese modo, sin miedos ni dudas. Es algo precioso, lleno de cariño, una especie de vuelta a casa, a una casa que siempre han conocido pero que nunca han llegado a sentir de verdad. Y mientras los primeros haces de luz se filtran entre las cortinas, ambos se sumergen en la oscuridad bajo el edredón, y Helen no piensa ya en la sangre que podría estar manchando las sábanas.

GLOSARIO DEL ABSTEMIO

abstemio: vampiro converso o hereditario que ha logrado superar su hemoadicción.

AVH: Agencia de Vampiros Huérfanos.

bram: originariamente era un acrónimo de Blood Resistor's Animal Meat («carne animal para los que no beben sangre»). Bram hace referencia a los alimentos que consumen los vampiros abstemios y es una posible referencia al autor de *Drácula* (que, por supuesto, era abstemio y vivió siguiendo una estricta dieta de filete de caballo y sangre de cerdo).

cambios, los: transformaciones que deben ocurrir para que tenga lugar un acto de vampirismo; mientras que un vampiro practicante puede hacer que los cambios sucedan en cualquier momento, para un vampiro abstemio resulta más difícil provocarlos a voluntad.

caninos: término alternativo para referirse a los colmillos, preferido por los practicantes.

converso: exangüe de nacimiento que, con o sin consentimiento, es mordido por un vampiro y luego recibe su sangre; tras esto, sobrevive a la mordedura, pero al precio de convertirse en hemoadicto.

conversor: vampiro hereditario que ha convertido a un humano después de compensar con sangre propia la que le ha chupado; para que la conversión sea efectiva, la diferencia de edad entre conversor y converso debe ser inferior a una década.

cry-boy: exangüe masculino que siente un respeto reverencial por la cultura vampírica; véase *sylvie*.

deseos exangües: deseos de la carne sin el anhelo de la sangre.

energía, la: término aglutinador de significado vago que abarca diversos poderes mentales y físicos potenciados por la sangre, entre los que se cuentan una mayor percepción sensorial, la capacidad de volar y, en ciertos casos, la hemopersuasión.

exangüe: ser humano normal no converso que cree que los vampiros solo existen en la ficción.

georgie, hacer un: fingir tu muerte para iniciar una nueva vida; podría derivar del poeta vampiro lord George Gordon Byron, que fingió su muerte en el campo de batalla en Grecia, y posteriormente varias veces más para satisfacer su adicción a la sangre.

hemoadicto: término específico para un vampiro; acostumbra a gozar de popularidad entre los abstemios.

hemopersuasión: capacidad que, gracias al poder de la sangre, permite hacerse con el control temporal de la mente de un exangüe; este talento inmoral es el coto vedado de los vampiros practicantes y está muy mal visto por la comunidad abstemia.

hora roja: término usado por igual por abstemios y practicantes para referirse a la hora de la noche, las 23.00, en la que se desatan los anhelos más intensos, y que acostumbra a durar hasta poco después de medianoche.

instinto: impulso peligroso y equivocado con el que se llenan la boca muchos exangües que creen, erróneamente, que aún están en sintonía con los suyos.

ISS: Irresistible Sed de Sangre; anhelo intenso y súbito que acostumbra a desencadenarse después de negarle al cuerpo los valiosos sustitutos de la sangre humana, y al que son especialmente vulnerables los abstemios vegetarianos y veganos; la ISS puede sobrevenir con apenas o sin previo aviso, lo que provoca que el abstemio sea incapaz de resistirse a él.

practicante: vampiro practicante; hemoadicto que es incapaz y/o no está dispuesto a renunciar a esta costumbre inmoral.

sirker: abstemio que sueña con volver a las andadas pero que nunca lo hace; se cree que el término procede del famoso director de melodramas y vampiro abstemio Douglas Sirk.

SMC: Síndrome de la Migraña Continua.

SV: Sangre de Vampiro; tan deseable para el vampiro como la sangre humana, aunque se conserva mejor, motivo por el cual la sangre humana nunca se embotella para su consumo, y la sangre de vampiro sí; los abstemios deben evitar el consumo de SV en todo momento para seguir llevando una vida segura, llena de actividades decentes y morales.

sylvie: equivalente femenino del *cry-boy*.

vampiro: término estándar de inspiración romántica para referirse a un hemoadicto, sea o no practicante.

El manual del abstemio (2.ª ed.), pp. 230-233

AGRADECIMIENTOS

No hay artistas solistas. Solo bandas.

Mi infinito agradecimiento a:

Jamie Byng, Francis Bickmore, Andrea Joyce, Sian Gibson, Norah Perkins, Anna Frame y a toda la gente de Canongate.

Caradoc King, Elinor Cooper, Louise Lamont, Christine Glover, Linda Shaughnessy y a toda la gente de AP Watt.

Tanya Seghatchian, Jon Croker y el UK Film Council.

Alfonso Cuarón, Alison Rae y, a la batería, Andrea Semple.